◆浙江省社科规划课题成果

◆本书承蒙浙江大学董氏文史哲研究奖励基金资助出版

外国文学研究丛书

俄罗斯
当代乡土小说研究

陈新宇 著

ZHEJIANG UNIVERSITY PRESS
浙江大学出版社

鸣 谢

本书即将付梓，非常感谢陪伴我一路走来的朋友、师长们。感谢支持我将这个课题进行到底的浙江大学吴笛教授，感谢圣彼得堡大学语文学教授О.В.Богданова在我攻读博士期间给予的指导，感谢张建华教授对该书的简评，感谢出版社领导与责任编辑的支持和付出，感谢俄语所同事的鼓励与支持。同时还要特别鸣谢《俄罗斯文艺》和《外国文学评论》杂志的支持，本课题的部分研究成果以论文的形式发表在这些杂志上。初次尝试系统研究当代俄罗斯乡土小说，书中还存在一些不完善之处，恳请同行专家、学者批评指正。

陈新宇

于浙大紫金港

2017.10

序　言

当代俄罗斯乡土文学是 20 世纪俄罗斯当代文学不可或缺的组成部分。以列伊杰尔曼和利波维茨基为代表的文学史家在两卷本的《俄罗斯当代文学》中是这样界定当代俄罗斯文学的："'当代俄罗斯文学'的概念,我们不仅指自 50 年代中期算起,20 世纪一百年间的一个历时切面,而且突出了这个艺术时代的重要组成部分,一个完结了的周期。这个周期事实上作为一种文学史现象还未被研究过。"①那么套用史学家们的划分标准,俄罗斯当代的"деревенская проза"就是指从 1950 年以后作为一种文学现象呈现的乡土艺术创作。俄语"деревенская проза"中的"деревенская"可译为"乡土、农村、乡村",但是汉语里的"乡土小说"和"乡村小说"据一些研究专家指出,还是有区别的。施战军曾在《南方文坛》撰文阐明了中国"乡土小说"比"乡村小说"的称谓更为合理的理由。他认为:"所谓'乡土文学(乡土小说)',是以较为显明的先验的情感态度和意识立场来表现乡村,而与乡村实际的自在生活本相尤其是本然性的现时乡村文化形态不甚相关的文学(小说)创作,乡村并非彼时在场。"②那么俄罗斯的"деревенская проза"也具备这样一个特征,西方学者已经注意到了俄罗斯乡土作家创作的共性。比如,巴尔特(К. Парте)和霍斯金(Дж. Хоскинг)指出,"俄罗斯乡土作家更倾向于描写传统意义上的过去的农村,而非作家创作的当下的农村"③。

要指出的是,在俄罗斯有很多作家和批评家曾多次指出,"деревенская проза"和由此派生出的"乡土作家"不仅在表达上不准确和不科学,而且听起来比较刺

---

① Лейдерман Н. Л. ,Липовецкий М. Н. Современная русская литература:1950—1990-е годы. В двух томах[M]. Т. 1,М. :ACADEMA,2006. С. 8.

② 施战军. 论中国式的乡村小说的生成[J]. 南方文坛,2010(4):5-11.

③ Parthe K. Russian Village Prose:The Radiant Past[M]. Princeton:Princeton University Press,1992:50;Хоскинг Д. Россия и русские[M]. Princeton:Princeton University Press, 1973. С. 26.

耳。"乡土"二字总是令他们感到不自在。因此曾经提出过很多版本的叫法,诸如"道德文学""记忆文学""本体论文学""传统保守文学"等说法。要指出的是,这里的"文学",其实俄语都是用"проза"来表达的,翻译成汉语应该是"无韵的叙事作品",而在俄语里是指包括"短篇、中篇、长篇和特写"的体裁,所以为了便于表达,且符合汉语的表达习惯,在本书中有时译成"文学",有时译成小说。既然关于俄罗斯的乡土文学(小说)有过那么多种说法,我们为什么选择使用"деревенская проза"这个表达呢? 在此有必要对这一概念做一番考察。

　　研究者们都认为,"деревенская проза"作为一个概念没有一个统一的界定,最好把它看作是由一系列的特征把乡土作家的创作连接起来的一种书写,包括主题、形象、道德伦理和美学要素。俄罗斯科学院社会科学信息所组织编写的《文学术语和概念百科辞典》是这样界定的:"乡土文学(деревенская проза),是苏联时期(斯大林之后)的俄罗斯文学的主要流派之一,起源于奥维奇金描写乡村的《区里的日常生活》(第一部分,1952 年)、多罗什的《乡村日记》(1954—1962)的政论特写以及阿勃拉莫夫的纲领性文章《战后农村集体农庄的人们》(1954)和他后来的长篇四部曲的第一部《兄弟姐妹》(写于 1951 年,发表于 1958 年),以及阿斯塔菲耶夫早期短篇和索洛乌欣早期的抒情作品《弗拉基米尔乡间大道》(1957),乡土文学的艺术和道德准则的形成是与索尔仁尼琴(又译"索尔仁尼津")的《玛特廖娜的院子》(1959)、《扎哈尔—卡利塔》(1965)和《伊凡·杰尼索维奇的一天》(1962)密不可分的。乡土文学的代表作品有阿勃拉莫夫的《兄弟姐妹》(1958),别洛夫的《平常琐事》(1966),阿斯塔菲耶夫的《最后的敬礼》(1957—1992)和《鱼王》(1972—1975),舒克申的《红莓》(1973)、《性格》(1973)和《月光下的谈话》(1974)等,莫扎耶夫的《费多尔·库兹明的生活片段》(1966)、《农夫和农妇》(1977),叶甫盖尼·诺索夫的《乌斯维亚特戴钢盔的新兵们》(1977),以及拉斯普京的《最后的期限》(1970)和《告别马焦拉》(1976)等。20 世纪 90 年代世界俄罗斯学将乡土文学定义为最为独立自主(从美学和思想角度而言)的文学流派(Parthe)。"[1]20 世纪 70 年代俄罗斯学者 M. B. 米诺金是这样定义乡土小说(деревенская проза)的:乡土小说指的是 1950—1980 年俄罗斯文学中的一种流派,描写当代农村生活,诉

①　Николюкин А. Н. Литературная энциклопедия терминов и понятий[M]. M. : «Интелвак», 2001. C. 220.

诸传统价值。这是俄罗斯学界内较早提出俄罗斯乡土小说这一表达的学者，以后不论俄罗斯国内还是国外都借他之口沿用这一说法。俄罗斯乡土小说研究专家博利沙科娃强调，乡土小说的实质不是"关于农村的小说"，而是具有共同的审美思想和形成于古老的农耕文化中的审美理想，是关于民族自我意识的书写。① 文学史家列伊杰尔曼认为，乡土小说是通过乡土作家的创作追寻精神家园，反思人性；学者Г. 别拉娅指出，乡土小说把永恒的问题作为当代艺术诠释的对象。但是大部分学者们都认为，当代乡土文学作为一个文学流派、作为一种文学现象应该包含哲学、社会历史、心理、伦理和美学要素。因此他们对"乡土小说"这个术语很不满，认为它远不是仅指描写农村生活的文学，这个表达限定了该文学现象的多样性。因此在研究俄罗斯当代乡土文学（小说）时各有侧重，出现了"道德小说""记忆小说""本体论小说""传统小说"等说法，但是都没有流传下来。尽管俄罗斯学界对"乡土小说"的表达有些纠结，甚至是有些不自信，不过在乡土小说经历了国内外学者大量的研究后，学界还是普遍接纳了"деревенская проза"这个表达。下面我们就追溯一下这个术语表达的变迁，从中可以窥见其本质的特征以及与其他小说类型的内在联系。

"本体论小说"。当乡土小说产生后，对该流派的创作主体的怀乡情结不断有指责批评之声出现。多年后，随着乡土小说的哲学属性的显现，尤其是在Г. 别拉娅、Н. 索恩采娃和С. 库尼亚耶夫的研究推动下，读者认识到 20 世纪 60 至 70 年代的乡土小说与 20 年代所谓的"新农民小说"的亲缘性，认识到乡土小说不仅是关于乡村的文学，而且包孕着诸如俄罗斯命运中民族伦理经验的作用、人民的历史使命等复杂的哲学问题。乡土小说被很多研究者作为一种哲学现象从本体论和自然哲学的角度来接受，Г. 别拉娅和 Е. 韦尔特利布甚至建议将乡土小说改名为本体论小说，并作为科学术语替换乡土文学、农民文学等尚未失去普遍性的表达。于是 20 世纪 70 至 90 年代引入"本体论小说"这个术语，企图以此来解释这种文学现象的哲学属性。

事实上，乡土作家对人在生死边缘的挣扎的关注在很多方面决定了乡土小说

---

① Большакова А. Нация и менталитет: феномен « деревенской прозы » ХХ века［М］. М.：Комитет по телекоммуникациям и средствам массовой информации Правительства Москвы，2000.

这种本体论属性。如索尔仁尼琴笔下玛特廖娜的生与死,阿斯塔菲耶夫的阿基姆和艾丽娅迷失在偏远的原始森林中面临饥饿和寒冷的威胁,别洛夫《平常琐事》中的伊凡·阿夫里坎诺维奇在妻子死后静对大自然、沉浸在对生死的思考中。作家为阿夫里坎诺维奇所设定的场景具有双重意义:人的存在与大自然一样有很多相似性,人的生老病死就如同自然界的晨昏更替,四季变化。

"本体论小说"的表达如昙花一现,最后并没有作为一个科学术语保留下来,就是因为在乡土作家的作品里谈及的不仅仅是永恒不变的本体论存在基础本身,而涉及的是来自变化迅速的历史现实对存在本身造成的压力,在边缘情境中人的存在面临新形势、新力量的挑战。

曾有很多研究者将乡土小说称为"道德小说"。这个术语的支持者们将创作主体的创作原则即道德伦理属性作为其艺术性不容置疑的条件。即在优秀的主人公身上体现很多世纪以来形成的人民的智慧、美德和从生活中吸取的教训。也就是说,这个流派的典型特征是注重它的教育意义:从鞭笞揭露到道德说教。读者可以从中汲取先祖的遗训和领略自然的威力。作家旨在探索农民世界的精神支柱。他们认为,道德价值的承载者通常是村妇,如索尔仁尼琴的玛特廖娜、拉斯普京的安娜和达利亚。而阿斯塔菲耶夫被批评家指出:"他天生就是道德家和人性的诗人,作家在他的人物命运中突出了那些任何时候,不论是今天还是明天都可以理解的伦理因素、道德问题,没有对这些问题的阐释,就不可能培养和教育我们身上的人性。"①拉斯普京本人也多次撰文或在采访中阐述文学创作的特点,他始终不渝地强调,文学的主要任务就是"人的道德净化和精神意识的保健"②。

索尔仁尼琴曾对乡土小说创作进行过非常准确的描述。2000 年 5 月 4 日在拉斯普京的文学奖颁奖会上,他说:"在 60 与 70 年代之交及 70 年代在苏联文学中发生了没有立刻引起注意的、无声的转变,既无恐慌又无持不同政见的挑衅味道,一点也不炫耀,没有爆炸式的宣言,一批作家开始那样写作:不炒作社会主义、现实主义,而是无声地将其中性化,开始写得非常朴素……在很大比例上,这些作家的创作都取材于农村生活,而且作家本身来自农村,正由于此,这批作家被称为

---

①　Макарова А. Литературно-критические работы: В 2-х т[M]. Т. 2. М. : Художественная литература,1982.

②　Распутин В. Собр. Соч. в 3-х т[M]. Т. 3. М. : Молодая гвардия,1994. С. 420.

乡土作家,确切地说应该叫他们道德作家——因为他们文学转变的实质就是复苏传统道德。"①尽管索尔仁尼琴的讲话为"道德小说"的叫法提供了论据,但是最终也没有保留下来。因为道德诉求与观念诉求相比,前者还是大多数作家的共性。

"传统小说"的表达主要基于两个因素:一是乡土小说与形成于 19 世纪 60 年代的乡土主义的纲领和原则有承继关系,二是乡土小说与俄罗斯文学经典有密切的联系。前者指的是当代乡土小说与 19 世纪俄罗斯乡土书写的关系,后者指的是当代乡土小说在精神诉求和书写风格上受到自普希金以来的 19 世纪经典文学的直接影响。乡土作家在自己的作品中都表现出了民族包容性、对社会和精神原则的追求及人民对自由的追求。在书写语言上反对无冲突论小说模式化、公式化语言,号召积极使用民间语言,在感知和转达语言的音乐性和韵味的同时,赋予标准语以哲学和文化内涵。

扎雷金也指出了乡土文学的独特性在于对传统的吸纳,这种吸纳不取决于作品的事件类型,而是取决于在陀思妥耶夫斯基、托尔斯泰和布宁影响下产生的审视世界、感知世界的视角,取决于对道德性和非道德性的表现。"俄罗斯的经典作家现在可以含笑九泉了,可以安息了,因为我们国家没有背弃他们的遗愿,他们的精神得到了继承和发扬。"②

其实"传统小说"不是一个文学流派,这个术语是将内容上体现俄罗斯文化基础和历史经验,形式上平衡人物思想和心理的作品联合在一起的文学史范式。早在 18 世纪之前,俄罗斯就预见到了传统主义首先就是以过去的经验为支撑,是过去经验的重复和翻新。在新的历史条件下,这个概念不断得到修正、发展和丰富,出现了文学传统主义的概念,它不仅指涉对语言艺术经验创造性的继承,而且还包括对构成社会财富的道德、精神、文化价值的认知、理解、保护和提升。也就是说,是一种广义上的承继关系和健康的保守主义。"在文学中经常发生这样有趣的事,通过回到过去的方式向前发展,就像来势汹涌的海浪,其中包含两种同时运动:一种向前,一种向后……"③可见,这种以退为进的写作策略不仅仅是乡土小

5

---

① Солженицын А. Слово при вручении премии Солженицына Валентину Распутину. 4 мая 2000г[J]. Новый мир. 2000. №5. С. 186.

② Залыгин С. Из записок прошлого года[N]. Литературная газета. 1990(3) января. С. 6.

③ 转引自 Цветаева Н. С. Традицонная проза второй половины XX века:сюжеты,герои,поэтика[M]. СПб.:Филфак СПбГУ,2007. С. 8-9.

说作家所追求的,传统情结在很多后现代作家的作品里也是常有的。

在索尔仁尼琴奖授奖仪式上拉斯普京在获奖感言中说:"任何一个民族文学中的庞大的、深刻的和天才的东西根据他的道德选择来看都不可避免是保守的。"①为了证实自己的思想,他援引美国作家福克纳奉劝年轻人的话:"从你们的工作室里扫除一切,除了人类内心古老的理想——爱、诚信、悲悯、傲骨、同情和牺牲,缺失了这些就会阉割、毁灭文学。"②但是传统主义并不能构成乡土小说的实质,使之区别于其他类型小说,如战争小说和城市小说。

"记忆小说"的表达其实与"道德小说"和"传统小说"有很多相似之处。在内涵上与后两个概念都有交叉。如果说记忆是小说之母,那么将乡土小说曾经界定为记忆小说旨在强调对祖宗的记忆是道德坚守的根本。乡土小说的作者总是力求回到过去去寻找民族的价值取向、道德标准,在与现代文明的冲突中抒发怀乡情结。这些作家不仅从新乡土主义立场批判当代社会现实的各种现象,还谴责现代文明所具有的负面倾向。乡土小说的艺术世界中人的道德体系的主导思想就是记忆。记忆作为人对土地、自然,对祖坟,对过去的最深依恋,反映了人与家族原则、农村世界的超越个体的联系。

乡土作家对人民生活的兴趣是与继承、历史记忆和将忠实于传统作为道德基础的思想联系在一起的,乡土小说的主人公生活的空间、从事的劳动注定了他们对土地、自然、家园的依恋,对传统的膜拜。乡土作家认为有必要保护这些被传统孕育的精神价值免受现代文明的破坏性影响。似乎这些理由足以支撑记忆小说这个概念,但记忆即使是所有小说创作诞生的摇篮,也不能真正揭示乡土小说的实质。

上述的几种表达都只是突出了乡土小说主题的某个侧面,而不能全面彰显乡土小说创作的本质,因此都纷纷流产了。

"20世纪以前所未有的战争、革命、大镇压、大转折、改革和技术革命等急剧改变了社会所有阶层人的生活和命运。而命运发生最大变化的是农民。"③回想1941—1945年的战争,俄罗斯这个国家的上千万居民"为了大地上的生命"(特瓦

---

① Распутин В. В поисках берега[N]. Литературная газета,2000. № 19-20 от 17-23. С. 9.

② Распутин В. В поисках берега[N]. Литературная газета,2000. № 19-20 от 17-23. С. 9.

③ Акимов В. М. От Блока до Солженицына[M]. СПб. :Искусство-СПБ,2011. С. 403.

尔多夫斯基语)奔赴前线,其中大部分是农民。"承担起战争重负的主要力量是农民,遭受损失最大的是农民。……死亡的农民战士有一千万,死亡的无辜农民不少于一千万……"①这个沉重的历史记忆很难被文学忽略掉,所以鲍里斯·阿基莫夫认为,"就是与战争文学一起,在与它深厚的亲密关系中,在 20 世纪下半叶产生了乡土小说,这不是偶然的"②。难怪在与战争的密切关联中产生了当代乡土小说与当代战争小说的交叉。当然,将二者融合在一起的还不仅仅是战壕与后方生死相依的关系,而是乡土小说所实现的深入人民生活,深入人的内心世界的艺术发现使二者走得更近。叶斯波夫曾撰文指出:"乡土小说可以很轻松、自然、自由地逾越题材界限,就诉诸永恒的人类社会问题方面只有关于伟大的卫国战争的新小说才可以与之竞争。"③乡土作家中有部分作家亲历战争并在自己的作品中展示了战争时期农民的命运,塑造了农民—士兵双重身份的形象。如阿勒拉莫夫和阿斯塔菲耶夫都参加过伟大的卫国战争,阿勒拉莫夫的四部曲《兄弟姐妹》不是见证了农民在战争岁月的命运吗? 阿斯塔菲耶夫不是因他的《牧童和牧女》、拉斯普京不是因他的《活着,可要记住》而与战争小说有交叉吗? 与阿斯塔菲耶夫创作风格极为相近的叶甫盖尼·诺索夫在他的中篇小说《乌斯维亚特戴钢盔的新兵们》中将战争年代军人和农民的生活融合在一个统一的叙事中。

至于乡土小说与城市小说的联系并非像字义表面那样对立。这首先取决于俄罗斯农村与城市的社会构成。库兹涅佐夫指出:"不应该忘记,在战前俄罗斯是个农民占三分之二的国家,而城市居民,在很大程度上,是昨天的农民。在自然保守的农民日常生活条件下,从精神和道德层面而言,在革命如火如荼的时候,偏远的农民俄罗斯很长时间以来依然是宗法制国家。在所有思想体系丧失的情况下,农民俄罗斯的文化是在民族传统的框架下发展的。就是说,不久前(解体前,笔者注)全国在很多方面都处于由农民的劳动生活传统所规约的精神和道德价值范式框架内。"④鲍里斯·阿基莫夫也指出了城市小说和乡土小说在精神原则上的同

---

① Акимов В. М. От Блока до Солженицына[M]. СПб. : Искусство-СПБ,2011. C. 403.

② Акимов В. М. От Блока до Солженицына[M]. СПб. : Искусство-СПБ,2011. C. 403.

③ Еспов В. Провинциальные споры в XX конце века[M]. Вологда : Грифон,1999. C. 226.

④ Большакова А. Нация и ментальиет: феномен «деревенской прозы» XX века[M]. М. : Комитет по телекоммуникациям и средствам массовой информации Правительства Москвы,2000. C. 4.

源性:"在这个农民的世界里,不论是你还是我,每个人都是这样生活的:我们大家共同劳动,并倾注全部心血于劳动之中,一代又一代。这就是我们整个民族共同拯救、存活下来的条件,就是整个民族精神统一的条件。在某种程度上,这个精神基础也存在于其他阶层,如贵族、僧侣、商人和小市民的命运中。"[①]

在 20 世纪 70 年代俄罗斯有大量农民离开偏远的濒于衰亡的农村来到城市,逐渐成为城市的主体居民,"正是农民身上那种深厚的、执着不变的性灵决定了 20 世纪城里人的自我意识,表面上他们忘记了自己作为乡下人的根,但事实上却是与之藕断丝连"[②]。

自古以来农村与城市的和谐作为民族繁荣的保证是通过复原那些古已有之的、但被那些忘记自己宗族的"伊凡们"所蔑视的民族心理和文化所达到的,用索尔仁尼琴的话说就是:"我们有力量在包罗万象的大地形象里将乡村的元素和城市的元素联系起来。"[③]

英国研究者吉莱斯皮(Д. Гиллеспи)认为将文学分为乡土和城市文学并不是绝对的,"两种文学倾向都是从共同的城市化社会历史土壤中成长起来的,随着城市的发展,自 20 年代到 70 年代有大量务工人员从农村涌向城市,乡土作家与城市作家一样,他们渴望意识到时代的变迁,人在社会中的地位,建立与时代的联系"[④]。他认为,这两个文学倾向的最显著的代表就是拉斯普京和特里丰诺夫,他们都努力塑造理智存在中的人,"在他们的作品中都再塑了时间的形象,即记忆,对于俄罗斯文学而言传统的教育意义与之密切相关"[⑤]。学者们都指出了城市小说和乡土小说的亲缘性就体现在与传统的关系上。事实上,特里丰诺夫和城市小

① Акимов В. М. От Блока до Солженицына[M]. СПб. :Исусство-СПБ,2011. С. 403.

② Большакова А. Нация и менталитет:феномен «деревенской прозы» XX века[M]. М. :Комитет по телекоммуникациям и средствам массовой информации Правительства Москвы,2000. С. 4.

③ Большакова А. Нация и менталитет:феномен «деревенской прозы» XX века[M]. М. :Комитет по телекоммуникациям и средствам массовой информации Правительства Москвы,2000. С. 5.

④ Gillespie D. Теория и практика социлистического реализма и политика гласности // Neueste Tendenzen in der Entwicklung der russuschen Literatur und Sprache[C]. Hamburg,1989:39.

⑤ Gillespie D. Теория и пратика социлистического реализма и политика гласности // Neueste Tendenzen in der Entwicklung der russuschen Literatur und Sprache[C]. Hamburg,1989:39.

说作者的创作原则与乡土小说作者的艺术哲学和实践并不矛盾,特里丰诺夫不止一次强调指出:"我尽一切努力来充分地表现人生活的环境的复杂性,因为人被他与周围所有人和所有事的相互关系网包围着。"①随着城市化的进展,国际形势的变化,农民陷入了新的生存境遇,产生了新的社会问题,为乡土小说在 21 世纪的延续发展提供了契机。在现代化、信息化、全球化的今天尽管都市文明与乡村文明的距离越来越小,但是人的异化越来越严重。城市小说和乡土小说除了忠于传统外,可以交集的空间越来越大。

乡土作家的艺术思想的实质与战争小说和城市小说作家的伦理审美观念在某种程度上是一致的,它们都忠于文学、文化和精神传统。如果说,以战争小说和城市小说作为参照,可以在某种程度上为乡土小说的表达找到依据,这还不足以揭示乡土小说的实质。

套用文学史家关于当代俄罗斯文学的划分标准,那么当代俄罗斯乡土文学应该指的是从 1950—1990 年间的作为一种文学现象呈现的乡土艺术创作。乡土文学虽起源于乡村特写,而带来乡土文学发展新时期的则是 20 世纪 70 至 90 年代"以别洛夫、拉斯普京、舒克申、阿斯塔菲耶夫等重量级的作家以及由 B. 克鲁平、B. 利丘京、Ю. 加尔金等组成的整整一代乡土作家"②为代表的乡土小说创作。彼得堡著名小说家瓦列里·波波夫在回顾战后时期社会文学发展状况时首先考虑到了登上文坛的乡土作家,将乡土小说创作视为一种特殊事件,并认为这个群体的特殊性和意义不仅在于小说问题意识的革新,而且在于创造了完全新型的人物,"在舒克申、别洛夫的书中我们那些最无权的人们,沉默十年后浮出文学表面,因此他们的声音是掷地有声的"③。这批来自民间的知识分子,代表人民发声,给人民指引方向,他们不仅向读者提供了自己的存在经验,而且奉献了自己本身和充满激情的思想。

如今,乡土小说被一些人看作是过时的文学现象,其实这种现象根本没有被

① Трифонов Ю. В кратком-бесконечное[М] // Монологи и диалоги. Т. 1, М. : Известия Советов народных депутатов СССР, 1988. С. 497.

② Лейдерман Н. Л. , Липовецкий М. Н. Современная русская литература: 1950—1990-е годы. В двух томах[М]. Т. 1, М. : ACADEMA, 2006. С. 85.

③ Цветаева Н. С. Традиционная проза второй половины XX века: сюжеты, герои, поэтика[М]. СПб. : Филфак СПбГУ, 2007. С. 20.

认识,只是给出了表层的诠释。博利沙科娃认为,首先应该通过揭秘民族意识的原型(集体无意识)来解释这种现象的实质。她认为,乡土小说的原型就是乡村原型。"乡村原型的结构是多层的:形成于个体经验(以作者和人物关于乡村童年的回忆呈现),通过乡村合作社的集体经验转向象征层面,即乡村原型形象发展成为俄罗斯、祖国的象征。"①她认为,乡村原型的发展模式充满了悖论:农村既作为残酷的现实,又作为田园牧歌,同时又作为失乐园呈现在乡土作家的创作中。"智慧老人""自然之子"和"大地母亲"的原型形象与具有特色的时空特征一起构成了原型模式的基本要素,并确定了人物类型。乡村时空不是直线形的、历时性的,而是一个螺旋场,它融合了人和自然的现象。乡村具有循环的四季更迭,具有回溯倒叙的特征,是对逝去的往昔的思恋。出走—回归,离乡—还乡的对照常常成为乡村原型主题。不论在世界文学中,还是俄罗斯文学中,都曾将乡土书写作为探索民族精神价值的写作策略,企图在乡村的田园牧歌中,在乡村的童年世界里寻找民族意识的原型形象。

俄罗斯的独立性受制于人民的自我意识和民族潜意识特点,这种独特性自古就是在个体的农耕实践活动中、在人与自然的合作中形成的。因此博利沙科娃认为,只有从原型的角度出发才能认识乡土小说的本质,获得民族自我意识认同感。

综观乡土小说作家的创作,我们发现,乡土小说是由内而外,即从农民的视角看待所有发生的事件和客观世界。它既拒绝美化所描写的生活、真实再现农民的世界,又不乏以俄罗斯乡村作为寄托寻求祖国伟大复兴的俄罗斯梦想。尽管很多乡土小说作家都是脚踏两只船——出生于农村,生活工作在城市里,但是生于斯长于斯的乡村永远活在他们的内心和他们的作品中。正如别洛夫所言,"虽然我们常离开家乡,但总是要一次次地回来,不管结识了多少其他地方。因为离开这个小家是不能生活的。一个人只有当他有故乡的时候他才是幸福的。因为正是在这里,在巴波里什的小山丘上开始了我们伟大的祖国"②。乡村成为乡土作家思考城市文明背面的参照物,怀乡成为乡土知识分子企图摆脱现代文明中两难境地的一种出路。所以,不管"乡土小说"和由此派生出的"乡土作家"听起来多么接

---

① Большакова А. Нация и менталитет: феномен «деревенской прозы» XX века[M]. М.: Комитет по телекоммуникациям и средствам массовой информации Правительства Москвы, 2000. С. 15.

② Акимов В. М. От Блока до Солженицына[M]. СПб.: «Исусство-СПБ», 2011. С. 410.

地气，"乡土小说"这个术语纵使有许多的缺点，但是它的原型特征、创作主体本身的出身特点和他们的大地—祖国意识还是让乡土小说（деревенская проза）这个表达为社会所熟知和接受，并在俄罗斯文学史上稳固地立足下来。

此外，还要厘清乡土小说与集体农庄小说的区别。乡土小说作为一种新文学产生后，只崇拜19世纪的俄罗斯经典文学，否定了当时苏联时期的文学模式，除了肖洛霍夫和列昂诺夫。

集体农庄小说作为社会主义现实主义文学的一种变体，领导和推动了乡村迅速、不可阻挡的变化。它强调了开创、进取对于未来的意义。当时的长篇小说中的人物类型不是年轻的党的集体农庄领导，就是农艺师；除了人物形象外，充斥作品的就是拖拉机、康拜因、大卡车、农村的发电站、新房子和电灯等物象。作品的名字本身就很有时代特点，如拉夫列夫的《康拜因》、尼古拉耶娃的《一个拖拉机厂厂长和农艺师的故事》、肖洛霍夫的《被开垦的处女地》、巴巴耶夫斯基的《金星英雄》和《阳光普照大地》、巴甫连科的《幸福》、格里巴切夫的《"胜利"农庄的春天》。集体农庄小说的失真描写引起了评论家的愤慨。波梅兰采夫认为，这些小说对现实生活的光明、美好和幸福的描写有些夸大其词。在《新世界》杂志上波梅兰采夫对战后集体农庄小说进行了嘲笑，而对奥维奇金的《区里的日常生活》给予了肯定。较早开始乡土写作的阿勃拉莫夫、田德里亚科夫、扎雷金、多罗什和奥维奇金也撰文质疑战后的集体农庄小说从批评家那里获得的赞扬之声。批评界给予奥维奇金很高评价，认为其作品反映了党想改善农业事务中不容乐观的状况的愿望，对新兴起的乡村特写文学给予大力支持，而那些书写集体农庄的作家因其粉饰现实、忽略冲突的创作宗旨和公式化、模式化的人物类型和书写语言遭到斥责。批评界认为这些作家对农村生活、人物、语言和解决问题的方法了解得不够，很肤浅，并以"田园牧歌"来讽刺集体农庄文学。自从多罗什的《乡村日记》和索洛乌欣的《弗拉基米尔大道》问世后，乡土文学已经离集体农庄文学越来越远。作家更关注普通农民的生活、文化和自然环境，关注视野逐渐淡出集体农庄的办公室，开始关注整个俄罗斯农村。批评界开始为文学界的这场逐渐推广起来的运动寻找适当的表达。20世纪60年代中期，"деревенский очерк"被"деревенская проза"替代，以巴巴耶夫斯基的《金星英雄》和尼古拉耶娃的《收获》为代表的集体农庄小说被乡土小说替代——自此乡土小说填补了集体农庄小说被否定后留下的文学真空地带。集体农庄小说展示了城乡的结合，将其作为农业生产过程的一部分。而乡土小说则表现出了这种结合的低迷走势和完全不能接纳二者的结合的态度。乡土小说力图表现民族主义精神，即俄罗斯的自主性，而不是苏联的自主性。与当时的官方文学相比较，乡土小说关注人的个性和独立自主性，属于去模式化、单一化的叙事。

在题材上，集体农庄文学多为长篇，而乡土文学出现了特写、短篇；语言风格上也有很大区别，前者近似于颂歌的语言，后者朴实无华，更接地气。集体农庄小说属于社会主义现实主义风格的乡村书写，作品中的主人公是充满热情，要改变现在的世界、建设光明未来的；而乡土小说中的人物只想存活下来，种好下一茬庄稼，不想改变现有生活。即使是时间被框定在某个特殊的历史时期，比如卫国战争时期，作家要表现的也不是个人的英雄主义，而是整个村子的存活，整个俄罗斯的存活。乡土作家甚至亲身感受到了普通农民在历史大事件中的作用，比如阿勃拉莫夫见证了自己的同乡在大后方的命运，因此力图将农民还原到历史语境叙事中，企图在他的书里记录下"英雄村"的历史。正是他的长篇四部曲让俄罗斯北方的佩卡什诺村（实际上是作家的家乡维尔卡拉）的农民的功勋得以流芳百世。

批评家们对集体农庄小说和乡土小说的区别作了精辟的分析，认为，前者写的是光明的未来，后者写的是光明的过去，二者在价值观上存在正反对立，如，城市和农村的对立，年老和年轻的对立，持续发展和骤然巨变的对立。所以乡土小说对俄罗斯文学后来的走向影响深远，尤其是在那些后现实主义作家作品里剩下的唯有"阴暗、残酷的现实领地"。

乡土小说作家以农村为媒介，以集体农庄小说为借鉴，突破了社会主义现实主义文学的创作模式，在 20 世纪 60 至 90 年代逐渐形成了一个崭新的文学流派。

乡土小说作为一种现象，它的实质不是关于农村生活的书写，而是里面包孕的问题意识，具有包罗万象的性质，如今对此学界已经达成共识。目前学界把俄罗斯当代乡土小说分期界定为 20 世纪的 60 至 90 年代，但是乡土写作一直延续到 21 世纪。因此在本书中除了研究 20 世纪 60 至 90 年代的乡土小说，还包括乡土作家 21 世纪的乡土创作，主要研究对象是阿勃拉莫夫、阿斯塔菲耶夫、别洛夫、舒克申、拉斯普京等重量级的乡土作家和在乡土小说影响下形成的整整一代小说作家——В. 克鲁平、В. 利丘京、Ю. 加尔金等，以及代表乡土小说新走向的作家叶基莫夫。

本课题俄罗斯国内外研究现状述评

在俄罗斯的研究现状

俄罗斯目前当代乡土小说研究的主要方向有：以列伊杰尔曼（Н. Лейдерман）、阿基莫夫（Акимов В）、布格洛夫（Б. Бугров）、格拉西缅科（А. Герасименко）、扎伊采夫（В. Зайцев）、梅琴科（А. Метченко）、聂兹韦茨基（В. Недзвецкий）为代表的文学史研究，以佐洛图斯基（И. Золотусский）、杰特科夫（И. Дедков）、谢苗诺娃（С. Семенова）、坚季特尼克（Н. Тендитник）、库尔巴托夫（В. Курбатов）、阿普赫京娜（В. Апухтина）、索科洛娃（Л. Соколова）为代表的乡土小说的道德精神问题研究，以韦尔特利布（Е. Вертлиб）、西戈夫（В. Сигов）、切尔诺斯维托夫（Е. Черносвитов）为代表的民族命运和人民性格问题研究，以冈察洛夫（П. Гончаров）为代表的社会伦理学研究，以拉普琴科（А. Лапченко）为代表的社会哲学视角研究，以博利沙科娃（А. Большакова）为代表的从文学原型出发对乡土作家创作遗产的研究和乡土作家的生平研究，以别拉娅（Г. Белая）、格拉齐阿诺娃（И. Грацианова）、克日扎诺夫斯基（Н. Кржижановский）为代表的本体论诗学研究，以谢列兹尼奥夫（Ю. Селезнев）、科坚科（Н. Котенко）、拉普琴科（А. Лапченко）、戈恩（В. Горн）为代表的乡土小说的形象体系和个别作家的人物类型研究，以苏尔加诺夫（В. Сурганов）、捷拉科皮扬（Л. Теракопян）、尼科诺娃（Т. Никонова）、聂兹韦茨基（В. Недзвецкий）、菲利波夫（В. Филиппов）、冈察洛夫（П. Гончаров）、列瓦绍娃（О. Левашова）为代表的 20 世纪 60 至 80 年代乡土小说与俄罗斯经典传统关系研究，以利平（С. Липин）为代表的人与自然关系研究，以茨韦托夫（Г. Цветов）为代表的乡村主题研究，以米亚罗（К. Мяло）为代表的乡土文化研究，以科夫斯基（В. Ковский）、彼得里克（А. Петрик）为代表的乡土小说前景研究。

在中国的研究现状

在中国，目前对俄罗斯乡土小说研究有两种倾向：一种是学界前辈们的文学史研究，如曹靖华、马家骏、李明滨、李毓榛、吴元迈等的文学史编著中都不同程度地关注了俄罗斯乡土文学。他们大多对选取的作家都各有侧重,而且囿于编写年代的时间限定,也不能完整呈现俄罗斯当代的乡土创作。吴元迈先生主编的《20世纪外国国别文学史丛书——20世纪俄罗斯文学史》中对俄罗斯批评界公认的乡土作家的创作情况进行了较为全面的梳理,弥补了文学史研究的缺憾。另一种是学界后辈们的个别乡土作家研究,不仅有研究拉斯普京、阿斯塔菲耶夫的论文发表,而且已经有阿斯塔菲耶夫、阿勃拉莫夫和舒克申的研究专著问世。但遗憾的是,已有的乡土作家的研究都仅从某一个角度或某个阶段切入,没有将乡土小说作为一个完整的文学现象呈现它的不同发展阶段的代表作家的创作特征,揭示乡土小说作为一个文学现象所包含的普世价值和人类问题。而且要指出的是,对别洛夫的研究还仅限于文学史研究,对于 B. 克鲁平、B. 利丘京、Ю. 加尔金这些作家,国内学界还比较陌生,对于他们解读的缺失势必影响对乡土小说的全面理解。可见,从不同的侧面研究俄罗斯当代乡土小说在国内外已经有丰富的经验,国外学者的研究不仅补充了俄罗斯本土研究,而且增强了学界接纳和诠释乡土小说的信心。但是需要将国内外的研究视角进行整合,才能对俄罗斯当代乡土小说有完整的认识和解读。这正是本课题要解决的任务。

在学界,对俄罗斯当代乡土小说的理解长期存在一种偏见,被看作是过时的现象,其实这种现象在中国还没有被认识。尽管俄罗斯小说中的乡村书写由来已久,但是学界主要还是偏向城市书写研究。

乡土文学的精神渗透力和影响力是具有世界意义的。中国学者丁帆先生曾指出,乡土小说是世界文学的母题。他认为,整个世界农业社会的古典文学都带有"乡土文化"的胎记。然而这却是没有任何参照系的凝固静态的文学现象,只有社会向工业社会迈进时,整个世界和人类的思维发生了革命性变化后,在两种文明冲突中,乡土文学才显示出意义。在 2012 年 6 月举行的《中国当代乡土小说大系》首发式上,中国小说学会常务副会长雷达称:"乡土文学根基深厚,不会绝迹,不管现代化和高科技如何发展,乡土文学的诗意及它对人心灵的滋养都不容忽视,乡土文学还有很多资源可以继续挖掘。"[①]德国学者 K. Menepт 曾对 1970—1980 年间的读者兴趣进行过调查,发现,乡土作家被列入最受欢迎的俄罗斯作家

---

① 中国新闻网. 乡土文学研讨会:乡土小说是当代文学最辉煌部分[EB/OL]. [2012-6-12]. http://news.sohu.com/20120612/n345424886.shtml.

之列。他强调,俄罗斯乡土小说是一种具有世界意义的独特现象。

　　农民性灵与俄罗斯性灵,乡土形象与俄罗斯形象是有着直接关系的。用索尔仁尼琴的话来说,"俄罗斯的力量就在于以无所不包的大地形象将农村元素和城市元素结合起来"①。

在其他国家的研究状况

　　西方学者对俄罗斯当代乡土小说不仅表现出浓厚的兴趣,而且表现出独特的视角和宽广的胸怀。主要研究方向有:以美国学者布劳恩(Э. Браун)为代表的俄罗斯乡土小说和俄罗斯文化经典传统关系研究;以美国学者彼得森(Д. Питерсон)为代表的俄罗斯性灵研究;以霍斯金(Дж. Хостинг)、帕尔特(К. Парте)、波特(Р. Портер)、盖勒(М. Геллер)和彼得森等学者为代表的索尔仁尼琴与20世纪60至90年代的"乡土小说"关系研究;还有德国研究者梅涅尔特(К. Менерт)专门对70至80年代的俄罗斯读者兴趣进行了社会分析,肯定了乡土作家在俄罗斯流行作家中的作用,强调了俄罗斯乡土文学在世界层面上的独特性;法国学者从社会学和民俗学视角,发现在探索人与宇宙共存模式中乡土小说"指出了未来之路";美国学者帕尔特的在与西方文学进行比较中的乡土小说诗学研究;波兰学者奥利勃雷赫(В. Ольбрых)的文学史研究和保加利亚学者彼得罗夫(И. Петров)的舒克申小说研究等。

本课题研究的意义

　　本课题的研究意义有以下三点:当代俄罗斯乡土小说研究不仅具有重要的理论价值,而且具有实际应用价值。首先,俄罗斯当代乡土小说作为一个研究范畴,不仅可以丰富乡土小说研究的理论体系,而且是认知俄罗斯当代文学的重要组成部分;其次,就学科建设角度而言,本课题的研究可以完善中国学界对俄罗斯乡土小说的理解和认识,推动和深化整个当代俄罗斯文学的研究;再次,就社会现实意义而言,可为分析解决中国社会生存问题中的城市化问题、自然与文化生态保护

①　Большакова А. Нация и ментальтет: феномен « деревенской прозы » ХХ века [М], М. : Комитет по телекоммуникациям и средствам массовой информации Правительства Москвы, 2000. С. 3

与道德伦理建设提供宝贵资源。

　　拟选取老一代乡土小说作家中的代表阿勃拉莫夫、别洛夫、拉斯普京、舒克申、阿斯塔菲耶夫等和新一代乡土小说代表作家利丘京、克鲁平和加尔金等作为研究对象，采取点面结合、宏观和微观结合，文学史研究和文化研究相结合的研究方法，对 20 世纪 60 年代到 21 世纪初这一历史区间的俄罗斯新老两代乡土作家小说中主题视域、人物体系、生态书写及民俗构成等方面进行研究。本课题拟采用历史比较的方法对当代俄罗斯小说的演变过程进行梳理，运用自然崇拜和生态批评理论对乡土小说中人与自然的关系进行重新审视，使用民俗学的方法对乡土作家小说中的民俗构成、民俗内涵进行解读，这几个方面同时也构成了本课题的重点和创新之处。

目　　录

第一章 俄罗斯文学中乡村书写的传统

　　善良而正直的农民和心地淳厚的农民,在我看来,比一般夸耀自己三十代以上的祖宗的人要高贵得多。——克雷洛夫

1.1　俄罗斯文学中的乡村书写——从普希金到契诃夫

　　早在古罗斯文学经典《穆罗姆斯基·彼得和费夫罗尼娅夫妇纪事》(«Повесть о Петре и Февронии Муромских»)中就出现了乡土书写的痕迹,就开始出现了农民形象——带有童话色彩的农村纺织姑娘费夫罗尼娅。普希金之前,乡土书写还没有获得独立的声音,仅仅处于萌芽状态。诉诸自然,对农奴劳动环境的赞美只是作家在城市里功成名就后的一种怀乡情结的体现,有的借以将城市与农村进行对比,由此表达对城市生活的厌倦。如,俄罗斯著名的学者罗蒙诺索夫在自己的颂诗中多次提到自己生活的白海渔村。他在 1762 年写的一首纪念彼得三世登基的颂诗里就呈现了他随父亲出海漂泊的画面:不知海有多深,不知岸有多长的捕鱼少年看空中鸟飞,观海水和空气,疲惫的头枕着沙滩,流出喜悦的泪水,亲吻着沙子和嫩草。将罗蒙诺索夫的古典主义诗风发展到极致的杰尔查文(Гаврии́л Рома́нович Держа́вин,1743—1816)由于有着在乡下(Званка)的生活经历,从而创作了一系列描写乡下生活的诗篇。如曾在《乡下生活》(«Жизнь деревенская»,1802)一诗中表达了对城市生活的淡泊,认为功名利禄都是过眼烟云。他对山珍海味、金银珠宝都不感兴趣,却对夫妻白头偕老、相嬉相守、信仰三神的乡下生活情有独钟,视之为最大的财富。如诗歌中有这样的描述:如果列莉和拉达神对我友好,我就会富裕,我就会快乐。在《赞美乡下

生活》(《Похвала сельской жизни》)一诗中诗人通过"热腾腾的菜,美味的汤和正在熏制的火腿"这些主要意象呈现了乡下朴素而又美味的中餐,而且以一家之长身份出现的抒情主人公情不自禁对美味的中餐发出了赞叹。到了普希金,不论是在他早期诗歌《乡村》(《Деревня》,1819)里还是诗体小说《叶甫盖尼·奥涅金》(1823—1830)中,乡村都成为他逃离都市、放松身心、寻找自由的乐土。要指出的是,在诗歌《乡村》中诗人不仅贪婪地享受自然的美景,而且还表达了他的愤怒和怨恨。对自然的颂歌立刻转变成了对地主的劳动暴力,对残酷的专制制度的抨击。诗人对带来1812年卫国战争胜利不久的俄罗斯人民遭受的奴役和疾苦深表遗憾和无助,在诗人那里我们听到了贵族对农奴的同情之声。而在中篇小说《杜布罗夫斯基》(《Дубровский》,1833)和《上尉的女儿》(《Капитáнская дóчка》,1836)中不仅呈现了地主生活的广阔画面,而且尖锐地提出了农民与贵族关系的问题。19世纪四五十年代俄罗斯文学已经开始深入关注农民主题。果戈理在《死魂灵》(《Мёртвые души》,1842)中不仅塑造了家喻户晓的地主群像,而且通过这些地主间接地描写了农奴的生活习性、性格特征等。一方面,果戈理以幽默的方式描写了一群愚钝野蛮、逆来顺受的农民,如乞乞科夫的仆人谢利凡和彼得鲁什卡,泼留希金的仆人普罗什卡和玛芙拉等。作家将农奴贫苦的命运归罪于社会制度的同时,也指出了他们自身粗野、愚钝的一面。在小说《死魂灵》中他们与死农奴形成对比,是活着的但内心世界贫乏的农奴。另一方面,作家以同情的口吻描写了农民罗斯的形象,表达了对农奴的爱和同情。如借索巴克维奇之口夸赞的农奴有:会木匠活的斯捷潘是个大力士,会砌炉子的瓦匠米卢什金,不喝酒且做得一手好靴子的鞋匠马克西姆·捷列亚特尼科夫,回到莫斯科做生意的叶列梅·索洛科普廖欣等。在小说最后,作家通过对像飞鸟一样的三套马车的赞美,而自然联想到它的发明者——农民。"只有聪明的人民才能把你创造出来,你也只能产生在这广阔的土地上,一下子就占了半个世界。"[①]"这种马车看样子并不精巧,不是用螺丝铆合的,而是雅罗斯拉夫尔能干的庄稼人只用一把斧子和一个凿子三砍两砍就造出来了。"(240)如果说在果戈理的创作中农民的形象还只是处于边缘,是被地主老爷蔑视侮辱的奴隶的话,那么到了屠格涅夫,农民形象却成了小说的主人

---

① 果戈理.死魂灵[M].王士燮,译.南京:译林出版社,2000:240.(以下出自该书的引文只出页码,不再另作标注。)

公,农民的尊严首次得到了应有的认可。也标志着乡土写作由隐性叙述逐渐成为显性的书写主题。屠格涅夫(Ива́н Серге́евич Турге́нев,1818—1883)出身贵族,其母亲是地主,但是诗人却非常痛恨自己所处的阶层,对自己家庄园的农奴表现出接近、理解和同情的愿望。他的短篇小说集《猎人笔记》(«Запи́ски охо́тника»,1847—1851)就是农民生活的缩影。作家栩栩如生地再现了村居村俗、田园风光和塑造了各种农奴形象,对不同乡村的民居特色、农民的外貌特征进行了比较,且赋予了农民浪漫、爱幻想的诗性性格。为挖掘农民诗性的内心世界,他运用了民间的神话传说,民间谚语、成语等叙事方式。19 世纪 60 年代末 70 年代初,时代将平民知识分子推到了社会历史大舞台上,推到了时代的风口浪尖,推到了文学媒体等不同领域。在新形势(克里米亚战争和农奴制改革)下,需要发出底层的声音,需要有代表大众的人出现。作为克里米亚战争和农奴制改革的后果的民族历史问题凸显出来,俄罗斯人民的性格、性格的民族特征问题,再一次被提出来,但这绝不同于尼古拉一世统治时期遭到进步人士抨击的"矫情的爱国主义",而是在人物性格中融合了自然原则、大力士的力量感和敏感。屠格涅夫赞赏俄罗斯人民的美丽和真诚。他相信他们,爱他们,并证明,俄罗斯人身上所有不好的东西都是由他们的生活的艰难所造成的,甚至农奴制改革之后也是这样的。但是在《猎人笔记》中作家与其说是展示了农奴的苦难,不如说是展示了苦难中农奴持有的尊严、才华和智慧。因此,农村对于屠格涅夫而言是某种道德理想。作家的理想就是希望所有人都像这些普通人那样生活。为了真实可信,作家特意使用了很多俗语——真正的农村语言。诗人涅克拉索夫(Никола́й Алексе́евич Некра́сов,1821—1877)登上文坛后,把农村主题作为其创作的基本主题,在他笔下呈现了农民艰苦的劳动生活。作家出身平民,童年时就接触农村,因此对农民的生活感同身受。如果说,屠格涅夫之前的诗人,常把自己的缪斯女神与自己心仪的情人相比,那么诗人涅克拉索夫是把自己的缪斯同年轻的农妇相比较,将她们称为"我的姐妹"。他的很多诗歌都是写给农妇的,颇为丰富地展现了农奴制下的农妇不堪重负的劳动、她们的痛苦和眼泪,塑造了一个"斯拉夫女人的王国"。此外,诗人立足于残酷的现实,同时也没有忘记放眼未来,在作品中竭力为农民寻找庄稼汉的幸福。他笔下也塑造了一些有尊严、善于思考自己命运的农民形象,他们是大力士萨韦利、亚基姆·纳戈伊、叶尔米尔·吉林、格里沙·杜布罗斯克洛诺夫等,体现了对农民命运的同情和为农民寻找出路的热情。20 世纪的乡土作家中阿勃拉莫夫的小说创作继承了涅克拉索夫书写农妇的这一传统,呈现了一个"母系氏族社会"和"村妇王国",对农妇充满了尊敬、同情和怜爱。格里戈罗维奇(Дмитрий Васильевич Григорович,1822—1899)在他的中篇小说《农村》中以儿童的回忆方式建构一个孤女被迫结婚,而后为抗婚自杀的故事。在另外一篇《安东——苦命的人》(«Антон-горемыка»,1847)中主人公由于生活所困,最后失去了对未来的一切希望,不得不决定到城里去卖对农民来说最最珍贵的马,而他的马又被盗,一切都变得更加糟糕。为了配合人物的凄惨命运,格里戈罗维奇笔下的自然描写也都充满了哀伤,如多写阴云密布、秋雨绵绵的天气,小说里充满了悲伤、阴郁、无望、不幸、恐惧的情绪。他笔下的农民生活都是没有希望没有收获的,属于纯自然描写风格,调子过于低沉,与作家朋友印象中的"乐天派"似乎一点联系都没有。谢尔德林把格里戈罗维奇最初的作品比作降落到俄罗斯文学大地上的"及时的春雨"①,因为他让社会注意到了"农民的存在"②。列夫·托尔斯泰也发现了作家的这一功劳,指出,作家企图"怀着爱意和尊敬甚至是心惊肉跳地"③来创造农民的形象。

　　农奴制改革后,农民作为俄罗斯主要的社会力量在当时就代表了人民的概念,成为作家们创作的基本主题。农民书写已经开始广泛渗入当时的文化生活。19世纪60年代,作家(民主派作家)通过与农民的直接接触,从人民深处获得创作的材料和感受,在自己的特写和短篇中再现了农民罗斯生活的艺术史诗。农民典型开始进入俄罗斯文学。波米亚洛夫斯基(Н. Г. Помяловский,1835—1863)、斯列普佐夫(В. А. Слепцов,1836—1878)、列维托夫(А. Левитов,1835—1877)、列舍特尼科夫(Фёдор Михайлович Решётников,1841—1871)和乌斯别斯基(Н. В. Успенский,1843—1902)等民主派作家吸取了自然派作家的创作风格,同时又是车尔尼雪夫斯基民主思想的追随者。他们的创作体裁主要以特写和短篇为主,写作会触及与经济、民俗学和地方志等相关的问题,摆事实,列数字,具有记录性、日常性和政论性特点,注重民间文化和口头文学传统。正像谢尔德林所说的那样,"他们仅局限于片段、特写、场景,还仅仅停留在事实的水平上,但是已

① Салтыков-Щедрин М. Е. Собр. соч. в 20-ти томах［М］. Т. 13. М. ：Художественная литература,1972. С. 468.

② Салтыков-Щедрин М. Е. Собр. соч. в 20-ти томах［М］. Т. 13. М. ：Художественная литература,1972. С. 468.

③ Толстой Л. Н. Переписка с русскими писателями［М］. М. ：Гослитиздат,1962. С. 181.

经为那种可以广阔包罗周围生活多样性的新的文学形式提供了土壤"①。这些民主作家为表现农民生活,再现历史转折时期的农民世界做出了自己的特殊贡献。乌斯别斯基发展了前辈民主派作家的观点,创立了"农耕劳动诗学",特别强调了种田这种劳动所具有的丰富的道德内涵,指出在耕地中农民可以产生思想,获得哲学观点,会产生照耀其心灵的诗学印象。言下之意,农耕就是创作,就是艺术,农民在某种意义上就是诗人。与19世纪六七十年代民粹派将农村的描写理想化相抗衡,以乌斯别斯基为代表的民主派作家力主毫无粉饰地描写农村生活。20世纪的很多作家,如布宁、肖洛霍夫、叶赛宁、阿斯塔菲耶夫、奥维奇金、诺索夫和别洛夫等作家都不同程度地受到乌斯别斯基的影响。

作家列斯科夫(Николáй Семёнович Лескóв,1831—1895)与上述民主派作家很熟悉,参加过他们组织的"青年公社",始终不渝地支持他们的民主改革、渐进变化的主张。但他反对以斯列普佐夫和列维托夫为代表的激进民主知识分子的反政府情绪,并在小说《无处可去》(«Некуда»,1864)中怀着毫不掩饰的厌恶之情以斯列普佐夫和列维托夫为原型,塑造了别洛亚尔采夫(Белоярцев)和扎乌洛诺夫(Завулонов)等形象。列斯科夫对车尔尼雪夫斯基《怎么办》的思想体系提出质疑,认为车氏的理想缺乏根基。他的《无处可去》和《在刀尖上》(«На ножах»,1870—1871)作为反虚无主义的小说与激进民主派作家的主张展开了论战。列斯科夫出生在奥尔良省的一个乡村,在父亲庄园的童年生活为他近距离了解农民生活提供了可能。他在经贸公司的职务使他有机会游历了俄罗斯大地。这一切都决定了他崭新的乡村书写和新的艺术概括高度。作家发现了他之前俄罗斯生活无人研究的方面,他的作品里布满了他之前任何时候不曾看到的具有鲜明特色的民族特征的人物。他发挥了涅克拉索夫的农村主题,早期写的农民小说都具有反农奴制、同情农民大众的倾向。作家笔下的日常生活场景、民风民俗不是作为观赏的布景,而是作为所有痛苦的源头,从而使他的农民小说达到了莎士比亚的悲剧程度。列斯科夫对列维托夫和乌斯别斯基等自诩有描写人民生活的绝对权的说法嗤之以鼻。作家指责他们不了解人民生活,不理解普通人,认为他们或将普通人、农民理想化了,或只用单一一种黑色调描写农民的生活。"我不是根据与彼

---

① Салтыков-Щедрин М. Е. Собр. соч. в 20-ти томах[M]. T. 13. M. : Художественная литература, 1972. C. 426.

得堡的马车夫的对话来研究农民的，我是在人民中长大的，我穿着羊皮袄和农民睡过夜间满是露水的草地。我有很多农民朋友，我既不把农民抬得老高，也不把他们踩在脚下。我把他们当作自己人。"①

19世纪80年代中期，列斯科夫更加接近托尔斯泰，托翁的道德自我完善学说成为作家新信仰的基础。列斯科夫和托尔斯泰都经历了思想危机。前者认为，历史的力量来自偏僻的农村，来自那官吏、手工业者游荡的罗斯；后者认为，历史的力量来自宗法制农村的理想。尽管列斯科夫没有像托尔斯泰那样在精神上经历了痛苦的转折和危机，但是在80年代列斯科夫与托尔斯泰越加心心相通，他和托尔斯泰一样，觉得人类生活最关键的问题不在社会经济方面，也不是通过革命手段进行的社会历史变革，而是建立在永恒价值基础之上的道德问题。作家在世时他的作品鲜有人问津，但从19世纪末开始获得了重新评价。

如果说涅克拉索夫和列斯科夫笔下的乡村书写更多地触碰了现实问题，体现了文人的良知和正直心，那么托尔斯泰的乡村书写除此之外，还有一个特点，就是他的乡村主题还体现了作为贵族的他一直在追求的道德的自我完善和灵魂的救赎。托尔斯泰（Лев Николáевич Толстóй，1828—1920）伯爵为了找到贵族的忏悔感，不惜躬耕陇亩之间，寻找对田间劳作的真正体会。在《安娜·卡列尼娜》中列文具有托翁的自传性质。作家借列文之口、之行为表达了他对大地、农事和农民的情感。"托氏求解脱于爱，而其爱实得之农民之间，故其解脱，实由农民而来者也。托氏之对于农民，常怀一纯正而不可思议之感情。"②车尔尼雪夫斯基曾在自己的评论文章中指出："托尔斯泰善于走进农民的心灵。"③托翁在早期创作中同上述很多作家一样关注农民生活，经常会以自然主义的写法呈现农民的生活，企图走进农民的内心世界。在《一个地主的早晨》（《Утро помещика》，1856）中托尔斯泰企图研究农民的心理。农民的小木屋对于他而言就是家乡的房子，就像战场上的帐篷。主人公德米特里·聂赫留道夫走进农民的木屋，观察他们的生活，努力记下他们的需求，希望给予他们实际的帮助。通过他的视角，描写了那个木屋以及两个农民达维特卡·别雷和伊凡·丘里谢诺克的生活。他发现，农民不胜体

---

① Лесков Н. С. Русское общество в Париже[М]. М. : Директ-Медиа, 2014. C. 320.

② 郎擎霄. 托尔斯泰生平及学说[М]. 上海: 上海大东书局, 1929: 162.

③ Русские писатели[М] // Биобиблиографический словарь. Том 2. М-Я. Под редакцией П. А. Николаева. М. : Просвещение, 1990.

力劳动,习惯了愚昧、麻木、贫穷的生活,没有改变生活的愿望。他看到了农民的软弱和无助。同时他也发现,地主与农民之间隔着一道墙,他们彼此无法理解。而在《安娜·卡列尼娜》中他借贵族之口表达了对农民、农村的看法。小说中列文的同父异母兄弟谢尔盖·伊凡诺维奇为了从紧张的脑力劳动中放松一下身心,打破惯例不出国修养,而是来到了农村弟弟家。谢尔盖认为:"乡村既是劳动后休息的场所,又是驱除都市乌烟瘴气的消毒剂,他相信它的功效,乐于享用。"①对于列文而言,"乡村是生活的地方,是欢乐、痛苦和劳动的地方"(301)。哥哥对于乡村而言是客人、外来者,而列文是乡村的主人。他们对乡村的感受是有本质的区别的。列文认为,"农村好在它提供了劳动的阵地"(301),而哥哥却认为,"乡村之所以特别好就因为住在那里可以而且应当无所事事"(301)。此外,他们对农民的态度也不同:列文认为,农民首先"是共同劳动的主要参与者"(301),他欣赏他们温顺、有力量和正义的一面;但同时他们身上也有酗酒、懒散和说谎的毛病,所以他很难坚定不移地说自己了解和喜爱农民。他通过观察农民生活和品质改变了一些对农民一成不变的看法。哥哥在农村与列文闲谈享受夏日的闲适,而列文却心急如焚去参与农事,唯恐他不在,农活会干砸了。哥哥对农村及农民的看法完全是局外人的看法,而列文总是感到与农民有着不可分割的联系。如果说在一部爱情小说中作家借列文之口间接地表达了对农民的模糊的不确定的看法,那么在小说《战争与和平》中托尔斯泰通过塑造两个性格截然相反的农民形象——吉洪·谢尔巴特和普拉东·卡拉塔耶夫,与其说是表达了他的农民观,不如说是表达了他的世界观。前者积极,敢于行动;后者消极驯顺、与世无争。在小说中,托翁企图通过这两个互补的形象来深入农民的内心世界。在卡拉塔耶夫身上作家传播了普世的爱人思想,作家视其为伦理标准。在小说中这个形象并不是一个具有典型概括意义的农民形象。他的消极、忍耐、顺从和虔诚只是从一个侧面概括了农民的特点,作家主要是想通过这个人物形象的塑造来展示他的世界观。读者已经可以从卡拉塔耶夫身上窥见作家未来不以暴力抗恶思想的端倪。卡拉塔耶夫的善良、温和以及内心的宁静对皮埃尔产生很大影响,托翁肯定了他作为一个普通农民对贵族皮埃尔的精神救赎所起的作用。这个形象的问世令列宁大为赞赏,认

① 托尔斯泰. 安娜·卡列尼娜[M]. 草婴,译. 上海:上海译文出版社,1989:301.(以下出自该书的引文只标出页码,不再另作标注。)

为"托尔斯泰伯爵之前的文学史上没有真正的农民"。这个形象后来在索尔仁尼琴的玛特廖娜这个农妇形象身上得到了继承和发展。

尽管托尔斯泰在《黑暗的势力》中展示了农村宗法制道德瓦解的图景,但是作家总是渴望在无知和精神的黑暗中寻找到希望之光。于是借阿基姆这一令人感到光明的且不忘灵魂的形象完成这一夙愿,我们还是在托尔斯泰笔下的农村里看到了一线道德洗礼和救赎的光芒。这一点正是为俄罗斯乡土作家所共同珍视的价值。

以写城市中普通人的悲惨命运见长的陀思妥耶夫斯基(Фёдор Михáйлович Достоéвский,1821—1881)曾在《作家日记》中写道:"在大多数情况下,一个民族应该是在生长庄稼和树木的大地上、土壤上诞生和崛起的。"[①]作家在仅有四页篇幅的自传性短篇小说《农夫马列伊》(«Мужик Марей»,1876)中以回忆的方式呈现了农民和贵族之间的微妙关系和情感。马列伊是俄罗斯人民的象征,通过他来体现的道德伦理价值贯穿作家整个创作的主线。马列伊(Марей,在俗语中是Марий)的名字以及那"慈母般温柔的微笑"(22,47)和他"细腻的几乎女性般的温柔"(22,49)以及他"闪烁着光明之爱的眼睛"(22,49)令人联想到圣母玛利亚(Мария)。作家始终倡导圣母宗教和地母宗教的亲缘性。在民间史诗中"大地——潮湿的母亲"又被称为大地的哺育者,由此与种地人、耕田人联系起来。可见,马列伊体现了人民的特征和品质,成为陀氏作品中俄罗斯人民思想的化身和独特的形象,体现了作家的人民性和宗教观。那么到了契诃夫(Антóн Пáвлович Чéхов,1860—1904),这个以写俄罗斯知识分子命运著称的作家,并未绕开 19 世纪文学青睐的农村主题,尽管主要以被称为农村三部曲的《乡下人》(1987)、《在峡谷里》(1989)和《新别墅》(1899)展示了俄罗斯 19 世纪后三分之一岁月农村的命运,但是作家直面当时农村现实,洞察农民内心世界的勇气和坦率流露于笔端。作家没有像民粹派作家那样美化农村,而是以非常清醒的目光审视了农村。在《乡下人》中不仅暴露了农民的贫穷、无知,而且指出了农民的内心两种原则的冲突:东正教倡导的真善美的美好情感与面对俗世诱惑的各种欲望。作家写《乡下

---

① Достоевский Ф. М. Полное собрание сочинений в тридцати томах［М］. Т. 22：Дневник писателя за 1876 год，Л.：Наука，1981. С. 40.（以下出自该书的引文，只标出卷数和页码，不再另作标注。）

人》这部小说时的笔记中有这样的记载:不论是媳妇儿还是老太婆们都没进过城。在小说中,当奥莉加对玛丽亚讲起莫斯科漂亮的石头房子和穿着体面的老爷们时,玛丽亚说:"她不仅从来没去过莫斯科,就连家乡的县城都没有去过。她不识字,祈祷文一句都不认识,就连'我们的父'也不认识。"①作家以此不仅说明农民的愚昧,而且强调他们赤贫到愚钝、冷漠的地步。在小说《乡下人》中,作家想到了人的封闭性的一面。以主人公尼古拉为例,他在小说中总共没说几句话,而且言必称"斯拉夫的集市",嘴里重复的总是那些话——契诃夫借此批判单调乏味的生活。尼古拉是穿在礼服里的人,而后才有了发展到极致的"穿在套子里的别里科夫"。《新别墅》则展示了农民与富人的对立。来村子造桥的工程师库切罗亲身体会到城里人与农民之间的鸿沟。"今年一开春,你们的牲口每天进入我的花园和树林,林中的小树全部给毁了。你们那伙牧人可真难对付,你求他们,他们却出口伤人。我天天有草地给踩坏,我并不说什么,不罚你们钱,也不控告你们,可是你们却扣住我的马和牛犊,拿了我5个卢布。这么做好吗?难道这么做像我的邻居?"(8,507)工程师和妻子都是善良的人,他们尽量与农民和睦相处,尽量帮助他们,但是那些农民却嫉恨工程师一家的富有。工程师妻子的善解人意,却得到如此的报答:"在这个世上好,在来世也好。我们都不会幸福,所有的幸福都落到富人手里去了。"(8,511)当工程师看到村子里有一对父子以棍棒相殴,他心里的一切理想都破灭了,毅然决然地带着妻子儿女离开了这个村子,回到莫斯科。小说中工程师建桥是有象征意义的,他不仅是造一座作为交通工具的桥,而且是在搭建农民与知识分子之间的桥梁,但是农民却不需要它。在小说结尾,农民沃洛季卡的话极具讽刺意味,将农民愚昧不开化的人性弱点暴露无遗。

《在峡谷里》写了农村里的剥削者:他们残酷无情,道德沦丧。为了与妯娌争夺家产,报复公公,狠心的女人愤怒之下将老人唯一的孙子用开水活活烫死。小说中,作家将人物置于财富的角逐中来考验他们的人性,揭露他们的伪善本质。

契诃夫的写作擅长以小见大,表面是在说某个村子的遭遇,实则在言乡村俄罗斯的命运。透过农村的生活可以思考很多问题,可以推导出作家的创作逻

---

① 契诃夫.契诃夫短篇小说全集:第8卷[M].温家琦,于韦,等译.深圳:海天出版社,1999:293.(以下出自该书的引文,只标出卷数和页码,不再另作标注。)

辑——农村的状况与整个的社会政治体制问题是密不可分的。亚·斯科皮切夫斯基在文章《俄罗斯呈奏书中的农民》(1899)中指出,契诃夫之前那些描写了农村生活的作家多数都喜欢美化农民,只有契诃夫的《乡下人》问世后,才开始了对农民现实的真实的描写。高尔基也指出:"19世纪的文学把庄稼汉美化了。19世纪末文学对待农村和农民的态度已经发生变化,变得较少有怜悯心而更为真实了。安东·契诃夫的短篇小说《在峡谷里》和《农民》是从新的眼光看待农民的先声。"①

　　纵观俄罗斯古代及19世纪文学中的乡村书写,不难看出,不同时期的作家的乡土书写主题、人物以及传递的情感都是不同的。贵族出身的和平民或农民出身的作家都不同程度地呈现了俄罗斯农村生活画面,有人关注画面本身,有人是企图借画面来表达思想。贵族作家抑或是将乡下生活作为一种纸醉金迷的上流社会的都市生活的对立面,视为另一种生活情调的乐土,压力缓解剂;抑或是他们从外到内地关注农村生活、农民的命运,维护农民的尊严;抑或是一种自省的方式,对农民的态度逐渐从同情赞美过渡到批判揭露。从普希金到契诃夫,可见乡村书写逐渐由隐性主题发展成为显性主题,成为作家创作中关注的主要方面,并且经历了从写自然风光、农民生活到塑造农民形象的演变。在塑造农民形象方面,大部分作家都抓住了农民性格中忍耐顺从的一面,普希金甚至将农民形象发展到觉悟自身命运,揭竿而起,应者云集的起义领袖;而陀思妥耶夫斯基关于农民尽管写得不多,但是在仅有的农民形象的刻画上依然体现了他对普通人细腻的感受和挖掘的深度。尤其是他将拯救人类的使命不仅建立在人民的、民族的土壤上,而且还建立在宗教伦理基础之上。这就使得他的"俄罗斯思想"具有了一种开放的姿态。对欧洲文化采取批判地吸收和接纳的同时,作家既相信俄罗斯的自主性,同时也具有人类的情怀,难怪被称为19世纪的"乡土派"作家。而契诃夫却发现了农民落后愚昧的一面。俄罗斯当代的"Деревенская проза"正是在俄罗斯当代和19世纪文学的基础上发展繁荣起来的。

---

① 高尔基.高尔基读本[M].北京:人民文学出版社,2011:303.

1.2 俄罗斯现代文学的乡土书写

乡土书写的传统在 20 世纪依然得到了继承和发扬。布宁（Ива́н Алексе́евич Бу́нин,1870—1953）这位贵族出身的作家笔下的乡村别有色彩、别有味道。短篇小说《安东诺夫卡的苹果》（1900）为读者呈现了童年和少年美好记忆中的乡村。通过垂垂老者，节日的宴饮，漫溢的苹果香，浅声低吟的黄澄澄的燕麦，由于霜冻降临而变白的田中草，非常鲜明地勾勒了俄罗斯农村的形象，让读者记住了俄罗斯秋天的面孔。农民割草、打铁、睡在谷垛上，打猎的生活对于出身贵族的作家而言都是很迷人的。在《安东诺夫卡的苹果》中叙述者的思绪经常会回到过去，因为那里依然保留着一个金色、干枯稀落的果园，还有菩提树林荫路，那里可以先享受落叶的味道、苹果香、蜂蜜香和秋天的清新。安东诺夫卡的苹果就是一个具有象征寓意的怀乡意象。

布宁的中篇小说《农村》（1909）展示了 20 世纪初俄罗斯农村的面貌。从作品的命名上就足见作家对农村命运的关注程度。在《农村》中作家通过克拉索夫兄弟俩的命运展示了农村世界的瓦解和衰亡，具有一定的历史深度。布宁笔下的农村就是他同时代的农民生活的全景图。在审视乡土俄罗斯时，作家既爱又恨，对农民世界濒临灭亡的预感挥之不去，绵绵不绝。作家笔下塑造了濒于衰微的农村中的各种农民形象：善良仗义，软弱无为，但是却总不走运的库兹马；糊涂懒散，不务正业的谢雷；荒唐怪异的丹尼斯卡。但最为作家心仪的是有着古朴民风的乡下人，如百岁老人伊万努什卡，外号"莫洛达娅"的乡村美人。前者在贫困中走向暮年，后者被老爷随意嫁给丑八怪、穷光蛋丹尼斯卡。

难怪高尔基说："布宁的乡村确立了对俄国农民的新批评态度。"[①]布宁借主人公之口表达了对农村命运的思考，借对农村命运的思考来折射当时的俄罗斯乡土形象，俄罗斯国家的命运。透过满目疮痍的乡村生活，作家看到的是俄罗斯悠久苦难的历史，透过黑暗多舛的命运，作家也看到了俄罗斯大地沉睡的亟待唤醒的力量。

[①] 高尔基. 高尔基读本[M]. 北京：人民文学出版社,2011:303.

　　不论是在描写农村全景图的《农村》里，还是描写县城小地主生活的《苏霍多尔》(1911)中，我们总是能感觉到这位19世纪最后的经典作家心中对祖先、对乡村的怀旧情结。当苏霍多尔村经历了很多变故后，在乡村墓地中徘徊的叙事者感到一种与祖先的亲近感。这种对祖先、对土地的记忆后来在当代乡土小说，尤其是拉斯普京的小说《告别马焦拉》中得到延伸。如果说，布宁的作品中乡村成为他追忆青春的对象，是世纪末情绪的体现，那么20世纪初的诗人叶赛宁(Серге́й Алекса́ндрович Есе́нин，1895—1925)与乡村则有着血肉的联系。他出生于农村，是具有乡村风格的抒情诗人代表，自称是俄罗斯最后一位农民诗人，在自己的诗歌中全力倾情于俄罗斯的乡村。令作家魂牵梦绕的乡村田园风光、乡村生活和乡村民俗构成的乡土世界既是作为工业文明的对立面的一种存在，同时也是俄罗斯形象的写照。如果说很多作家都是由外而内地审视乡村，那么叶赛宁是由内而外地触摸乡村，感悟乡村。叶赛宁通过乡村的白桦林、小木屋、母牛、狗、稠李子、白雪、田野、牧场、庄稼地等意象表达自己对家乡农村的热爱，通过母亲、钢筋水泥、火车、电线杆等意象表达了对城市文明的不适感和对故乡的眷恋。可贵的是，诗人在早期创作中以各种表现方式呈现了乡村生活，包括乡间劳作和节日。诗人不仅把割草、打铁、犁地和播种这些农活写进了诗歌里，而且把乡村的很多节庆也写进了诗歌里，如"三一节"。日常劳作和简单的节日交替出现，贯穿了叶赛宁的乡村世界。诗人笔下的乡村世界是充满礼仪风俗的，是古朴的、是宗教式的。与此相联系的圣龛、教堂和耶稣的意象也就成为诗人诗歌描写不可分割的一部分。诗人将宗教性视为乡村道德、亲情的发源地，对此十分珍视。在诗人笔下的乡村世界里，自然风光、民风民俗交织在一起。如果说早期创作中诗人用的是白描的手法，直抒胸臆，表达对自己生于斯长于斯的土地的热爱的话，那么在后期诗歌中的乡村形象逐渐成为一种俄罗斯形象的拟人化表达。诗人讨厌城市，厌恶工业文明，眷恋大地，钟爱农村劳动和大自然，因此诗人通过密集的乡土意象塑造了他心中的乡村理想国。在诗歌中叶赛宁将乡村和城市对立起来：乡村是健康的、纯洁的、宝贵的、明亮的、善良的、自然的和生动的，而城市则是病态的、堕落的、残缺的、阴郁的、残酷的、虚伪的和死气沉沉的。对城市生活的厌恶激起诗人对乡村生活的怀念。当乡村生活带给他的那些明亮温暖的感受不能抵消对城市生活的厌恶时，在都市里的酒馆浪游以排遣心中的苦闷就成了诗人一度的生活状态。20世纪60年代的悄声细语派继承了叶赛宁细腻哀伤、清新明丽、具有浓郁农村生活气息的抒情风格。

20 世纪三四十年代肖洛霍夫（Михаи́л Алекса́ндрович Шо́лохов，1905—1984）以《静静的顿河》（«Тихий Дон»，1928—1-2 тт.，1932—3 т.，4 т. 1940—4т.）和《被开垦的处女地》（«Поднятая целина»，т. 1-1932，т. 2-1959）塑造了俄罗斯特殊的农民类型——哥萨克，以及围绕这个特殊群体展开的各种大事件。前者具有史诗意义，展现了在一战和卫国战争中顿河哥萨克的命运和生活，后者是苏联农村集体化事件的见证，被普拉东诺夫称为"关于集体化的一部最诚实的书"。《被开垦的处女地》第二部（1959）在 60 年代引起了人们对肖洛霍夫的研究兴趣，促进了对作家艺术世界实质的理解。肖洛霍夫的作品通常被看作是理解时代的重大历史事件，如革命、卫国战争、集体化的独特的艺术标杆。在《被开垦的处女地》中具有社会历史特征的事件——在哥萨克村镇组织集体农庄构成了小说的主干，集体化在小说中是在激烈的阶级斗争中开展的。作家思考的对象是：土地、经营土地的方式、农民的当下和将来。德沃连申（Ю. А. Дворяшин）指出，在肖霍洛夫的小说中"记录了对那个时代的社会意识所特有的期待和乐观的假设。在《被开垦的处女地》中就是给予这种自古在人民心中就存有的期待以最大的馈赠，肖洛霍夫之前的任何作品都无法与此相比"①。《被开垦的处女地》很长时间内仅仅被认为是集体化的艺术表现模式、农村生活的教科书，而忽略了作品中肖洛霍夫对农民生活方式的态度是与大部分作家的实用主义立场截然不同的。俄罗斯有很多学者都注意到了肖洛霍夫的《被开垦的处女地》的创作经验为后来 20 世纪60 至 70 年代的乡土小说的形成和发展所起的重要作用。"一个伟大的作家的名字之所以引起重视不仅因为他开创了什么，而且还因为其具有前人的集体经验，这种经验会在他的创作中获得最充分的最现代的表达，甚至会影响到后来的文学经验。"②无独有偶，根据西戈夫（B. Сигов）的观点，艺术地再现乡下生活的日常描写，审美地表现传统乡村世界的和谐的写作风格正是在肖洛霍夫的《被开垦的处女地》的直接影响下形成的。20 世纪 60 至 70 年代的乡土作家在艺术文本中表

① Дворяшин Ю. А. М. Шолохов и русская проза 20-30-х годов о судьбе крестьянства：Пособие к спецкурсу［М］. Новосибирск：Новосибирский государственный педагогический институт，1992. С. 64.

② Бушмин А. С. Преемственность в развитии литературы：2 изд. доп［М］. Л. ：Худож. лит.，1978. С. 118.

现的农村日常生活的和谐、人民性格的审美特质与集体化时期的农村书写形成鲜明的对比。

在分析《被开垦的处女地》时，赫瓦托夫（А. И. Хватов）指出了肖洛霍夫方法的原创性和创新性的前景，认为该小说为理解肖洛霍夫的艺术世界实质，甚至深入理解《静静的顿河》铺就了道路。① 20 世纪 50 年代苏联社会生活开始了精神复苏的过程，国家的变化、开垦处女地、人类飞向太空等事件都鼓舞了人们的士气，战争年月对苏联社会精神气候的形成产生了很大影响。在战争中获胜的人们获得了精神自由，感到了自身的尊严，对国家战后走上发展的新道路，迎来新变化感到自豪。这一时期农民依然作为社会阶级基础的代表。解冻对苏联人民的意识产生了很大影响。文学创作拒绝粉饰现实，开始关注人自由的价值，关注人的内心世界，开始艺术地诠释农民的性格，并追求在这种性格中集中反映人民从古至今的历史存在。当时有学者已经预言："在《被开垦的处女地》的第二部中集中表现了人是最有价值的存在，这种想法很有建设意义，将成为 60 年代文学中主要的创作主题。"②

"无论是肖洛霍夫之前、他同时代还是他之后的作家中没有人像《静静的顿河》的作者那样深刻、充分地理解普通人。"③肖洛霍夫的现代研究者瓦西里耶夫指出："在作家的作品中人民首次获得了自我表达、发出自己声音的自由，而人民的语言正是最具说服力，是作家获得威望的关键。"④

肖洛霍夫的基本创作观和世界观中的人民性和历史性与后来 70 年代的乡土创作也是一直有紧密联系的。事实上，不论阿勃拉莫夫、别洛夫和拉斯普京等的创作风格有多么不同，但是他们都以不同方式表达了爱戴人、尊重传统和农民经验的必要性，都认为普通农民是民间道德和文化的载体。

如果说"在肖洛普霍夫那里我们发现了反映俄罗斯 20 世纪的悲惨命运的广

① Хватов А. И. Пути народности и реализма[M]. М. :Советский писатель,1980. С. 123.
② Пейкова А. К. Классовые и общечеловеческие ценности в романе М. Шолохова «Поднятая целина»［M］// Русский язык и литература:Теория и практика обучения. Чебоксары: Чувашское книжное издательство,2003. С. 26-35.
③ Васильев В. Михаил Шолохов:очерк жизни и творчества[J]. Молодая гвардия,1998. №7. С. 259.
④ Васильев В. Михаил Шолохов:очерк жизни и творчества[J]. Молодая гвардия,1998. №7. С. 259.

阔画面,那么在索尔仁尼琴的创作中,从他最早的短篇小说开始就以艺术家和思想家的身份描写了这些悲剧,而且正是探索俄罗斯在当代世界中的地位和作用,寻找俄罗斯发展道路的全球性问题将作家推到文学创作的前台"①。索尔仁尼琴(Алекса́ндр Иса́евич Солжени́цын,1918—2008)的《玛特廖娜的院子》被认为是奠定了俄罗斯乡土小说的方向,但他的大部分作品都是写集中营生活的,所以并未被纳入乡土作家之列。作家不仅客观地展示了农民无助的生活,而且塑造了托尔斯泰的卡拉塔耶夫似的农民性格类型——村妇玛特廖娜。索尔仁尼琴在20世纪70年代以及后期在回答"谁是当代俄罗斯文学的轴心人物"的问题时,始终不渝地列举那十几个作家,其中三分之二的作家都是乡土作家:阿勃拉莫夫、阿斯塔菲耶夫、别洛夫、舒克申、拉斯普京、诺索夫、索洛乌欣、莫扎耶夫和田德里亚科夫。可见,乡土创作在俄罗斯文学发展过程中占有举足轻重的地位。继肖洛霍夫和索尔仁尼琴之后的60年代文学开始更仔细地关注农民的现实面孔,开启了当代俄罗斯乡土小说创作的新篇章。

　　回顾俄罗斯的文学史,从普希金到契诃夫,都不同程度地关注过乡村,正如阿基莫夫所言:"可以毫不夸张地说,我们这个世纪的乡土文学发源于19世纪的经典文学中,有着复杂和源远流长的营养源泉。"②难怪有评论家认为,乡土小说是以前贵族小说的后继者。如果说,布宁的怀乡情结还停留在对俄罗斯帝国乡村命运的关注上,那么肖洛霍夫、索尔仁尼琴、雅申的创作已经揭开了20世纪乡土写作的新篇章,而阿勃拉莫夫、阿斯塔菲耶夫、别洛夫、舒克申和拉斯普京以他们的创作形成了一个新的文学流派或现象,在20世纪60至80年代,影响了整个俄罗斯文坛。

---

① Большакова А. Нация и менталитет: феномен «деревенской прозы» XX века [M]. М.: Комитет по телекоммуникациям и средствам массовой информации Правительства Москвы, 2000. C. 3.

② Акимов В. М. От Блока до Солженицына[M]. СПб.:Искусство-СПБ,2010. C. 402.

第二章　当代俄罗斯乡土小说的创作演变

　　俄罗斯文学史家列伊杰尔曼将俄罗斯文学史从 1950 年至 1990 年间的四十年分为三个发展阶段:解冻时期(或称 60 年代文学)、停滞时期(或称 70 年代文学)和后苏联时期(80 年代中期到 90 年代结束的文学)。那么这个分期其实也正反映了当代俄罗斯乡土小说发展演变的过程。因此我们就借用列伊杰尔曼的历史分期来描述当代俄罗斯乡土小说的演变进程。

2.1　解冻时期的乡土小说

2.1.1　谁是"деревенская проза"的鼻祖? 奥维奇金派、索尔仁尼琴还是雅申?

　　解冻时期因爱伦堡的同名小说《解冻》而得名。以赫鲁晓夫在俄共二十二大党代表大会上的秘密报告标志着解冻的开始,而以"布拉格之春"事件作为结束的标志。在整个解冻时期,作家们开始重新思考文学创作中的"粉饰现实""无冲突论""假大空"现象,纷纷开始直面残酷的现实,讨论生活真实的问题。新的社会现实催生了一批政论作家。瓦·奥维奇金(Валентин Владимирович Овечкин,1904—1968)就是具有代表性的一位。他成了当时家喻户晓的人物。赫鲁晓夫在俄共中央会议上谈到农业时,每每援引奥维奇金的话。这里不能不提给奥维奇金带来文学声誉的特写集《区里的日常生活》(«Районные будни»,

1956），这部以战后农村生活为关注焦点的作品在当时开了农村题材创作的先河，带来了体裁上的革命。此前苏联文学作品都是关于集体农庄的长篇，在创作体例上很接近社会主义现实主义。但这一时期与以前的创作不同的是，文学作品不是大唱农业赞歌，而是批评了农业管理中存在的问题，对农民表现出了好感。奥维奇金的意义就在于他开始写战后的农村生活，写日常生活，而不是写节日庆典。奥维奇金的追随者多罗什、切尔尼琴科也以特写书写方式描写了西伯利亚农村的生活，描写了俄罗斯古老的文化日渐衰微，俄罗斯农业收成不景气的命运。要指出的是，20 世纪 50 年代的乡土小说描写对象是写"事"，情节以生产题材为主。令作家感兴趣的常常是上任的新官——不是新的农庄主席就是新的区委书记或新的总农艺师。明写农村生活，实际上根本没有农民的形象，都是村干部。作品中的人物总是作为英雄或反英雄吸引作家的注意，即那些影响决策的人物。在艺术表现上，纪实性大于艺术性。其实是一种仿纪实性，因为作品中的人物地点都是虚构的。这批特写作家有着强烈的问题意识，他们所要反映的问题是生活中普遍存在的，亟待解决的。不过在语言上的确有些平庸乏味，不太有表现力。俄罗斯文学史中曾有一种流行的共识，以奥维奇金为代表的乡土特写掀起了当代俄罗斯乡土文学的第一次浪潮（20 世纪 50—60 年代），以其为代表的作家社会问题意识敏锐，批评和揭露问题深刻，但是从艺术角度来看，他们的文学创作具有特写、政论、新闻报道性质的特征。因竭力靠近现实生活的写作目的，从而降低了对作品艺术性的要求，写作语言单调、刻板，缺乏表现力。特写在当时的短篇、中篇小说和诗歌等体裁中居于次要地位，但是其反映的问题的尖锐性和概括性远远超出了该体裁本身在当时的地位。多罗什、布科夫斯基、切尔尼琴科等作家当时都是以政论家姿态描写农村题材的。此外，以"集中营小说"作家著称的索尔仁尼琴在创作早期也写了很多与乡土文学有关的作品。

　　在 20 世纪 90 年代前的苏联学界几乎达成共识：多罗什（Е. Дорош）和奥维奇金等特写作者是乡土文学这个新文学方向的开创者。不论是 20 世纪 80 年代的彼得里克、韦尔琴科等俄罗斯学者的"俄罗斯乡土小说"论文研究，还是 90 年代后的尼科诺娃、茨维托夫以及聂兹韦茨基和菲利波夫的乡土小说专著研究都没有提到索尔仁尼琴与乡土文学的关系。而与此同时，英美学者卡特琳·帕尔斯、彼得森、波特等研究者都指出，在苏联，一直到 90 年代初对索尔仁尼琴以早期的短篇小说开创了当时代表新文学发展方向的"деревенская проза"这一事实都没有得到公开承认。他们都指出，索氏的早期创作与 1960—1990 年的俄罗斯乡土小说是有交集的，一致认为，"索尔仁尼琴在《新世界》上发表的那些短篇小说开创了作为文学流派的乡土小说，并成为这一新诞生的文学现象的艺术纲领"①，从而改变了俄罗斯学界对索尔仁尼琴既有的评价模式，开始重新思考索尔仁尼琴对俄罗斯文学的影响。

　　索尔仁尼琴生前一直在执着地探索着俄罗斯的民族之路，在早期创作中尤其以深入农民世界探究民族身份的认同感见长。他将农民意识与民族意识紧密联系起来。这首先是被欧美学者发现的。从事俄罗斯民族心理和精神研究的美国学者彼得森特别指出："索尔仁尼琴的创作反映了作为 20 世纪 60 年代俄罗斯社会独特现象的'俄罗斯文化自我意识'的形成过程，成为产生意识形态对抗倾向的独特信号。这种倾向在未来限定了一些……作家的反抗立场，并指出，这些反抗立场的证据之一就是回归了被镇压的东西，其中包括长期以来被破坏的、被排挤的民族潜意识，集体无意识中的农民思维和感知形式。"②英国学者波特在研究索尔仁尼琴的《伊凡·杰尼索维奇的一天》时，指出了关在劳改营中的主人公的怀乡情结和他渴望逃离监狱回到故乡的想象。波特认为，索氏将"乡村原型所具有的实质性特征放在了首位"③，作家接受的时间既是线性的历史时间，又是自然循环的时间，后者的运动是由四季的更迭来决定的，而这个农民却与四季隔绝。

　　因此，索尔仁尼琴认为，"在创建'新俄罗斯帝国'的同时，将民族性降低到'无'，农民世界的被破坏导致了民族威信的降低，俄罗斯东正教堂被破坏，文学艺术音乐等领域中最美好的东西被压制，导致了民族性的缺失"④。难怪英国学者杰弗里·霍斯认为，俄罗斯民族身份认同问题是索尔仁尼琴最为关注的问题之一。

　　索尔仁尼琴不仅发现了当代俄罗斯农民在社会阶层中处于无权地位，而且认为，自 18 世纪初开始的俄罗斯社会就不够重视农民的地位，农民与知识分子之间

---

① Большакова А. Нация и менталитет: феномен «деревенской прозы» XX века［M］. M.: Комитет по телекоммуникациям и средствам массовой информации Правительства Москвы, 2000. C. 12.

② Peterson D. Solzhenitsyn Back in the USSR: Anti-Modernism in Contemporary Soviet Prose ［J］. *Bershire Review*, 1981, 16: 66-80.

③ Porter R. *Sozhenitsyn's "One Day in the Life of Ivan Denisovich"*［M］. Bristol: Bristol Classical Press, 1997: 75.

④ Hosking G. Russia: *People and Empire*［M］. London: Fontana Press, 1997: 483.

存在着对峙的传统。"1917 年以前的两百年间的贵族文化一直是与缺乏教育的农民文化对立的。农民文化不论是在彼得大帝时期、启蒙时期,还是 19 世纪都无人问津。农民文化一直是孤立存在的,不知道精英文化、贵族文化发生了什么,于是就发生了可悲的境况:在同一语言、同一信仰、同一民族的框架内两种文化主体平行发展,几乎没有交集,仿佛没有发现彼此的存在。"①当然,索尔仁尼琴这里说得有点绝对,其实,在屠格涅夫的《猎人笔记》和涅克拉索夫的很多诗歌里,还是可以捕捉到农民文化的痕迹的,只是不够显著,或没有形成一定的气场而已。

　　1974 年,在特写集《伪知识分子》中,索尔仁尼琴谴责了知识分子对 1930 年的集体化中牺牲掉农民这种做法的支持。他说:"我们国家所有外部取得的成绩,甚至是成千上万个研究所的繁荣和发展都是以毁灭农村和破坏传统生活方式为代价而达到的。"②索尔仁尼琴认为,这种以牺牲农民为代价的发展科研的做法使俄罗斯在遵从前辈、烘烤面包到民族文化和历史记忆等方面都遭到了巨大损失。在特写集《重压之下》中,索尔仁尼琴和 20 世纪 70 年代保守阵营的代表对俄罗斯历史命运进行了探讨。在农民这个阶层的逐渐消失中,他感到恢复民族失落的精神价值之路距离与人民融合之路越来越远,农民俄罗斯和具有泛西方情绪的知识分子的苏联俄罗斯格格不入。

　　也有英美专家称,索氏对俄罗斯问题的思考过于保守,指责他具有乡土气息。从反面发现了作家为维护农民世界而表现出的原乡意识、民族意识。

　　尽管索尔仁尼琴从未被列入乡土作家之列,但是,今天我们无论是研究乡土文学中包容的家园问题、道德问题,还是研究当代乡土作家的人物体系,都会自觉地追溯到索氏的短篇小说《玛特廖娜的院子》(«Матрёнин двор»,1963)。该小说奠定了俄罗斯乡土小说的方向,是作家探索民族性的实验性作品。"继伊凡·杰尼索维奇之后,读者迎来了《克列切托夫卡小站的故事》的主人公和成为后来乡土文学诞生之源泉的人物玛特廖娜。"③很多研究者都将《玛特廖娜的院子》视为乡土文学的开山之作,将其和俄罗斯农民的乡村世界的历史命运问题之间的关联放在首位。美国学者卡特琳·帕尔斯一直希望从民族身份认同

---

① Голубков М. М. Александр Солженицын[M]. М. : Изд-во МГУ,1999. С. 88.

② Solzhenitsyn A. *From under the Rubble*[M]. New York:Bantam,1976:248-249.

③ Геллер М. Александр Солженицын[M]. Лондон:OPI,1989. С. 9.

这个角度出发,将研究俄罗斯的民族心理和精神作为破解俄罗斯文学文本解读之谜的钥匙和符码。卡特琳在索尔仁尼琴早期的短篇小说中发现,作家将对民族之根和传统的丧失的认同作为俄罗斯文学和它创造的俄罗斯形象的原型特征。她认为:"在索氏的小说(如《玛特廖娜的院子》)中出现的被抛弃的、荒芜的、不久前还是俄罗斯不可分割的组成部分的农村,与乡村原型所特有的叙述模式——回家-返乡结合起来,在小说中具体表现为作者-叙述者从流放地回到俄罗斯。"[①]研究者认为,索氏在探索内在的俄罗斯时,"游走在具有象征意义或者彰显民族特色的俄罗斯版图和存在于地道的俄罗斯人心中的那个未被破坏的永恒的暗室里的内在版图这两个具有特色的场域界限之间"[②]。作家总是企图通过走进农民世界的深处来了解俄罗斯民族的内涵。

索尔仁尼琴在《玛特廖娜的院子》中一反苏联文坛之前的宏大叙事英雄主人公,将一个普通农妇作为审美客体,并将其作为整个人类精神圣地的保护者。这对乡土作家建构以村妇为价值轴心的人物体系很有启发。乡土作家笔下的很多村妇形象就是对玛特廖娜这个形象的继承和发展。她们在村里有很高的威望,兼具圣母和地母的象征内涵。仅阿勃拉莫夫就在他的中篇三部曲(《木马》《佩拉格娅》《阿尔卡》)和长篇四部曲(《兄弟姐妹》《两冬三夏》《十字路口》《房子》)中塑造了各种当代女圣徒形象的变体。阿斯塔菲耶夫的老祖母卡捷琳娜·彼得罗夫娜、阿勃拉莫夫笔下的婆婆米列齐耶夫娜、拉斯普京笔下的安娜和达利亚等都体现了发端于玛特廖娜这一文学形象而产生的村妇形象的嬗变。要指出的是,乡土作家中受到索氏影响最明显的要算拉斯普京,他在自己的小说《农家木屋》中继承和发展了索氏在《玛特廖娜的院子》中诞生的民族原型和民族价值,也塑造了一位具有圣徒特征的村妇形象。学者卡夫顿曾将索氏的《玛特廖娜的院子》与拉斯普京的《农家木屋》进行比较分析,来探索索氏对乡土小说发生发展的影响。他认为,拉斯普京的《农家木屋》不论是主题还是情节的定位都是以《玛特廖娜的院子》为蓝本的,是对作家本人和乡土小说的审美理想和价值取向的独特总结。

此外,在挖掘作品标题的空间意义上,乡土作家们也都受到了《院子》的影响。

---

① Parthe K. *Russian Village Prose : The Radiant Past* [M]. Princeton : Princeton University Press,1992:19.

② Parthe K. *Russian Village Prose : The Radiant Past* [M]. Princeton : Princeton University Press,1992:21.

这一点将在3.6"家园守望"进行具体阐述。

20世纪90年代以后,索尔仁尼琴的研究者都在《玛特廖娜的院子》中发现了作家对席卷20世纪俄罗斯农村的历史过程的批判性反映,发现了80年代关于苏联农村现状政论批评所未阐明的文学方向。他们发现,在索氏的作品中苏联农村的赤贫画面,管理层的腐败和集体农庄的无权状况,被作家以生动的画面展示了出来,作品体现了作者对农村问题的思考和立足于民族语言的审美思想。不论是欧美的还是俄罗斯本土的学者都先后从不同的角度发现了索尔仁尼琴与农民世界的关联,发现了索氏基于"土壤情结"的民族意识。

索尔仁尼琴对农民世界的关注,使得他对"деревенская проза"有着特殊的感情,因而对乡土作家也就有着特别的好感:1972年索尔仁尼琴对舒克申、莫扎耶夫、田德里亚科夫、别洛夫和索洛乌欣等作家表示了积极的欢迎。

在1979年2月接受BBC的采访中,他认为有五六位苏联作家(出于保护作者,他没说出他们的名字)是俄罗斯背景下成绩斐然的作家。但是可以猜出他们是拉斯普京、阿斯塔菲耶夫、扎雷金、莫扎耶夫等。索尔仁尼琴果断地强调了当时农民作家第一次发出自己声音的现状。他认为:"尽管托尔斯泰写过几个关于农民的短篇,但是,不管怎样他还是个地主老爷;别洛夫和拉斯普京是地道的生活在自己家乡的农民,前者住在欧洲的北部农村,后者住在西伯利亚农村,他们所使用的那种摆脱欧洲主义束缚的民间语言正是他所梦想的。尽管他们是苏联作家,尽管他们的作品在苏联发表,但是他们的作品渗透了俄罗斯农民世界的伦理和宗教价值。"[1]

索氏认为,乡土作家"构成了整个俄罗斯文学的色彩"[2]。他认为乡土作家那种"从内部描写农民的水平"[3],即"在他们笔下农民是如何感受自己周围的大地、自然和自己的劳动,那种从民间生长起来的有机的形象体系,那种慷慨的充满诗意的民间语言是19世纪经典作家所极力追求的,但是无论是屠格涅夫、涅克拉索夫还是托尔斯泰一直没有达到这个水平。并指出根本的原因就是他们本身都不是农民"[4]。他认为,"俄罗斯的民族之光应该在俄罗斯内部亮起"[5]。

① Жорж Нива. Солженицын[M]. M.:Художественная литература,1992. C. 164.

② Жорж Нива. Феномен Солженицына[J]. Звезда. 2013. №9. C. 220.

③ Жорж Нива. Феномен Солженицына[J]. Звезда. 2013. №9. C. 220.

④ Жорж Нива. Феномен Солженицына[J]. Звезда. 2013. №9. C. 220.

⑤ Жорж Нива. Феномен Солженицына[J]. Звезда. 2013. №9. C. 220.

　　但是,索尔仁尼琴对乡土作家的关注并没有中断,积极寻找机会为乡土作家辩护。他坚决反对将俄罗斯人,尤其是将农民阶层视为文化上的僵尸。在 1979 年的采访中他与安德烈·西尼亚夫斯基以及他的杂志《句法》展开了暗中的辩论,意在同所有丧失"俄罗斯之痛"的伪文学家们进行论辩。并明确提出,要同那些苏联和国外恶意嘲笑乡土作家的杂志做斗争。

　　在 2000 年授予拉斯普京索尔仁尼琴奖的颁奖会上,索氏对乡土小说创作进行了非常准确的描述,他说:"在 60 与 70 年代之交及 70 年代在苏联文学中发生了没有立刻引起注意的、无声的转变,既无恐慌又无持不同政见的挑衅味道,一点也不炫耀,没有爆炸式的宣言,一批作家开始那样写作:不炒作社会主义现实主义,而是无声地将其中性化,开始写得非常朴素,对苏联体制没有任何的讨好和取悦。在很大比例上,这些作家的创作都取材于农村生活,而且作家本身来自农村,正由于此这批作家被称为乡土作家,而确切地说应该叫他们道德作家——因为他们文学转变的实质就是复苏传统道德。"①这也正是索氏力挺乡土作家的根本原因之一。

　　索尔仁尼琴从未被列入当代俄罗斯乡土作家之列,但是又与乡土小说有着不可分割的因缘关系。如果说 19 世纪下半叶的经典作家都受益于果戈理的《外套》,那么 20 世纪的乡土作家则都受益于索尔仁尼琴的《玛特廖娜的院子》。此外,索氏与俄罗斯当代乡土文学的渊源不仅止于《院子》,90 年代,索氏还创作了很多乡村主题的短篇小说。如《回声》《在天涯海角》和《杏仁果酱》这些短篇小说以历史的维度,通过将城市和农村的关系生物化(尤其是内战时的饥饿问题)揭示了农民悲惨的命运。农民的生活总是一场惯常的求生存的斗争。尽管乡村物质贫乏,缺吃少穿,但也不乏慷慨大方、不吝施舍的乡村老乡,而代表这个乡村理想主义的人物往往是年老的村妇。这就使得乡村获得了索氏特征:具有向下的生物维度和向上的精神维度。

　　在《伊凡·杰尼索维奇的一天》中作家将农村生活和劳改营生活进行了内部比较,体现了主人公的怀乡情结。舒克申笔下的很多人物身上都明显有伊凡·杰尼索维奇的影子,并且夸大了人物的思乡心情,有时对读者而言,这种思乡显得很

---

① Солженицын А. Слово при вручении премии Солженицына Валентину Распутину 4 мая 2000г[J]. Новый мир, 2000. №5. С. 186.

怪异，甚至是不可思议。

继奥维奇金之后，作家关注的焦点也发生了变化，开始由研究外部生存条件转向研究人的内心，人的性格和环境，人与环境的关系；人物创作体系发生了明显变化，从写农庄领导过渡到写普通百姓。最能说明这一转变过程的开山之作除了前面提到的《玛特廖娜的院子》，还有肖洛霍夫（Михаи́л Алекса́ндрович Шо́лохов，1905—1984）的《被开垦的处女地》（«Поднятая целина»，1930—1959）的第二部。第一、二部书分属不同的时代。第二部更接近于 20 世纪 60 年代的创作。

在肖洛霍夫的《被开垦的处女地》的第二部中主题发生很大变化，原来写农民私有化，现在贪财愚昧的主题退居次要地位。整个作品响彻着向人民学习，歌颂农民美好心灵和道德，歌颂健康的劳动生活的旋律，使得农民性格中的"古怪"主题得到开掘。关注普通劳动者，而不是私有化者。在肖洛霍夫的第一部书中达维多夫还是个局外人，总是将自己的无产阶级的工作经验强加给农民。集体化过程中产生的一系列问题被作家展示得简洁而全面：在没收富农土地财产上暴露出的暴力和欺骗，过半的牲畜被销毁，饥饿的威胁，乡村内部的分化，农民彼此间的对抗，对土地的疏离感，新型农奴制，土地主人的失落感。在第二部书中，达维多夫开始放下官腔，扮演了一个深入农民生活与农民打成一片的亲民的农村干部形象，不仅传授经验而且虚心向农民学习劳动、社会和道德经验。农民的内心世界被艺术地展现了出来。尽管肖洛霍夫也写过关于农村的小说，而且《被开垦的处女地》第一、二部分别发表于 1932 年和 1959 年，甚至先于《玛特廖娜的院子》，但是并没有人认为肖洛霍夫是乡土小说的鼻祖，不过提到乡土小说又不能绕过他。

此外，还有一个作家对 20 世纪 60 年代的乡土创作的影响不可忽视，他就是亚历山大·雅申（Алекса́ндр Я́ковлевич Я́шин，1913—1968）。他发展了奥维奇金的特写，发展了社会心理小说。雅申塑造了有丰富内心世界的乡土人物，他所预见的很多俄罗斯民族的性格后来在乡土作家阿勃拉莫夫、别洛夫和拉斯普京的晚期作品中都有体现。雅申是文学伯乐，他预见了鲁伯佐夫的诗歌命运，鼓励和引导他的学生别洛夫在小说创作上发展自己的特长。因此从这个意义上而言，雅申不愧是乡土作家的前辈、乡土小说的鼻祖。以写诗开始文学创作的雅申很快在小说创作上表现出了他的艺术才华。他的处女作是短篇小说《杠杆》（«Рычаги»，1956）；60 年代作品有《沃洛格达的婚礼》（«Вологодская свадьба»，1962）和中篇《孤儿》（«Сирота»，1962）、《我请你吃花楸果》（«Угощаю рябиной»，1965）；70 年代作品有《甜蜜岛》(《Сладкий остров》,1972)等。这些作品都不同程度地影响了后来的乡土作家,比如《杠杆》和《孤儿》对阿勃拉莫夫的政论性小说《孤儿现象》和《绕来绕去》的影响是很明显的,它们都关注对社会问题的思考;同乡别洛夫的小说中乡村风俗书写无处不在,可以说是对《沃洛格达的婚礼》的继承和发展。在《我请你吃花楸果》中已经孕育了后来乡土小说中的家园意识和生态意识的胚胎。

由此可见,奥维奇金引领了乡土小说中的问题意识,索尔仁尼琴对乡土小说中人物体系的建构有引领作用,雅申对怀乡主题、家园主题的思考和表现,以及对列昂尼德的生态主题的发展不可能不在俄罗斯当代乡土作家中引起反响和关注。

2.1.2　乡土小说由社会分析向抒情小说过渡

从体裁上而言,乡土文学诞生之初,几乎有十年的时间都是流行特写和短篇的。从 20 世纪 60 年代初起,中篇后来居上,长篇极少,只有阿勃拉莫夫的长篇四部曲。70 至 80 年代有一些长篇开始出现,如别洛夫的《前夜》《伟大的转折》和《一切在前》。就艺术表现而言,60 年代,乡土小说有两种表现倾向:社会分析性质和抒情性。60 年代初,乡土创作开始由新闻体向“自然派”转化。自然派创作倾向迅猛发展。自然派作为批判现实主义早期发展阶段的代名词,出现在俄国 19 世纪 40 年代,由于受到别林斯基的支持和赞赏,“以真实反映现实生活,揭露和根除社会弊端”成为自然派作家的创作纲领,力图让文学成为反映生活的镜子。别林斯基企图以自然派的“真”来反拨为“艺术而艺术”的文学,强调了这种文学流派的社会导向。自然派强烈的社会意识与乡土作家的创作追求不谋而合。因此从奥维奇金开始,乡土创作就具有了很强的社会分析和批判的性质。如果说以奥维奇金为代表的乡土创作对农民生活的描写还比较平面化,那么后继者雅申和田德里亚科夫则将对社会生活的批判带到了人的整个生存层面,囊括了人的日常生活的方方面面,揭示了日常生活典型环境中荒诞的一面。亚历山大·雅申的短篇《杠杆》作为奥维奇金体的变体迈出了大胆的一步,将老百姓性格的两面性作为一种心理现象来探讨。如果说这仅是农村题材小说创作中追随自然派的萌芽而已,那么弗·田德里亚科夫(Влади́мир Фёдорович Тендряко́в,1923—1984)漫长的创作道路见证了自然派书写的演变。与奥维奇金不同的是,田德里亚科夫感兴趣的不是作为生存条件的环境,而是作为影响人的心灵的体制模式。他在中篇小说《田洼》(《Ухабы》,1956)中进行了心理实验:再现富于戏剧性的场景,在人物的选择和决定中揭示人物的心理。在中篇《一日蚍蜉》(《Подёнка—век короткий》,1965),长篇《终结》(《Кончина》,1968)中揭示了反自然的生活制度的形成原因,揭开了俄罗斯人的民族性格的一角。总之,作家创造了一系列艺术形象,集中展示了当时的生活方式所造就的人性的弱点和精神疾病。在奥维奇金派的特写中,作家提到人性的堕落时还有些诚惶诚恐,而田德里亚科夫已经清醒地认识到人性中的弱点,精神疾病是社会制度和生活方式的自然产物。在作家尤里·纳吉宾眼里,田德里亚科夫是一个严格的道德家,认为自己有权不加选择地评判任何人。他通过将痛苦的忏悔与艺术讲述、短评与纪实、具有讽刺的回忆录与残酷的政论相结合的方式加以表现。在 20 世纪 60 与 70 年代之交,田德里亚科夫的创作又回到了集体化之初,好像又回归了奥维奇金的纪实性风格,企图为荒诞的社会现象增加可信度。透过以田德里亚科夫为代表的自然派的乡土书写我们看到了历史与存在的荒诞以及对传统创作思维模式的挑战。新闻体和自然派写作因其具有很强的问题意识和分析批判的特点,又被概括为社会分析性质的写作。

与此同时,乡土书写的抒情性在增强。这与作家把关注社会的目光转向关注自然有关——他们通过与自然界的亲密接触,更加感受到与土地的血肉联系。继具有批判色彩的《孤儿》后,雅申创作了短篇小说《我请你吃花楸果》和短篇小说系列集《甜蜜岛》。在《我请你吃花楸果》中作者一改之前作品的严肃和批判色彩,使用了大量抒情的句子。小说一开篇引用了女诗人茨维塔耶娃关于花楸树这首诗中的一节,奠定了整个小说的抒情基调。

> 火红的花楸树
>
> 令我思念到如今
>
> 依然渴盼咀嚼
>
> 一嘟噜一嘟噜
>
> 略带苦味

小说的抒情性首先体现在对花楸树的描写上。"花楸果的颜色经过一个冬天也会发生变化,它的色彩会变得柔和、丰富:由褐色,几乎是核桃色变成琥珀色和如同柠檬一样的鲜亮的黄色。"

其次,抒情性体现在主人公大段的独白中。"我觉得,同自然在一起的生活,满怀爱意地参与大自然的劳动和改造可以使人变得简单、温柔和善良。除了大地,我不知道还有什么地方可以让人变得那么恬淡和高尚。""看到了吧,就像第一次看到它们,为再次看到它们高兴起来。不论是白天还是睡梦中,我们都永远不会忘记它了,这就是我们的花楸树!"

此外,还通过请同事吃采摘来的花楸果这一情节,表达了对花楸果的赞赏。"这就是北方的葡萄""窗外的美人""这就是俄罗斯本身"。在与同事的对话中,将大家对花楸果的赞赏和由此唤起的对童年的花楸树的记忆交织在一起。新鲜的花楸果唤醒了大家诗性的内心,有人将一束花楸树枝放在水瓶里,有女士将其插在浓黑的头发里,有人想将一串串的花楸果做成项链,一个青年诗人甚至建议将花楸树枝设计进俄罗斯的国徽里。

作者在小说里借花楸树,将主人公对老家农村的思念升华为对俄罗斯这个大家的思念,将对人与自然和谐共处的梦想上升到对建设绿色生态城市的思考。

同一时期,有作家则以抒情日记的形式写农村的人和事。如作家弗·索洛乌欣(Владимир Алексеевич Солоухин,1924—1997)的乡村纪事具有游记的特点。作家将旅途描写、印象和思考融合在一起。日记体赋予小说以心理抒情色彩。索洛乌欣创作的中心主题是俄罗斯农村。早期创作以政论体为主,后来抒情成分增加,对自然赋予诗意的理解。他的小说创作深受巴乌斯托夫斯基(Константин Георгиевич Паустовский,1892—1968)的影响,重表现情感,轻情节。抒情中篇小说《弗拉基米尔大道》(《Владимирские проселки》,1957)和《一滴露珠》(《Капля росы》,1960)的问世立即赢得读者的赞誉。作者自称这两部作品为"抒情笔记"。《弗拉基米尔大道》实际上是由作家40天的步行、骑马、坐车和乘船游历弗拉基米尔州的40篇游记组成的。《一滴露珠》是一次童年王国的独特之旅,透过儿童的视野刻画了作家故乡奥列皮诺的乡村肖像,展示了自然之美和劳动之美。索洛乌欣小说富于想象力,小说中的事件退居次位,政论纪实和寄情于自然相结合,对祖国文化传统的俄罗斯式的民族赞赏和切中时弊的批评相结合。小说具有自传性质。作家将个人的小履历与国家的大履历结合起来,自白与说教相结合。通过小说,作家在身体上实现了空间的旅游,在心灵上实现了时间的旅游。早期的乡土题材小说抒情化倾向还有一个特征——借用叙事主人公制造小说的抒情氛围,如艾特玛托夫(Чингиз Торекулович Айтматов,1928—2008)的中篇《扎米莉亚》

（«Джамиля́»，1957），模仿屠格涅夫在《猎人笔记》中的叙事类型，引入一个作为观察者的叙事人。随着叙事者心理的成熟，两个农村青年的爱情故事被写得刻骨铭心，令人动容。艾特玛托夫出身农村，大部分作品都是写吉尔吉斯农村的。如收录在中篇小说集《草原和群山的故事》（«Повести гор и степей»，1963）里的《骆驼眼》（«Верблюжий глаз»，1961）、《我的包着红头巾的小白杨》（«Тополек мой в красной косынке»，1961）、《我的第一位老师》（«Первый учитель»，1961）和《母亲的田野》（«Материнское поле»，1963），叙述了普通农民在与新生活的碰撞中发生的复杂的心理和俗世生活的矛盾纠葛。《别了，古利萨雷》（«Прощай，Гульсары!»，1968）也是一部非常典型的乡土题材的小说，小说主人公吉尔吉斯农民的遭遇不仅是少数民族农民命运的体现，而且是俄罗斯农民生活的写照。

　　解冻时期，乡土题材的小说抒情风格大致呈现这样一种走向——无论是奥维奇金的特写，雅申、田德里亚科夫和阿勃拉莫夫的自然派小说，还是索洛乌欣、艾特马托夫的抒情性乡土小说——其实质都是社会主义现实主义创作的变体。普通人和他的生活开始作为一种存在受到关注，小说不再刻意高扬个人在集体中的责任感、荣誉感、使命感和牺牲精神，而是开始关注环境对个体的影响，还原了人的本性，从尊重自然人的需求为出发点来书写历史、反思历史。索尔仁尼琴在创作上迈出的步子最大，他将普通的苏联人作为一种现象来思考。他的短篇小说《玛特廖娜的院子》（简称《院子》）就是一部跨出社会主义现实主义创作藩篱的农村题材小说。从索尔仁尼琴的《院子》开始，乡土文学又回归了托尔斯泰塑造卡拉塔耶夫式农民类型的传统。叙事性增强，小说整个基调比较沉重严肃。

2.2　停滞时期的乡土小说创作

　　文学史家列伊杰尔曼将 1968—1986 年间的当代俄罗斯文学史称为 70 年代文学。这一时期正好与俄罗斯历史上的停滞时期吻合，因此我们将 20 世纪 60 年代末 80 年代中期的乡土小说称为停滞时期的乡土小说。这一时期文学已经上升到细腻的品质，解冻时期刚刚萌芽的文学艺术倾向开始成熟起来。这一时期乡土文学在整个文学发展过程中已经走向成熟。其中艾特玛托夫、阿斯塔菲耶夫、舒克申、别洛夫和拉斯普京成长起来，打出了"乡土小说"的品牌，保护俄罗斯乡村的伦理道德传统，尊重民族生活方式，重视与自然的联系——城乡文明的对抗成为这一时期的显性书写。

2.2.1　乡土题材的长篇小说的变体

20世纪70年代实际上是展示了社会主义现实主义作为文学流派的各种变体。这种变体首先体现在人民史诗的出现。70年代，长篇史诗小说已经替代了20年代的"散文长诗"，具有"个人与民族融合"和"英雄神话"相结合的特点，如果说20年代的史诗小说总是以史诗性战胜小说原则告终，即个体毫无保留地融入集体，那么60至70年代的英雄史诗更强调了人民的自主性，关注个体需求及其在社会中的地位。阿勃拉莫夫（Фёдор Алексáндрович Абрáмов，1920—1983）的长篇四部曲《兄弟姐妹》曾以《普里亚斯林一家》（Пряслины）为名，它们集中反映了英雄史诗中的史诗性和小说性之间的复杂关系。四部曲的前三部分别是《兄弟姐妹》（«Братья и сестры»，1958）、《两冬三夏》（«Две зимы и три лета»，1968）、《十字路口》（«Пути-перепутья»，1973），是一部关于佩卡什诺村的乡村纪事，将历史大事件有机地融入家庭纪事，历史的沧桑折射在家庭生活的苦难历程中。在前三部小说中主人公都沉浸在自己所处时代的日常生活劳动中，活在当下，没有看到时代的史诗性价值。阿勃拉莫夫在第四部小说《房子》（«Дом»，1978）中展示了70年代佩卡什诺村有序的日常生活和富裕的物质生活，同时也暴露了农村新的冲突。作家通过一种审视过去、总结过去的眼光，展现了佩卡什诺村村民自身高昂的精神状态，尤其是展示了全体与个体团结统一的精神状态。"这部史诗从纪事小说中成长起来，既保留了纪事的特征，同时不忘关注个体自我追求的权利，个体的内部生活探讨的'我'和个体与大众关系之间存在着不可避免的冲突的这种意识。"[①]阿勃拉莫夫阐释过去和评价过去的现代视域使四部曲小说成为里程碑式的人民史诗。

20世纪70年代，乡土叙事史诗中人物类型发生了变化，作家在将人物塑造

---

① Лейдерман Н. Л. ，Липовецкий М. Н. Современная русская литература：1950—1990-е годы. В двух томах[M]. Т. 1，М. ：ACADEMA，2006，С. 19.

成为人民的典范代表的同时，力图在人物身上挖掘人物的自我意识、个体价值，将人物赋予一定的历史使命，将人民意识作为最高审美标准。"在人民史诗的伦理坐标中，个体原则的崇高价值得到了认可，全民性凌驾于个体原则之上的特权不是作为史诗性的胜利来呈现，而是作为一种时代的悲剧来呈现的。"①就整个小说所定的基调而言，70 年代的乡土史诗小说既有历史的大背景，又有农民生活的具体场面；既有集体劳动，民间风俗展示，又有个体的情感生活和爱好的细腻书写。叙事风格、人物类型等整体上接地气，消解了苏联时期宏大叙事语境中的英雄神话。事情发生的地点往往是某个村子，主人公通常是某个具体的历史时期或历史事件的卷入者。就当代读者视角而言，特定历史时期人物的遭遇经历跨越时空更显出历史的沧桑感，那看似平凡人的平常生存故事在前线战事紧张，后方供给任务繁重的情况下，的确不是平凡的故事，是后方农民的英雄神话。阿勒拉莫夫作为乡土小说作家群中的老大哥，首先以人民史诗的形式，即通过长篇乡土小说中史诗性和小说原则的相互作用，将人民作为复杂的个体和与时代共存的命运揭示出来。一家人的命运与国家的命运紧紧地拴在一起。别洛夫的《前夜》则是一部历史大纪事，是作家在 20 世纪 70 至 80 年代期间写作的关于集体化的长篇，它重新审视了集体化运动。当时的普通农民的生活和国家领导人政治生活交替呈现，赋予小说以历史的真实性。这部小说多维度地描写了农民传统生活方式，小说中人物众多，有各种农民、城里企业里的工人、过去的贵族和神父以及党和各机关委员会的工作人员。小说从时空的跨度上来看，也是规模空前的。事件从森林里的乡村什巴尼哈转移到沃洛格达和莫斯科，从普通的农家小屋转移到城里的集体住宅，从乡下青年人的游戏聚会到村委员会的办公室，从说媒、伐树到工人集会或农民大会。农民视角中的乡村圣诞节之夜的安详和莫斯科圣诞节之夜的神秘交相出现。在长篇小说《一切在前》中作家已经将叙事中心拉到莫斯科，开始探讨家庭婚姻问题、夫妻诚信问题，所以已经不是严格意义上的乡土小说。这部小说曾引起很多争议，但只能说作家关于生活的思考已经从农民层面扩展到全体人民的层面。别洛夫笔下建立在劳动基础上的乡村家庭生活总是很美满的、令人羡慕的：夫妻相随，你担水来我种田。除了劳动以外，夫妻之间也不

---

① Лейдерман Н. Л. ，Липовецкий М. Н. Современная русская литература：1950—1990-е годы. В двух томах[M]. Т. 1，М. ：ACADEMA，2006，C. 20.

乏大爱。伊凡·阿夫里坎诺维奇的 9 个孩子就是见证。随着全球化脚步的加快、媒体的发展,城市面临着更多的诱惑,在长篇小说中作家开始思考作为存在重要组成部分的社会问题——婚姻家庭问题。在长篇小说《伟大转折的一年》中作家又重回 20 世纪 30 年代的集体化书写。

在别洛夫的三部长篇中,《前夜》最受读者欢迎。作家巧妙而丰富地在作品中嵌入民间歌谣,直接将积累的民间经验作为最高伦理准则引入生动的现实,以此强调了普通农民的智慧,并且多层面地展示了乡村面貌。这也正是别洛夫长篇小说创新之处。

2.2.2 集体化小说的变体

从上述别洛夫的长篇小说的分析中,已经可以窥见集体化小说演变的倾向。停滞时期,《被开垦的处女地》中的社会主义现实主义原则发生了分化,发展成为以别洛夫[其代表作是《前夜》(«Кануны»,1972—1987)]和莫扎耶夫(Борѝс Андрѐевич Можа́ев,1923—1996)——为代表的一支[其代表作品是《农民和农妇们》(«Мужики и бабы»,1-я книга,1976;2-я книга,1987)],以及以阿库洛夫和阿列克谢耶夫为代表的一支,代表作品分别是《冷漠的卡西扬》和《打架斗殴的人》。两个分支的新集体化小说的区别在于如何诠释集体化机制和发生分化的根源。别洛夫在长篇小说《前夜》和莫扎耶夫在长篇小说《农民们和农妇们》中的立场和社会主义现实主义的立场并无二致,只是对人物的功能进行了重新编码,与第二个分支形成了截然不同的对人民的认识。在小说中,他们竭力证明,人民是无辜的,是乖顺的孩子。人民总是对的,即使有错,也是外部敌人唆使的结果。代表第一分支的作家过分将人民的角色理想化;第二个分支则完全颠覆了肖洛霍夫的集体化小说模式,在农村世界的内部分析农民悲剧命运的原因,将农村与国家纪事并行展开,在农村世界的社会、道德和心理面貌里折射了政客们的残酷谩骂和丧失道德的夺权斗争,塑造了各种面孔的农民,暴露了农民的很多人性中的弱点,从而形成了与别洛夫和莫扎耶夫完全对立的立场:人民也不是完人,他们应该正确认识自己,并勇于担当。这种立场为人民的艺术认知带来了根本性的修正。传统美学都是将人民性格理想化,作品中充满了对人民的尊重与褒奖。从领袖崇拜到群众崇拜发展到如今的人民自省原则,的确是对传统美学的颠覆。如果说肖洛霍夫是将集体化视为由于阶级对立导致四分五裂的农村产生了新的整合力量,新的劳动共同体,是具有史诗意义的过程,那么在新的集体化小说中集体化制度被视为是对农民世界的强行破坏,有悖农民的生活规律,是一种反史诗现象。扎雷金在乡村历史小说《在伊尔德什河上》(1964)中重新反思了农村集体化运动。到 20 世纪 70 年代,乡土小说中的人物类型也发生了根本性的逆转,不再是直线型的性格,不再是思想单纯,仅仅沉浸在靠劳动而获得温饱生活的普通农民形象,出现了多元性格的农民。如扎雷金在《盐谷》(1967—1968)中通过斯捷潘·恰乌佐夫这个农民形象的塑造,重新思考了领袖与人民的关系。领袖是被人民造就的,与人民血肉相连,因此作家把解放土地的革命司令部首长作为人民政权的集权化体现,作为人民意识的强大引擎来塑造。莫扎耶夫笔下既简单又狡猾的菲德尔·库兹明(《菲德尔·库兹明的一生》)在处理他与政权的冲突时表现出的滑稽幽默使这个形象具有丰富的内涵和人格魅力。60 年代末 70 年代初,乡土文学开始捕捉与物质需求相对立的精神需求,开始塑造对生活有思考、渴望一种更加充实的存在、希望打破常规的存在方式的人物形象。在乡土小说中,人物自我探索做得最果决最有力的当属瓦西里·舒克申,他的"怪人"形象就是追求独立的精神世界,不肯与世俗同流合污的人物形象。吉尔吉斯斯坦作家艾特玛托夫也创作了一系列普通牧民的形象。不论是《古利萨雷》中的牧马人塔纳巴伊、《一日长于百年》中的养路人叶季益,还是《断头台》中的牧羊人巴士顿,都被作家称为"劳动之魂"。作家不仅在牧民们所从事的简单乏味、平凡无奇的劳动中发现他们的不平凡,而且展现了这些普通的劳动者的内心世界。他们对历史没有抱怨,他们将生活的苦难作为一种经历、经验去思考,"他们是普通的自然人,在生活的永恒与瞬间的碰撞中,他们是举足轻重的,作为具有丰富内心世界的个体,他们是非常值得关注的……"[①]以上的乡土创作还是作为一种点缀穿插在 70 年代的俄罗斯文学过程中。"乡土文学(小说)"作为一种文学现象尽管在 60 与 70 年代之交和整个 70 年代的出现是悄无声息的,但它还是有一定规模的,有一批来自农村的作家瞄准了农村生活,把整个创作生命都献给了农村。这些作家被称为"乡土作家"。在乡土小说现象产生 30 年后的 2000 年,索尔仁尼琴在给拉斯普京颁发"索尔仁尼琴"奖金时说道:"这些乡土作家更准确地应该被称为道德家,因为他们文学转折的实

---

① Айтматов Ч. Собр. соч. в 3-х т[M]. Т. 2. М. : Молодая гвардия,1983. С. 196.

质就是复兴传统的道德，而被破坏的、濒临灭亡的乡村很自然就成了显而易见的描写对象。"①

2.3　作为文学现象的乡土小说

"在十月革命前的俄罗斯文学里，乡村书写、农民书写总是占有显著地位的。这是不需要解释的，因为这个国家就是农业的、农民的国家。那么到了 20 世纪 60 年代，集体化、城市化之后，在农村已经衰败之后，为什么又突然产生了乡土文学？这是需要解释的。"②作家扎雷金在给克鲁平的两卷本作品集作序时提出并回答了这个问题。概括起来，依扎雷金之见，乡土文学的产生主要有两个原因：一是俄罗斯农村和农民的境遇——"俄罗斯大地上所有的农村生活都遭到了残忍粗暴的破坏，农民不止一次被欺骗、被许诺幸福的生活，在自己整个存在的时间段里农村在道德上、心理上和身心上都经历了悲剧性的创伤"③；二是乡土文学是俄罗斯文学的痛，是俄罗斯知识分子，尤其是出身农村的知识分子的痛。正是在这种情况下，产生了俄罗斯当代的乡土文学（小说）。20 世纪 60 年代中期至 70 年代末，随着阿勃拉莫夫（Ф. Абрамов，1920—1983）、阿斯塔菲耶夫（В. Астафьев，1923—2001）、别洛夫（В. Белов，1932—2012）、舒克申（В. Шукшин，1929—1974）和拉斯普京（В. Распутин，1937—2015）等乡土作家的出现，苏联文坛掀起了乡土文学的第二次浪潮（相对于从奥维奇金开始的第一次浪潮而言），他们无一例外地都出生在农村。根据扎雷金的理解，他们最能理解乡村和农民的痛。从这时起乡土小说（长、中、短篇）创作开始有了新视角、新的表现范畴。创作关注焦点不再是生产问题，而是人本身；开始研究农民的精神需求，开始关注传统；从以前的批判农民人性的弱点转向赞美农民。乡土小说开始向保护俄罗斯农村传统中的宝贵财富转移，即有特色的民族生活方式，与自然的联系、民间道德、劳动技能等。以别洛夫、阿斯塔菲耶夫、舒克申、拉斯普京为代表的乡土小说作家从步入文坛之初

---

① Солженицын А. Слово при вручении премии Солженицына Валентину Распутину. 4 мая 2000 года[J]. Новый мир，2000. №5. C. 186.

② Крупин в. н. Избранное：В 2 т. Т. 1. М. ：Молодая гвардия，1991. C. 5.

③ Крупин в. н. Избранное：В 2 т. Т. 1. М. ：Молодая гвардия，1991. C. 5.

就既是艺术家又是思想家。他们都有着怀乡情结,珍视古老的村规民风,而严厉审判乡村的现代文明。俄罗斯的乡土小说作家的审美理想是建立在人民身上的,他们把人民视为道德理想的持有者,他们认为人民的道德价值是在与自然的交往中、在劳动中、在生活经验中、在存在的土壤上发展起来的。乡土小说作家建立了不同于社会主义现实主义的崭新的审美理想,即不是以意识形态的东西去规约人物形象,而是将普通人置于由自然、大地和家庭关怀、村规村俗构成的坐标系里来塑造。

于是拉斯普京将创作重点瞄准了"个体性格力量,个体为实现个性潜能义无反顾地生活和行动的能力",他更关注"人与记忆"的关系(如《告别马焦拉》,1976)。别洛夫特别关注的是"使村社成员的活动服从于统一步调的和谐秩序"(如《和谐》,1982)。而阿斯塔菲耶夫更关注"自然哲学",重新定位"人与自然"的关系(如《老橡树》,1960;《俄罗斯菜园颂》,1972;《鱼王》,1976 等)。舒克申企图像陀思妥耶夫斯基那样研究人的灵魂,令他最感兴趣的是普通人那敏感脆弱、隐秘难以企及的内心世界(如《怪人》,1967;《显微镜》,1969;《正面和侧面》,1969)。阿勃拉莫夫表现了人们在困难时期的凝聚力和战斗力(如长篇四部曲《兄弟姐妹》,1958—1978;中篇三部曲《木马》,1969;《佩拉格娅》,1969;《阿尔卡》;1972),同时,也揭示了作为个体的人真实的情感需要。这些作家中除了舒克申和阿勃拉莫夫早逝外,其他作家的创作都持续到 90 年代,甚至是 21 世纪初。不过乡土作家的拳头产品还是集中在 20 世纪七八十年代。在这些乡土作家的影响下,出现了以克鲁平、利丘京、加尔金等为代表的整整一代乡土作家。

弗·克鲁平、弗·利丘京、尤·加尔金等作家继承文学前辈开创的传统,结合新时代、新问题、新现象,继续探索乡土文学新的书写方式,被称为乡土小说创作的第三次浪潮。

弗·克鲁平(В. Н. Крупúн,1941)是新一代乡土文学的代表。他的创作有三大特点:一是幻想色彩,二是宗教性,三是象征性。他大量运用伊索寓言,因而使整个作品看上去就像醒世格言。他善于在主人公身上挖掘村里祖先圣愚身上的仙风古道。作家喜爱的主人公是怪异的村民,粗俗的哲学家,智慧的圣愚。他在早期的小说集《谷物》(«Зёрна»,1974)等作品中崭露了其作为乡土作家的头角。中篇小说《活水》(«Живая вода»,1982)给他带来了世界声誉,被译成很多种文字。在《活水》、书信体小说《第四十天》(«Сороковой день»,1981)中,作家表达了对被摧毁的、失去的农村的撕心裂肺的痛和对村民痛心疾首的爱。在历史语境中揭示乡村主题的系列小说《维茨卡娅乡村笔记》(《Вятская тетрадь》,1987)中,作家穿过平淡无奇的外表透视存在之伟大;在《别了,俄罗斯,我们天堂见》,展示了20世纪末濒临灭亡的俄罗斯农村的命运。同情、平和的调子,对民间语言(四句头,俗语、谚语和口头禅)的爱好,对顺从和修行的顶礼膜拜构成其独特的艺术世界,用以抗衡西方的价值观——实用主义、犬儒主义、性自由和大众文化。

弗·利丘京(В. В. Личу́тин,1940—),农村小说代表作家之一,他的所有作品都与他生活的地方——白海海滨的农村生活有关。他的作品结构自由,会常常引入一个外来者,时间跨度大,不仅写现代,而且写过去几代人的生活,越来越关注人的内心生活。他关注乡村风俗、祖先的种族记忆,亲自参加考察采集民间口头文学材料,并运用于创作中,还致力于写家乡名人。尽管他的作品题材广泛,但是最常涉猎的还是历史、民俗、民间口头文学和北方文学。利丘京追求庞大的概括,追求创造完整的、动态的、引起辩争思考的生活画面。代表作有《心在燃烧》(《Душа горит》,1976)、《寡妇妞拉》(《Вдова Нюра》,1978)、《六翼天使》(《Крылатая Серафима》,1978)、《天堂逃兵》(《Беглец из рая》,2005)等。

尤·加尔金(Ю. Галкин,1954—),从年龄上来讲,是名副其实的乡土文学的新生代。他的创作命运与俄罗斯的北方密不可分。作品里最当之无愧的主人公是日常生活中的农村。作家的每部作品里都提出了生活中实质的问题,读者会不自觉地将自己的生活与人物的生活相对照,掩卷沉思,自己悟出问题的答案。代表作有《上路的啤酒》(Пиво на дорогу,1966)、《日常之轮》(《Будний круг》,1969)、《小红船》(《Красная лодка》,1974)、《在家乡的河岸边》(На родных берегах,1984)等。克鲁平和利丘京在年龄上其实与乡土作家拉斯普京差不了几岁,但是并未被归入同一个时期,而经常被与加尔金一起相提并论,作为老牌乡土作家之后的新生代被文学史提及。

第三次浪潮的乡土小说作家在继承老一辈的传统的基础上,紧密结合现实生活,挖掘新题材、新的表现方式。例如,舒克申的"怪人"传统在克鲁平的创作中得到了发展,衍生出乡村的"圣愚"形象;民俗文化书写构成了利丘京创作的名片;加尔金的作品饱含对现代农村生存问题的叩问。这一代乡土作家几乎都走过了这样的创作路线:从天真的浪漫模式到吸收过去的艺术文化精髓,到运用获得的知识来分析现代生活。他们是把乡村、乡里人作为一种文化现象来记录、反思和塑造的。

从奥维奇金的农村特写到 80 至 90 年代的乡土小说,俄罗斯当代乡土小说创作经历了从主题、人物性格、描写手段到叙述策略的变化,从写村舍到写办公室,从写生产到关注人,从写领导者到写普通人,从把人作为意识形态的化身到作为性格、命运书写再到把人作为文化现象书写的演变,当代乡土小说曾记录了几代乡土作家的道德求索和良心叩问。它一直与那被视为忘川的遥远的过去和文明象征的未来进行着对话。乡土文学中反映的问题和人物所承载的道德理想、民族性格和民族文化,折射出时代变迁中亟待解决和发人深思的问题。

2008 年,伏尔加格勒作家鲍里斯·叶基莫夫获得了"索尔仁尼琴文学奖",被索氏称为"新生代乡土作家"。在颁奖词里,索尔仁尼琴写道:"在叶基莫夫的很多短篇和特写里,描画了鲜有人知的当今农村现状和受到各种威胁和诱惑的新的日常生活。叶基莫夫为我们展示的一系列生动画面,引发了我们对今天农村生活的思考,帮助我们复原了一个完整的民族躯体,尽管是脑子里想象的。"①俄罗斯的乡土文学最辉煌的时期主要集中在 20 世纪 70 至 80 年代。到了 80 年代中期,随着农村在俄罗斯的逐渐消失,乡土文学也进入了凄凉的晚景。尽管如此,阿斯塔菲耶夫、别洛夫、拉斯普京和诺索夫等作家在 20 世纪的最后 10 年依然在坚持创作。而此时另外一位几乎与他们同时出道的作家,直到 90 年代后,他的作品才被作为乡土创作的继续受到重视。他就是鲍里斯·叶基莫夫。叶基莫夫正式转向乡土题材写作是从 70 年代开始,他的家乡卡拉奇纳多奴折射了俄罗斯农村的很多酸甜苦辣,当时乡土文学的发展引起了作家的极大兴趣,二者合力促成了作家的创作转向。因此他的早期作品就是向学长们学习的习作,里面既有肖洛霍夫的语言特点,又有舒克申的怪人性格,当然更少不了拉斯普京笔下的对女人,尤其是母亲形象的爱。他被认为是开辟了乡土文学新疆界的作家,在 80 年代已经完全形成他的乡土创作主题,如《在哥萨克农场》(«На ферме Казачьей»,1985)、《疗救之夜》(«Ночь исцеления»,1985)、《索洛尼奇》(«Солонич»,1986)、《老房子》(«Родительский дом»,1988)和《陨落的星星》(«Пастушья звезда»,1989)。80 年代的短篇创作继承了阿勃拉莫夫的乡土写作,尽量回避改革时期的问题的尖锐性,而将主要注意

① Зайцев П. Одноэтажная Россия [N]. «Российская газета»—Федеральный выпуск №4609 от 12 марта 2008. Рассказ "Ночь исцеления." Рассказ "Говори,мама,говори."

力集中在反映俄罗斯农村的永恒问题——农民劳动者的心理上,与乡土作家兄长们 60 至 70 年代的写作形成呼应。众所周知,拉斯普京在《火灾》(1985)中、阿斯塔菲耶夫在《忧伤的侦探》(1986)中已经流露出很强的政论色彩,以此来凸显他们呐喊的力量。叶基莫夫回避了他们小说的政论性,在小说的写作技巧、语言上更加下功夫,语言更加诗意,多用隐喻,富有表现力。尽管如此,作家作品并不是一个封闭的诗意田园王国,而是具有很强的时代特色:对社会道德疾病的关注,以及对农村的破坏性的影响。像所有乡土作家那样,叶基莫夫也认为,农村是百姓道德健康的摇篮。

第三章　当代俄罗斯乡土小说的主题视域

俄罗斯当代的乡土作家继承了 19 世纪经典作家的传统,对人类怀抱责任感和使命感。因此在他们的创作中会看到他们对社会敏感问题做出的回应。随着时代的变化,乡土作家关注的焦点也在发生变化。20 世纪 50 年代,当时的社会状况决定了文学作品的问题意识的走向。当时主要面临的社会问题就是战后农村经济落后,温饱成了问题。于是以奥维奇金为代表的乡土特写并不关注农民的日常生活,而是聚焦生产和经济问题。作品不以文学性见长,而是以解决生存问题、温饱问题为己任,于是那些特写里的主人公就不是普通农民,而是能够力挽狂澜,解决冲突和矛盾,拯救集体农庄命运的领导。作品中人物活动空间是办公室,不是木屋和田间。奥维奇金认为,作家的任务就是改善人民的生活,并指出农业不发达应归罪于领导不作为。他以自己的农村特写《区里的日常生活》作为文学辩论的武器,在特写中揭露了农业管理上存在的弊端,诸如得不到报酬的劳动和没有身份证的尴尬处境等。阿勃拉莫夫的特写里也一直关注农村的生产和经济问题。作家不仅提出了如何维护农民利益,如何处理人民与政权之间关系的问题、党群关系问题,还提出了一些亟待解决的领导方法和经营方法问题。难怪列伊杰尔曼和利波维茨基认为,"与大多数乡土作家不同,在《兄弟姐妹》中与其说是洋溢着道德哲学的激情,不如说是尖锐的社会激情"①。

从 60 至 70 年代起,作家的关注点发生了变化:由关注赖以生存的面包问题到对物有所增、德有所损的社会现状进行反思,因此道德问题成为阿勃拉莫夫、拉

---

① Лейдерман Н. ，Липовецкий М. Современная русская литература：В 2-х томах［М］. Т. 2. М.：ACADEMA，2006. C. 43.

斯普京、阿斯塔菲耶夫以及后继者利丘京、克鲁平等乡土作家书写的中心。

随着现代化进程的加快,技术时代的到来,大自然遭到过度的开发和利用,成为文明的牺牲品。拉斯普京和阿斯塔菲耶夫在后期作品中越来越关注生态问题,而且远远不只是关注乡村范围的生态,已经拓展到对整个俄罗斯的生态问题的关注。

除了表现农民以劳动为基础的生存状态,也展示了农民的家庭生活。乡土作家阿勃拉莫夫、阿斯塔菲耶夫、别洛夫、拉斯普京和舒克申都出生在农村,因此对乡村这块土地有特别深厚的感情,尤其是当他们后来都到城里去工作、生活后,家园意识和怀乡情结变得愈加强烈。

乡土作家通过他们的作品思考的不仅是人的生存状态,还有人的性格。乡土作家力图通过描写刻画他们的老乡,即俄罗斯农民代表的性格来全方位地揭示俄罗斯民族的性格;像俄罗斯所有经典作家一样,乡土作家在为家乡和人民寻找出路的时候,在对生存做出深刻思考的时候,他们都会不约而同地诉诸宗教。因此,在本章我们根据乡土作家创作中具有共性的思考将其创作主题分为道德、家庭婚姻、家园、生态、历史、存在、俄罗斯性格和宗教八项来反映乡土创作涵盖的核心问题。

3.1　道德主题

俄罗斯文学史家列伊杰尔曼认为,20世纪六七十年代正是对世风日下、道德匮乏的现状的忧虑催生了乡土作家的道德主题。索尔仁尼琴在为拉斯普京颁发"索尔仁尼琴文学奖"时,甚至将"乡土作家"称为"道德家",可见乡土作家在创作中都普遍关注了道德主题。"道德是主体的内在本性要求,是其善良愿望、自由意志和良心,它直接源于人的个体的内在心声。"[①]道德成为一个社会人的行为规范,具有自律性。道德表现形式在乡土作家笔下也不尽相同。阿勃拉莫夫将人之为善作为人的道德标尺来衡量,认为良心是道德的轴心,具体体现为善良、无私、为他人着想、为他人带来温暖和幸福。因此在他的作品中,作家力图彰显这种理

① 陈勇.道德与伦理的区别[J].道德与文明,1990(2):40.

念,并在善与恶的较量中,发现这种品质的难能可贵。他通常是通过亲情友情来展示这种美德的。长篇四部曲《兄弟姐妹》中丽莎为家庭、为兄弟姐妹肯牺牲个人利益,不计较得失,成为善的化身;在中篇《木马》(《Деревянные кони》,1969)中的米列齐耶夫娜不仅造福于乡里,而且是维系家庭和睦的好婆婆,善待儿孙,不辞劳苦。

在乡土作家中,阿勃拉莫夫是个劳动狂,因此劳动对他来说具有丰富的内涵。它不仅是生存手段,还是衡量道德的尺度,建构作家作品人物体系的必要的观念。正像彼得堡大学乡土小说的研究专家茨维托夫所说:"在道德价值标尺中,对于阿勃拉莫夫而言占据第一位的是劳动。……因此不论是在作家的袖珍迷你型故事,还是长篇四部曲、中短篇中,最优秀的人物都是通过劳动来赎罪,通过劳动来自我肯定,在劳动中发现生活的目的,把全部的力量都用于造福同胞的劳动,这已经成为一种必然。"[①]作家将劳动,不是普通的劳动,而是一种近似疯狂的劳动置于价值金字塔的顶端,同样是写农村,阿勃拉莫夫笔下的主人公经常回首的不是宗法制农村,而是战时或战后初年的苏联集体农庄。那些特定历史时期的生活与其说是被作家以苦难的历程来展示的,不如说是以劳动竞赛来展示的。因而,在他的作品中有很多人物形象都是劳动狂:新婚之夜的第二天早上就爬起来采蘑菇的米列齐耶夫娜,在田间劳动中敢于与男人展开竞赛的安菲萨、瓦尔瓦拉,把青春和爱全部献给面包房的佩拉格娅,以拼命地劳动弥补根本不存在的罪过的丽莎。如果说长篇四部曲中的女人与男人展开的劳动竞赛是一种战时的需要,在中篇三部曲《木马》《佩拉格娅》《阿尔卡》中女主人公只有在劳动中才感到自己的存在,感到幸福。如《木马》中七十多岁的米列齐耶夫娜到儿子家做客的时候也待不住,也要起早冒雨去林子里采蘑菇,即使疲惫不堪地回到家,但是她的眼神中却流露出宁静的喜悦和淡淡的幸福。为了实现对孙女的允诺,她来不及休息,又要在孙女开学前赶回家去。老人一次次向人们证明,她不是白活在世上,她是有用的。佩拉格娅更是一个劳动狂,为了生存,她把青春和生命都献给了自己的面包房,为此她要挑水担柴、操持家务。她干活拼命,从不知道休息,最后过劳而死……作家同时指出了这种劳动品质的遗传性:在小说《佩拉格娅》中女主人公的母亲在去世前三天

---

① Цветов Г. Заметки о «Траве-мураве»[С]// Земля Федора Абрамова. 1986. C. 265.

还在跟女儿讨活干,"你让我干点什么吧,我还活着呢!"①正像批评家佐洛杜斯基所言:"阿勃拉莫夫的主人公一抓起镰刀、斧头和叉子就失去了节制,他们干到身体和精神都不能承受为止。从他们卸去劳动的重负的那一刻起,就开始了情感的尽情抒发,产生了精神的愉悦,最后走向精神的宁静。"②在米列齐耶夫娜和佩拉格娅的生活中,劳动占据了生活的全部,她们过着苦行僧一样的生活。很多研究者都发现,作家阿勃拉莫夫是将劳动作为人生信条的,并且认为,如果不履行这个信条就是很大的罪过。可见,作家是将劳动列入基督教的美德之列。"13世纪罗马教皇英诺森三世曾在自己论著《谈对俗世的鄙视》中将劳动视为对人的原罪的惩罚,那么,在俄罗斯从15世纪开始,体力劳动已经不再被视为是惩罚和不可避免的恶,而是成为拯救的手段。"③这在阿勃拉莫夫笔下的人物身上体现得最为充分,长篇《兄弟姐妹》中的丽莎拼命劳动除了出于替家庭分担、爱护兄弟姐妹的无私想法外,还有一个理由,"在普里亚斯林家族早就有一个规矩:如果你在哪方面受到惩罚,就要通过干活来为自己辩护"④。由于与叶戈尔偷偷约会,丽莎受到哥哥严厉的指责,她也觉得自己做错了事,为了赎罪,她一人干三个人的活:运草、担水、掏大粪。与其说丽莎以劳动来惩罚自己,不如说是来拯救自己。因为她从来没有蔑视过劳动。在小说《房子》中,哥哥的预言不幸言中:妹妹被"累垮"了。尤其是教堂被摧毁,禁止做礼拜后,对村人而言剩下的只有劳动了。难怪作家笔下那些经历过战时之苦和战后艰难岁月的乡村老妇人们说:"就让我们用劳动来代替祈祷吧⋯⋯"⑤这种劳动的神圣性已经深入俄罗斯人民的意识中,甚至在俄罗斯的语言中可以找到证明:在俄语的反义词词典里"劳动"一词的名词或动词形式的反义词都是"懒惰",而不是"休息"。作家甚至认为劳动是崇高的职责,它可以引人向善,不劳动者、懒惰者会走向堕落。

① Абрамов Ф. Повести[M]. М. :Советская Россия,1983. С. 74.

② Золотусский И. Федор Абрамов: Личность. Книги. Судьба[M]. М. :Современник,1986. С. 93.

③ Найденова Л. Мир русского человека XVI-XVIIвв[M]. М. :Изд-во Сретенского монастыря,2003. С. 120.

④ Абрамов Ф. Братья и сестры:Роман в 4-х кн[M]. М. :Современник,1980. Кн. 1-2. С. 541.(以下出自该书的引文只标出卷数和页码,不再另作标注。)

⑤ Абрамов Ф. Трава-мурова. Были-небыли:Миниатюры. Чтобы красота не пропала. Рассказы[M].СПб. :МП РИЦ «Культинформ-пресс»,1993. С. 317.

可见,乡土作家中阿勃拉莫夫更追求人物的极限品质,通过人物对劳动的贪婪要求来折射人物的品德光辉,将人物性格塑造达到极致。在别洛夫的作品中很少见得到这种极端夸张的劳动,如《平常琐事》中,卡捷琳娜曾因劳累过度生病,最后由于通宵割草导致死亡,已经是作家小说中仅有的特例。丈夫伊凡干起活来不紧不慢的,如果喝点小酒,出去拉货就会对着马自言自语,悠然自得。《和谐》中则想强调一种中庸的生活之道,没有极端可言,就连夸张的疯狂的劳动热情也没有。很多世纪以来在打猎和劳动中形成了一种平和性。"在民间总是以嘲笑,有时是以转化为怜悯的同情对待懒汉。但那些拼命劳动不爱惜自己和亲人的人也会被嘲笑,会被认为是不幸的人。"[1]阿勃拉莫夫的主人公总是将劳动放在首位,他们只有在劳动中才能收获喜悦和幸福。当然这里作家关于劳动和幸福关系的观念和观点是与作家的经历分不开的。作家在战场上幸免于死,这对他而言就是上帝赐予的礼物,所以他认为,应该把自己捡来的命造福于人,于是作家拼命工作,视工作为幸福。"正是懒人杜撰了天堂,整天坐着没事做,在天堂树下等着捡香甜的苹果——难道这就是福祉吗? 这简直是比苦役还糟糕的惩罚。"[2]可见,在对待劳动的态度上阿勃拉莫夫与别洛夫还是有很大差别的。前者以劳动诠释人的德行,后者不以劳动论品行。

在拉斯普京的乡土小说中,道德主题表现形式比阿勃拉莫夫要宽广一些。拉斯普京首先认为世态炎凉、人情冷漠就是道德退化的标志。从《为玛丽亚借钱》(《Деньги для Марии》,1967)、《最后的期限》(《Последний срок》,1970)、《告别马焦拉》(《Прощание с Матерой》,1976)到《火灾》(《Пожар》,1985),写了亲情、人情的冷漠,写了对家园的冷漠,写了对集体的冷漠。

人情冷漠。拉斯普京的《为玛丽亚借钱》和《下葬》都无情地揭露了这种日渐普遍的现象。前者情节很简单,通过为一个农村妇女借钱来考验人的良善和冷暖。但对道德问题的揭示和思考却是很有分量的,可以说是作家系列道德主题作品的开篇之作。一个农村商店的售货员玛丽亚被查出差账 1000 卢布(在当时是很大的一笔钱了)。这对她家来说是雪上加霜。造房子借的 700 卢布债务还没还清,又增加了新的亏空。已经有很多售货员由于差账吃了苦头,不止一个人受到

---

[1]　Белов В. Избранные произведения：В 3 т[M]. Т. 3 М.：Современник,1984. С. 12.

[2]　Абрамов Ф. О хлебе насущном и хлебе духовном[M]. М.：Молодая гвардия,1988. С. 202.

审判。玛丽亚,这位四个孩子的母亲,很可能因此入狱。但是督察员给了她一次机会:在他巡查商店期间,如果玛丽亚五天之内能把钱交还收银处,她就可以免于牢狱之灾。于是玛丽亚就开始了借钱之旅。跟谁借钱,到哪里借钱,就成了难题。全村都知道了玛丽亚的事,但是愿意帮忙的人极少。玛丽亚的丈夫库兹马是个老实巴交的拖拉机手,他天真地想,如果他上门说明原因,大家都会把钱借给他的。结果是借给他钱的人寥寥无几:校长借给他100卢布;戈尔杰伊老爷爷从儿子那里要来15卢布借给他;瓦西里的母亲卧病在床,竟把给自己送终的100多卢布借给玛丽亚;同事瓦西里无钱借给库兹马,只好陪他借钱;贪婪的斯捷潘妮达老太婆一毛不拔,农庄主席建议村里的几个专家包括他自己将一个月的工资借给库兹马,后来这些人又都把钱收回去了。尽管钱没凑够,玛丽亚有些绝望,但是我们对作家笔下的人物并没有完全绝望,因为不管多少,毕竟还是有人解囊相助的。批评家伊戈尔·杰特科夫认为,拉斯普京以他所写的一切让我们坚信,人身上还是有光明的一面的,不管发生什么,那光亮都是很难熄灭的。

作家认为,本来村里人每人借给库兹马5卢布,玛丽亚就得救了,然而这也成了乌托邦式的幻想。库兹马最后只好到城里兄弟那里借钱。小说就在库兹马来到兄弟家敲门的时刻结束了,为读者猜测玛丽亚的命运留下了空间。拉斯普京在小说中提出这样的问题:别人的不幸到底能引起多少人的怜悯?难道一个人可以眼睁睁看着别人由于钱的问题遭受不幸而置若罔闻、视而不见吗?也许对于玛丽亚而言,遭受打击的不仅是差账问题,而是一夜之间善良的邻里突然变得如此冷漠。玛丽亚的失落正是源于对乡村人理想化的想象或是亘古不变的认识。小说"展示了当代农村道德理想的幻灭,反映了逐渐增长的人心冷漠的趋势,这已经成为整个社会的通病"①。后来作家在20世纪90年代创作的《下葬》中,通过巴舒达为去世的母亲办丧事这件事再次暴露了类似玛丽亚遭遇的尴尬处境。作家将生活场景转换到城市里,但是生存境遇更加恶化了。在城里,如果按照下葬的流程从停尸到挑选棺材、装饰棺材和在墓地挖坑,每项都需要一笔不菲的钱,处于社会底层的巴舒达无钱为母亲办一个像样的葬礼,又无处可以借钱置办葬礼。"人们

---

① Лагуновский А. Творчество В. Распутина: постановка острых проблем современности в повестях «Деньги для Марии» и «Последний срок». http://lagunovskij.ucoz.ru/index/tvorchestvo_v_rasputina/0-111.

像一帮狗熊,在严冬的威逼下各自钻进了熊穴,除非十分必要,很少探出头来。因此,人人都有过错,人人都纵容邪恶,对之视而不见。"①如果说玛丽亚和丈夫对亲人和乡亲还抱有希望,开口向他们借钱,巴舒达则对所有人都失望了:"并非你我成了谁都不需要的人,而是周围所有人都成了这样,所有人!"(169)"到处去要钱,我的舌头可不会说这种话。"(169)最后她只好求助昔日的情人帮忙埋葬了老人。小说从另一个侧面反映了残酷的社会现实,在贫富差距悬殊的时代,贫困人家连死人都死不起。

亲情冷漠。在《最后的期限》中,在老人安娜处于弥留之际,从城里赶回来的儿女们以为老人马上就可以咽气,他们处理好后事就可以打道回府了。没想到,老人最为挂念的小女儿丹秋拉一直没回来,老人在等待中延续着生命的最后期限。小说在生与死的临界考验了人性,考验了亲情。母亲的死成了对她成年儿女的考验。他们没有通过考验,他们不但没有为母亲延长死期而感到高兴,反倒感到沮丧,好像母亲欺骗了他们,打破了他们的计划,浪费了他们的时间。在懊恼之余,兄弟姐妹们竟然吵起架来。小说以一个家庭为缩影折射了整个社会的问题:无视亲情,无视祖先遗训。作家在警醒世人:最可怕的是我们这些成人,身为孩子的教育者,竟然为下一代做如此的榜样。安娜的这些孩子去了城里之后就忘记了他们土生土长的根,家园意识的缺失在老人即将离世的顷刻展现无余。如果说托尔斯泰的《伊凡·伊里伊奇之死》中亲人和朋友对伊凡的背叛体现在他死后,而拉斯普京的《最后的期限》中垂死的老人安娜目睹了孩子们的精神堕落:对母亲而言,这比死亡本身更可怕。

乡土小说中常用人与宗族的联系来作为衡量人的道德体系的基本元素。记忆作为人对土地、对自然、对祖先、对过去的依恋是人的道德体系的核心,记忆反映的是凌驾于个体之上的人与宗族、与乡土世界的联系,是一种心理沉淀。所有人都来自乡村,只是一些人早些,一些人晚些,一些人理解这些,一些人不理解这些。拉斯普京的小说《告别马焦拉》就是一部以对祖先的记忆来揭示人的道德面貌的小说。小说中坐落在马焦拉岛上的这个古老的村落由于要建水电站面临被淹没的命运,也就是说,住在岛上的居民要迁走,岛上的房子、菜园子、草坪、墓地

---

① 拉斯普京.幻象——拉斯普京新作选[M].任光宣,刘文飞,译.北京:人民文学出版社,2004:158.(以下出自该书的引文只标出页码,不再另作注。)

都将永远消失在水下。对以达利亚的孙子安德烈为代表的年轻一代来说,根本不能理解为建水电站而淹没小岛有什么问题,一些人由于搬迁会拿到赔偿费感到很高兴,而以达利亚为代表的老一辈,故土难离,令他们最为担忧的是:小岛被淹没,那么祖先的坟墓也被淹没了。这是他们最难以接受的,这里涉及祖先记忆的问题。他们其实还没有意识到小岛被淹没对周围环境有多大影响,首先是感觉到对自己一辈子的生活环境的破坏,心理上不能接受,其次,也是最令以老太太达利亚为代表的老辈村里人不能接受的是祖坟面临被淹没。

在拉斯普京的《火灾》中,一场火灾成为检验人性、考验善恶的特殊场景。作家将"火灾"作为检测村民道德水准的试验场。在小说中,很多人面临着火的仓库,不是急于抢救出集体财产,而是趁火打劫,将公家财产占为己有。在火灾中有两类人:以伊凡·彼得罗维奇·叶戈洛夫、他的邻居阿弗尼亚和林区主任为代表的救火者;以本地村民和非本地雇佣工人群体为代表的趁火打劫者——伊凡称其为"阿尔哈洛夫之流"("архаровцы")。"阿尔哈洛夫之流"这个词本来源于18世纪莫斯科一个叫阿尔哈洛夫的警察,他在镇压莫斯科的犯罪和讨伐叛乱上措施果断残忍,很不讨莫斯科人喜欢,于是人们就把他和他下属的警察称为"阿尔哈洛夫之流",具有贬义。随着时间的推移,该词的词义发生了变化,相当于"违法者、强盗、掠夺者、流氓、小痞子、恶棍和小混混"等的统称。拉斯普京把那些外来的游手好闲的人和本地部分不务正业的居民称为"阿尔哈洛夫之流",把这类人作为现代文明的副产品来塑造。林区的这些"阿尔哈洛夫之流"对即将葬送火海的粮仓漠不关心,一群人先救出几箱伏特加酒,就地喝光;村里的部分居民趁机把抢救下来的粮食拖回自己家。小说将主人公伊凡·彼得罗维奇塑造成守法公民的典范,与这些人形成鲜明对比。人们在火灾中的行为表现为"护"和"抢"。伊凡和林区主任千方百计灭火、救火,而另一类人则想着如何趁机捞一把。后者的行为令伊凡感到既气愤,又无助。伊凡意识到,"一个人生活中有四个支点:家、工作、人和土地。后者就是你的家,你的房子的立足之所。如果某个支柱瘸腿了,那么整个世界就倾斜了"①。在小说中,作家企图通过塑造那些以四海为家流动的"阿尔哈洛夫之流",表达这样的立场:随着新居民的出现,村庄的面貌发生了变化,人的精神面貌发生了变化,乡村传统的价值遭到城市人价值观念的冲击。作家将伊凡作为

---

① Распутин В. Век ж иви-век люби. Повести и рассказы[М]. М. :Известия,1985. С. 451.

道德理想的化身,将外来户对集体的冷漠视为道德缺失的一种表现形式,并且认为,他们的无家园意识正是他们道德缺失的根源。

小说中的道德考验不仅是面对集体财产受损失如何行动的问题,而且还隐藏着一个更为深刻的道德问题——人对自然的态度问题。人利用现代技术采伐森林更容易了,但造成的后果是严重的,即毁林容易,造林难。随着自然的毁灭,接下来就是人的毁灭。拉斯普京在《火灾》中将人对集体财产的态度、人对自然的态度作为考量人的道德面貌的重要参数,从《为玛丽亚借钱》和《最后的期限》到《火灾》作家循序渐进,将道德主题不断深入和扩大,从而暴露了道德危机的严重性。令作家担忧的是技术进步带来了人的堕落,俄罗斯人失去了最优秀的品质:团结、务实、理解自然等。这些品质曾帮助俄罗斯人经受住了战争、饥饿和破产等各种考验。小说中的火灾形象具有深刻的象征意蕴,它不仅是民族无记忆、社会精神危机的象征性总结,而且具有全球性道德滑坡的预言和警示作用。因此小说开放式的结尾带给读者深深的思考:在衣食无忧的今天,人们内心深处还留下了哪些宝贵的东西?作家晚期作品更多关注俄罗斯的生态问题,其实是从人的道德问题转移到了生态伦理问题。作家开始谴责人类中心主义,在人类的各种经营活动中,人类不仅渐渐忘记了养育他们的大地之母、自然之母,不仅不反哺于她,还践踏她。作家将人类的道德堕落从人对人的冷漠拓展至人对自然的冷漠。

如果说拉斯普京将人物放在社会和家庭两个环境中来考量人的品德,那么别洛夫通常以家庭为载体,在家庭成员之间的关系中揭示道德问题。他认为,道德修养不应该因年龄和阅历而打折。他坚信:"道德原则应该很早就在人的身上体现出来。"①在他的短篇小说《喀秋莎的雨披》中,作家就提出了孩子道德教育的问题,并将这个问题延伸到《前夜》中,作家强调了家里的长辈的道德引领作用,"家是由强大的道德威望来巩固的"(13)。以罗戈夫一家为例,尼基塔爷爷身体力行,表现出了农民的智慧与坚韧,为他们这个劳动之家树立了很好的榜样。家庭中年长的家庭成员都起到了言传身教的作用,在共同的家庭劳动中,培养了孩子们热爱劳动的态度,积极面对困难的心态,以及主人翁责任感。并将承担这种责任感

---

① Емельянов В. А. Воспитание любовью:Нравственный потенциал творчества В. И. Белова[J]. Литература в школе,1982. №5. С. 12.

的对象从同龄人扩展到兄弟姐妹、父母、家庭、整个村子、整个国家乃至整个世界。如果仅描写罗戈夫一家,可能还不能够全面反映现实生活,小说中作家对索坡洛诺夫一家的描写则生动再现了家庭矛盾和冲突,暴露了家庭中亲情的冷漠和生疏。巴维尔·索坡洛诺夫老人眼睁睁看着孩子们对自己的不孝,像个乞丐一样在孩子们手里转来转去,忍受着他们不愿意养活自己的残酷现实。老人不顾社会舆论,直呼他的孩子们为"下流痞""狗崽子",可见老人气愤的心情。作家除了通过老一辈与儿女们之间的关系来折射道德问题,还将女人与道德问题联系起来,而且更多是将女人与道德沦落联系起来。作家在 20 世纪 70 年代后的一组作品里不同程度地表述了一种思想,即"战后长大的这一代姑娘们缺乏是非观念,对她们来说,道德不是根本不存在的东西,就是过了时的陈腐观念"①,作家将人物移到了城里,佐林这个人物贯穿于系列小说中,既充当叙事者,同时又是小说中的人物形象,作家的妇女观常常是通过他和医生梅德韦杰夫来表达的。比如,在《斯波克医生的教育方法》中揭露了现代生活中有更多家庭婚姻面临解体的危机,作家的触角从乡下延伸到了城里,将道德主题扩展到整个生存层面。不过在小说中,作家认为,婚姻的解体很大程度上跟女人追求女性解放有关,因此,作品在塑造女主人公东尼娅这个形象时,是怀有极大的厌恶和批判色彩的。东尼娅是个图书管理员,可谓胸中墨水不少,但是没有处理好为人妻为人母的角色,因此,作家认为,"文化不是以知识储备量来衡量的,而是以道德含量来评估的"②。他认为,女人首先要尽到母亲的义务,而现实中很多女人为了肯定自己的个性,而忽略了对孩子的关爱。夫妻关系紧张,对孩子漠不关心,必然影响到对孩子的教育。这在现如今都是十分迫切的问题,生活条件变得越来越好了,孩子们却变得越来越冷漠了。如果要问:这个问题是谁之过?作家认为,母亲首先是难辞其咎的。可见,别洛夫将男人作为道德价值的载体,而女人则成为道德堕落的批判对象。

---

① 吴新生. 别洛夫[J]. 苏联文学,1982(5):52.

② Емельянов В. А. Воспитание любовью:Нравственный потенциал творчества В. И. Белова[J]. Литература в школе. 1982. №5. С. 12.

3.2　家庭婚姻主题

　　乡土作家的创作不仅关注农民的劳动生活,同时也关注他们的情感生活。提起乡土作家中的老大哥阿勃拉莫夫,很多研究者认为他眼里只有社会问题,甚至流露出对作家的责怪,认为阿勃拉莫夫不擅长写抒情作品,即使在作家的作品中有抒情成分出现,也是被社会问题挤到边缘。"阿勃拉莫夫吝于描写爱情,就像他吝于描写一切抒情的东西,社会的伤痛遮蔽了他小说中的其他情感,使这些情感难以显露和释放出来。"[1]这种看法显然是片面的。首先要指出的是,阿勃拉莫夫这个作家是一个特别诚实的作家,他笔下没有粉饰的生活和人物,因此给很多读者的印象是阿勃拉莫夫不够浪漫,但是与其他乡土作家相比,我们会发现阿勃拉莫夫在他的长篇四部曲《兄弟姐妹》中所描写的农民的婚姻爱情还是别有特色、真实、细腻而复杂的。小说中作家通过对农村现状的描写,通过对村妇生活的描写,真实再现了当时战争环境以及战后人们的真实生存境况,可谓是对揭示战时文学和乡村文学中女性形象丰富内心世界的一个很好的脚注。尤其伟大的卫国战争时期,男人们在前线打仗,女人们在后方吃苦耐劳,承担起生活的重任。她们忠贞不渝,默默等待;她们坚强善良,忍辱负重。但这只是千千万万普通劳动妇女生活的一个侧面。她们的真实生活,她们的真正需求往往被很多作家忽略了。许多批评家都热衷于歌颂赞美阿勃拉莫夫笔下女性的善良、坚强、敢于自我牺牲等品质,似乎这就是作家笔下女人性格的全部。长篇四部曲《兄弟姐妹》中最难能可贵之处就在于:在集体利益的感召下,女性角色既表现了俄罗斯妇女所具有的传统美德,同时也没有淹没她们的个性。比如,四部曲中的安菲萨、瓦尔瓦拉和丽莎在集体劳动中,像男人一样拼命;在家庭中,又表现得很女人,甚至为了自己真实的情感需要,有时冒着违背村规之大不韪,承受着来自村民的嘲笑、侮辱和指责。可以表现乡村女人生活和活动空间的无非就是田间和家庭。阿勃拉莫夫笔下的女人在劳动中的表现都是无可挑剔的,前面已经提到,就是这些劳动起来很疯狂的女

---

[1]　Золотусский И. Федор Абрамов: Личность. Книги. Судьба[M]. М.: Современник, 1986. С. 93.

人们,也有自己细腻、心酸、复杂的情感生活。在战争年月,后方的女人和前线的未婚夫、丈夫长期分居,由此也产生了一个残酷的现实的社会问题——留守女人成为当时普遍的社会现象。阿勃拉莫夫通过塑造一些比较另类的村妇形象真实地再现了女人的生活、她们的情感需求。比如在小说《兄弟姐妹》中,有个叫奥廖娜的会计(小说中的某个片段和情节中的人物),她答应自己上前线的未婚夫对他保持贞洁,却与留在后方的一个很不起眼的年轻人尼古拉发生了关系,并怀了孕。乍看上去,这是一个批评没商量的,不值得同情的、堕落的女人。连村里老实巴交、本分守纪的娜斯佳也来羞辱她:"你这个不要脸的,不是发过誓吗?"(1-2,155)这引起了奥廖娜有些凶悍的愤怒:"那又怎样? 我是发过誓,发过誓,而现在我反悔了,我收回了。"①表面看她的辩护之词好像有些厚颜无耻,但事实上,这只是她个人情感的面具,在娜斯佳一甩门就冲到外面后,奥廖娜一下子就跪倒在地上,号啕大哭起来:"哎呀,我这是作了什么孽! 作了什么孽啊! ……"(1-2,150)刚出门的娜斯佳觉得不对头,立刻转身回来安慰奥廖娜。"哎呀,你不要安慰我了。……不要折磨我了,娜斯佳……看在上帝的面上,你走开吧! ……昨天他给我寄来信……说:'等着我,奥廖努什卡,珍惜我们的爱情……'可他哪里知道,我已经怀了别人的孩子……我是混蛋,母狗! ——她失去控制地喊着。我要跳河,我要上吊! ……我这是为了谁而抛弃了你啊? ——奥廖娜不停地数落着。——哎呀,我这是作了什么孽啊,作了什么孽啊!"(1-2,156)阿勃拉莫夫透过奥廖娜那看似无耻、不道德的外部生活来揭示人物内心的悲剧。

美国学者约翰·盖格农在自己的《性社会学》一书中指出:"在一切性行为中,宗教信仰反对最厉害的就是婚外性关系。"②因此越此雷池的女性会感到有负罪感,尽管不是所有女人都会有这样的感觉。性社会学专家认为:"而对另一些人来说,由于自知违反道德,因此会感到不堪重负。性解放主义者不愿意承认或提及负罪感问题,因为人们一向认为,每个做这种事情的人都会有负罪感,或都应当有负罪感。"③更何况,阿勃拉莫夫笔下的这个奥廖娜是个农村姑娘。我们知道,村规村俗对女人恪守妇道、保持贞操的要求是很严格的。奥廖娜本人是爱自己的未

---

① Абрамов Ф. Братья и сестры:Роман в 4-х кн[M]. М.:Современник,1980. Кн. 1-2. С. 155.
(以下出自该书的引文仅标出卷数和页码,不再另外作标注。)
② 盖格农.性社会学[M].李银河,译.呼和浩特:内蒙古大学出版社,2009:210.
③ 盖格农.性社会学[M].李银河,译.呼和浩特:内蒙古大学出版社,2009:210.

婚夫的,只是战争迫使他们长期分居,个人的生理和情感需要一时超越了理性,使奥廖娜偶然"越界"。这种越界不能简单以道德批判来对待,而是应该对战争进行反思,正是由于战争,很多家庭变得不完整,夫妻生活中丈夫或者妻子的长期缺席不可避免地带来一些社会问题,如奥廖娜无奈"城门失守",瓦尔瓦拉为填补情感空虚,卖弄风骚。小说中也描写了丽莎这个人物为情所困的一面,如:丈夫远走他乡,尤其当儿子溺水身亡后,她精神几近崩溃,这时一个住店的年轻军官给了她安慰,她便投入了军官的怀抱。后来她为自己这段情感深感后悔。阿勃拉莫夫所描写的这种在艰难岁月中女人面临的情感煎熬和在理性与情欲中的抉择在乡土作家中也是独具特色的。对社会问题的关注并未妨碍作家描写夫妻间的情感生活。如丽莎,那个连与叶戈尔谈恋爱接吻都要遭到哥哥羞辱的姑娘,结婚后与丈夫激情燃烧的夫妻生活令她自己都感到害羞;安菲萨甘愿隐藏自己的锋芒,做丈夫的贤内助,更渴望成为孩子的母亲;而在中篇《木马》《佩拉格娅》中丈夫的角色几乎是缺席的,主要凸显了女人在家庭中的作用。在《木马》中,米列齐耶夫娜在整个小说中都是核心人物——她得到儿媳的夸奖,得到公公的赞赏,得到乡里人的尊敬,唯独没有得到丈夫的呵护和关爱。新婚的第二天早上,她因为起早出去采蘑菇,遭到丈夫的暴力,这是小说中唯一提到她丈夫的地方。在《佩拉格娅》中,女主人公的丈夫成为佩拉格娅劳累后发泄怨气的对象。在《阿尔卡》中,作家大胆真实地描写了一位农村少女的感情生活。没有田园风格的唯美诗情,有的是十分接地气的泼辣和粗俗,这也是乡土小说中罕见的。在人物体系的相关章节中对此会展开分析。

　　阿勃拉莫夫的特殊经历,让他对生命对生活总是抱着回馈的态度,感觉生命宝贵,因此顾不上闲情逸致,还有战时的生活环境,容不得他有过多的浪漫。而乡土作家别洛夫就是写30年代的集体化生活,也会写得从容如流水,他尤其擅长描写家庭生活,很会营造幸福生活的气氛,企图以乡村幸福的家庭生活作为家庭思想的引领,作为婚姻道德的楷模。家是作家艺术世界的中心。他认为,正是家构成了世界秩序的基础。在《平常琐事》(1966)中就是从家庭关系的核心出发,引出一环一环的现实存在,作家对现实进行了历史的、社会的、哲学的和美学等各个层面、各个角度的艺术描写和研究。别洛夫在《平凡琐事》中也塑造了一个像佩拉格娅一样干起活来很拼命的村妇形象——伊凡的妻子卡捷琳娜。与阿勃拉莫夫不同的是,别洛夫不仅突出了女人的能干,而且将丈夫这个角色拉到了前台,让丈夫成为主角,而妻子成为配角。小说既描写了她作为劳动狂的一面,也毫不吝啬地描写了她和丈夫伊凡之间的感情。作家在小说的第一章第四节"热烈的爱"中通过回忆展开伊凡和妻子的婚姻生活。伊凡和第一个妻子没有生一个孩子,被称为"冰冷的爱",卡捷琳娜是伊凡的二婚妻子,给伊凡生了9个孩子,在农村这就是爱情最朴素的见证,因此他和卡捷琳娜之间的爱的确称得上是"热烈的爱"了。伊凡在和米什卡往商店送货的时候得知妻子要生产,立马赶回家。可是妻子已经去医院了,于是伊凡急忙赶往医院,小说中通过去医院途中伊凡的回忆和心理活动展示了他们夫妻的恩爱:"卡捷琳娜一旦下了田,去了农场,伊凡就跟魂被掏走了的似的。"①"卡捷琳娜……我要带你回家,我要抱着你回家……我们不在医院受那个罪,回家生更好,我会收拾稻草的,我会担水的,我不喝酒了,只要一切都好……"(2,36)伊凡一路上仿佛在与妻子对话,不知道该如何让妻子高兴。在小说第三章,妻子中暑住院两周,伊凡变瘦了,变邋遢了,仅仅刮过一次胡子,额头上长了皱纹,妻子回来的前一天夜里就预感到她要回来了:"一切又都跟从前一样了,每天夜里可以跟孩子们一块儿睡觉了,他醒来,用被子盖好妻子冰凉的肩膀,时钟依旧不紧不慢地,不慌不忙地滴答作响。"(2,69)听说妻子上午就从医院回来了,在田里割草的伊凡迫不及待赶回家,见到给孩子喂奶的妻子不知该做什么,"舀起一瓢水就喝",作家通过这样的细节描写把一对农村夫妻之间朴素、热烈的爱写得令人为之动容。作家还通过伊凡的梦揭示了他们夫妻间的感情,伊凡梦见"好像他坐在松林里的泉眼边,用军帽舀出沁凉的泉水给卡捷琳娜喝。奇怪的是,她却穿着夏天的裙子、鞋子,带着婚礼那天的三角巾。她喝着、笑着,从松树上不断有雪飞落下来,脚下的草突然一下子长到齐肩高。……他们相互说了什么已经不记得,但是只有一点他记得很清楚:强烈地感受到卡捷琳娜离他很近,感受到剧烈的疼,剧烈的爱"(2,125)。

在对家庭、夫妇关系的道德哲学理解上,别洛夫更接近于俄罗斯宗教哲学家伊里因(И. А. Ильин)的观点,后者认为,正是在家庭中人学会了爱,为爱而痛苦、忍耐、牺牲和忘我,甘愿为自己最亲近的人做事。作家以生活的细节描写创造了温馨和谐的家庭氛围,如木屋里的嗒嗒作响的挂钟、茶炊、咯吱咯吱作响的汲水的辘轳,都象征了一种日复一日、周而复始的平淡而真实的生活。同时作家也通过

---

① Белов В. Избранные произведения:В 3-х т[M]. Т. 2. М.:Современник,1984. С. 35.(以下出自该书的引文只标出卷数和页码,不再另作标注。)

非主要人物的塑造展示了一种非传统的农村生活方式,如米季卡不停地换工作、换女人;达什卡结过两次婚姻,跟三个男人有来往,但是最后没有一个人跟她过到底,都跑掉了。按照别洛夫的理解,家就是健康生活的条件,由于有了家,每个孩子从出生那一刻起就进入了人类世界,成为这世界独一无二、不可复制的一部分。在小说中,伊凡的家就是孩子自然成长的祥和空间。如果说,在《平常琐事》中作家诗意地描写了 40 岁的伊凡·阿夫里坎诺维奇对二婚妻子的“热恋”,令读者感受到了一对普通农民夫妇的幸福生活,那么在随笔《和谐》中别洛夫却肯定地认为,在农民家庭里夫妻之间只有在 40 岁以前有身体上的联系。之后,“随着长子的长大,大孩子的逐渐成熟,夫妻已经不再向往婚姻的爱巢……好像又回到了年轻时的贞洁”[①]。再婚“在民间会受到无情的耻笑的”(3,126)。如果说在《平常琐事》中作家极力推崇传统的家庭价值——爱、和谐、互相理解和无私的奉献,那么不论是在《斯波克医生的教育方法》(1968—1979),还是在小说《一切在前》(《Всё впереди》,1986)中,都看不到一点家庭幸福的暗示。在《斯波克医生的教育方法》中作家写了现代家庭状况和经历的危机,家庭开始发生分裂。作家通过中篇、短篇、自白、日记和小文章等体裁反映了 20 世纪六七十年代的时代创作特征:矛盾的社会体制画面,人与人失去联系,家庭生活不如意,与家园分裂的悲剧。作家的创作主题转向家庭分裂不是偶然的,这是由全球性的分裂和“神圣联盟”(伊里因将通过婚姻而组建的家庭视为神圣联盟)对传统的破坏造成的。邦达连科是这样解释作家的这个系列的:“家庭问题成了别洛夫创作中的重要问题之一,包括脱离家庭、和睦家庭生活不再,家庭瓦解的问题。”别洛夫在《斯波克医生的教育方法》里非常尖锐地探讨了婚姻家庭和男女关系问题,甚至具有政论色彩。作家尽管没有过分崇拜宗法制的家庭观念,但是他看到了当代社会家庭婚姻潜在的危险性和不稳定性。在作家的视角里,对孩子的态度是评价主人公的道德标杆。这部系列作品由六个部分组成,包括中、短篇小说,有一个共同的男主人公佐林贯穿始终。斯波克并不是作品的人物,而是美国一位非常有名的儿科医生。佐林在家庭教育方面出现了困惑,最后模仿美国医生的教育方法来教育自己的女儿。小说系列名称很有深意,是对割裂过去的生活价值观念、同时又远没有找到新的价值观念的一代人的盲目信仰的批判。作家认为,这代人还未意识到,新的生活方式并不只

---

① Белов В. Избранные произведения:В 3-х т[M]. Т. 3. М. :Современник,1984. С. 126.

是意味着与过去的生活形式、现象的分裂和抗衡,同时也是在改变了的社会条件下,保留和发扬过去有价值的东西。该系列小说现实的视野在扩大,作家开始艺术地研究第一代城里人的生活方式,他们的童年少年都是在农村度过的。在他们的城市生活里作家展示了现代婚姻关系。由于怀着女人绝对要忠诚、要纯真的想法,那些在农村长大的男主人公们在生活中经常与他们的妻子发生争吵。《斯波克医生的教育方法》中男主人公佐林对女性身体怀有极大的恐惧感。佐林非常理想化地要求女人绝对纯真,他很清楚,妻子和追求她的年轻人没有背叛他,因为有人爱她就足够了,但是,他还是莫名地发火:"她是由于胆怯不敢走得太远,她没有继续她的浪漫史更加肯定了她最开始的堕落。难道淫荡的行为会因为它本身没有实现而变成不淫荡的行为吗?"(2,141)佐林极端到不仅指责未实现的行为,而且指责未实现的想法。他认为,女人应该是绝对纯贞的:"正常的、良善的女人在街上与陌生的男人擦肩而过,应该是无动于衷,视而不见的。"(2,142)事实上,主人公一次也没碰到过那样的好女人。她们只是他的幻想的对象而已。佐林有时会梦见某个理想的女性的存在,融合了妻子和初恋时的女友的体貌特征。但初恋女友的美好也只是出现在他的梦幻中而已。作家认为,系列小说之一《我的生活》中的那些女主人公与佐林的妻子没有任何区别。佐林对那些很快失去了少女贞洁的年轻姑娘怀着病态的怜悯:"当我看见某个傻瓜被喝得醉醺醺的男士带进单人间宾馆的时候,我真想大吼一声啊。"(2,172)佐林周围都是一些性解放的女士,她们不肯压抑和隐藏自己过剩的力比多。别洛夫作品中的男性主人公举止行为更像未成熟的少年,任性、好生气,任何一桩小事对于他们来说都是灾难。米沙和别的主人公不同的是,他是众多的大男孩中唯一一个长大了的男人。面对别人的缺点他能够克制住自己的感情,平静地听取别人的意见,敢于自己承担责任。与梅德韦杰夫、伊凡诺夫和祖耶夫不同的是,米沙喝酒不贪杯。四十岁的伊凡诺夫虽身为丈夫、父亲,但是生活中就是个孩子,时刻期待着在妻子柳芭身上获得母性的温存,自然就包括母性的纯洁。所以伊凡诺夫幻想的天国丽人形象实际上是以母亲形象为基础的。在这些男人所爱的女性身上很容易看到母亲的替代品。梅德韦杰夫"在所有女人身上首先想捕捉的就是自己母亲的品质。其他品质他也会发现,只是发现得比较晚,或者有些迷惑"(2,196)。麻醉师梅德韦杰夫的家庭悲剧就是由他对女人的偏见造成的。梅德韦杰夫抛弃了自己的妻子仅仅是因为她可能看了黄色影片。他们夫妻生活就这样被他自己的假说葬送了。妻子的眼泪和朋友的劝说都无法改变受了侮辱的学者的决定。10年过去了,他一如既往地被那个问题折磨着:"柳芭到底看了黄片没有?"(2,300)滑稽的是,梅德韦杰夫抛弃自己的妻子和两个孩子后,不厌其烦地向周围的人宣扬,在家庭中对自己伴侣的容忍是多么重要。"所有的教育家都认为,不要急于结婚,选好你的那一半……那不好的怎么办? 要知道,不仅是那好的部分,而且不好不坏的,远远满足不了所有人的需求呢。如果结了婚,每个人都应该对自己的另一半负责任,不管她是啥样的,她都是你的。"(2,237-348)这个追求天使般纯洁的人多年来一直以为自己是一个幸福的丈夫。追求极限理想致使别洛夫的主人公失去了幸福的夫妻生活的可能。继《平凡琐事》之后,作家别洛夫突然粉碎了夫妻恩爱幸福的乌托邦梦想,男主人公在现实与理想之间失去了平衡。别洛夫同阿勃拉莫夫、阿斯塔菲耶夫和拉斯普京等作家都努力赞扬农村家庭和与之相连的夫妻义务、家族和人类协同合作的观念。拉斯普京的作品中很难看到《平常琐事》中那样夫妻恩爱的家庭生活。彼得堡大学研究乡土文学的学者博利舍夫认为,拉斯普京作品中男人经常是缺席的,女人把他们的丈夫仅仅是当成了生育工具。在《瓦西里和瓦西丽莎》(《Василий и Василиса》,1965)中瓦西里和瓦西丽莎共同生活了20年,生了7个孩子。一次,酒醉的丈夫殴打她,致使她流产。瓦西丽莎对此耿耿于怀,一直不肯原谅他。为了惩罚丈夫,她把丈夫赶到粮仓里去睡觉。战争一开始,丈夫和儿子都去了前线,有一个儿子牺牲在战场,尽管丈夫瓦西里回来得很晚,但是毕竟活着回来了。瓦西里的归来不仅没有令瓦西丽莎高兴,反而使她很失望,她命长女为父亲在粮仓里铺好被褥。瓦西里经历战争之后,深刻认识到自己的过错,企图向妻子解释,但是瓦西丽莎说:"我们不会生活在一起了,瓦西里,我一次被辱,不会有第二次了。"①按理说时间已经抹去了所有的仇恨,可令读者诧异的是,瓦西丽莎依然不肯原谅自己的丈夫,连子女们都看不下去了。其实瓦西丽莎这种恨之深,正是源于对孩子的爱之切。瓦西里醉酒戕害了未出生的孩子,当然是罪大恶极。瓦西丽莎对孩子的爱远远超过对丈夫的爱,因此她一直不肯原谅自己的丈夫,甚至都不愿意与其交往。"当他走后,她害怕自己想哭,但是她根本不想哭,她对不跟丈夫同住的一个人的生活感到很满意。"(1,36)只有瓦西里的死使

---

① Распутин В. Избранные произведения:В 2-х т[M].Т. 1 М. :Художественная литература,1990.С.35.(以下出自该书的引文只标出卷数和页码,不再另作标注。)

他们和好了,丈夫临死前,瓦西丽莎来到他跟前道别。博利舍夫认为拉斯普京的其他女主人公在对待丈夫的态度上和瓦西丽莎其实是同出一辙。安娜和达利亚在总结自己经历的一生时,仔细地回忆着过去。但是在她们的回忆中,她们死去的丈夫显得十分微不足道。偶尔提到他们,还是绝对与孩子有关。让我们看一下安娜的回忆片段:"老太婆把老头子的死理解为这就是命,不多不少,刚好。而且她已经习惯了没有老头子的生活。他们共同生活过的日子也不能说很糟,因为现在要是共同生活的话,还要糟上千倍。好在以前丈夫很少在家,时而出去打猎,时而出去赚钱。"(1,387)尽管如此,当丈夫去世的时候,安娜还是挺悲伤的:"不管怎样他毕竟是孩子的父亲啊⋯⋯"(1,387)在一次闲聊中提到自己死去的丈夫,她甚至觉得有些羞愧,因为她"已经忘记他,很少很少会想到他了"(2,315)。现在即使是提到了,也是"很平静,不动心的了"(2,316)。所以拉斯普京在处理自己作品中的人物时,让她们不愿提及的丈夫趁早消失,比如安娜的丈夫米隆秋天去了安加拉就消失了,一去未归。瓦西里莎的丈夫没有按时消失,但早晚也是消失了。因此以博利舍夫为代表的男性研究者认为拉斯普京的作品中父亲角色是缺失的,老妇人形象占了主导地位,女人对她们的丈夫没有一点诗意的、正面的感情。不过在《火灾》中作家好像是听取了批评者或读者的意见,一改以往的写作风格,让读者也看到了农民夫妻的恩爱生活,尤其是通过伊凡的视角展示了男人对妻子的态度,强调了他对妻子的依赖。"不论是在家里还是外出,他都感到那个不停劳作的妻子的存在。"①对妻子充满溢美之词,"阿廖娜就是那整洁有吸引力的世界,年复一年,这个世界并没有变得落寞,却因理解和温暖而变得更宽广了"(443)。而别洛夫却相反,他在70年代后的作品里表现了对女人的仇视,对天国丽人理想形象的追求已经破灭。伊凡和叶卡捷琳娜那样恩爱的夫妻生活成为遥远的记忆。

如果全面解读舒克申的作品,会发现尽管舒克申笔下的男主人公对女人的性爱并不恐慌,也喜欢与女人打交道,但是可以找到与别洛夫的共同之处。如在《青年瓦加诺夫的烦恼》(《Страдания молодого Ваганова》,1972)中,青年瓦加诺夫在办案过程中,接触了家庭犯罪,醉酒的丈夫殴打妻子被妻子告发入狱,与此同时瓦加诺夫也在解决自己的个人问题:他曾经追求的、现在依然爱着的女人,想约他见

---

① Распутин В. Век живи-век люби. Повести. Рассказы[М]. М. :Известия,1985,C. 443. (以下出自该书的引文只标出页码,不再另作标注。)

面,而他却动摇了。他的女友漂亮,但是"像个木娃娃"①。用今天的话说,就是有颜值,无灵魂。瓦加诺夫希望"穿越这个麻木的心灵"(3,38)。不知为什么青年瓦加诺夫老是把正在审查的波波夫和他妻子的案子不自觉地往自己身上套。在办案过程中,他觉得作为丈夫的男人很无助,而作为妻子的女人却飞扬跋扈、理直气壮地看丈夫怎么收拾自己酿下的苦果。瓦加诺夫的烦恼不在于他觉得波波夫的妻子很像他的麻木的女友,而是在于顿悟了"他们这些女人都一样"(3,40)。他认为女人行为不端是家常便饭,是不可改变的,并向波波夫倾诉自己的困惑。这是他们的对话:

"我跟你说,瓦加诺夫同志"——波波夫好像终于明白了,"一方面,女人这一方你没什么好值得期待的,全是骗子……人们为什么不会生活?你看,只要成了家,就不和睦,只要成了家就闹分裂。为什么这样?因为从娘儿们那里你得不到什么,娘儿们就是娘儿们。"

"那我们跟谁结婚呢?"——瓦加诺夫问,对波波夫的那种深度哲学大感不解。

"这是另外一回事,不管怎样,一个人总是需要成家的,否则你就是一个零。为什么我们要爱孩子,就是为了获取力量来忍受女人的狂妄。"

"总是有正常的家庭的吧!"

"哪里有? 有也是装的,家丑不外扬而已。"

"那我们该怎样活着?"

"坚强地活着,我们不要自欺欺人,女人给我们生了孩子,我们不应该侮辱她们,但是她们不是我们的朋友。"(3,43)

波波夫振振有词、不急不躁地向瓦加诺夫道出了生活的"真理"。这里波波夫的立场已经跟别洛夫的知识分子人物的家庭观不无二致了。要指出的是,波波夫是舒克申笔下男主人公中的一个例外,他没有因为妻子的背叛酿出家庭悲剧,而学会了智慧地对待对方,不伤害对方,忍耐对方的恶习。而作家大部分的男主人公都属于另外一种心理类型,他们渴望女人的理解,满足自己崇高的精神追求,同

---

① Шукшин В. Собр. соч. : В 3-х т[M]. Т. 3. М. : Молодая гвардия,1985. С. 31. (以下出自该书的引文,仅标出卷数和页码,不再另作标注。)

时当这些期待没有得到兑现的话,就会感到十分痛苦,甚至会走极端。舒克申笔下中年人的家庭生活中夫妻通常是敌对的、相互不理解的。

克鲁平在《看见为了忘却》《家庭场景》《对不起,别了!》等作品中触及了爱情主题,呈现了男女之间不寻常的相互关系以及作为性格之谜来挖掘女人的内心世界。而《爱之光明》和《我们营造一个家:关于年轻家庭的书》这两部作品则是作为老一辈的智慧分享和文化遗产留给刚步入婚姻殿堂的年轻人的生活指南。

大部分乡土作家都继承了托尔斯泰的婚姻观。托翁在《战争与和平》中明确阐述了女人的天职问题。他认为,女人的重要性不仅仅体现在生儿育女、哺育孩子、教育孩子上,而且伟大在她能够做"男人不能做到的那种最崇高、最美好、最使人接近上帝的事,即爱情,为所爱的人献出自己的一切。对于这件事,优秀的妇女们过去、现在和将来都做得那么出色、那么自然"①。托尔斯泰不止一次发展这个想法。当代世界观认为女人全身心地献身给爱这种能力是过时的,而托翁认为这正是女人最珍贵的品格、最好的特征和她真正的天职所在。托翁的这种观点贯穿在他的文学作品中,对俄罗斯文学,尤其是乡土文学中的妇女书写、妇女观影响深远。乡土作家的爱情婚姻观代表了男权社会对女人的要求,代表了俄罗斯文学的妇女观,重在"树立女性理想,而不是为女人争取权利"。阿勒拉莫夫、阿斯塔菲耶夫和拉斯普京都偏爱女人,都喜欢站在女人的立场上写作;而别洛夫最痛恨女性解放,像托翁一样,在创作后期开始恐惧婚姻;舒克申也渴望男人成为女人呵护的宝贝、女人都能理解男人。

3.3　叩问存在

乡土作家并未仅仅停留在对农民外部劳动生活的欣赏和表现上,还通过人物形象来表达他们对生命意义的叩问。比如,阿勒拉莫夫在很多作品中都表达了这样的思想:一个人走后总要留下点什么,或是手工劳动,或是神话传说,或是人们对你的感念。作家关于劳动与幸福关系的观点和其经历有关。作家在战场上幸免于死,这对他而言就是上帝赐予的礼物。他认为,应该把自己捡来的命造福于

---

① 托尔斯泰.列夫·托尔斯泰文集:第十四卷　文论[M].陈燊,丰陈宝,译.北京:人民文学出版社,2013:402.

人,于是作家拼命工作,视工作为幸福。"正是懒人杜撰了天堂,整天坐着没事做,在天堂树下等着捡香甜的苹果——难道这就是福祉吗? 这简直是比苦役还糟糕的惩罚。"①作家不仅在他的很多发言和文论中表达了这样的观点,而且在小说中还通过人物直接的思考来揭示生存的意义。四部曲《兄弟姐妹》中安菲萨有过这样的内心独白:"这里的花草长得一点不逊色于和平年代啊,小马驹围着母亲高兴得撒着欢儿,而为什么人们,最理智的动物,却感受不到大地的喜悦而相互残杀呢?"斯捷潘面对妻子和儿子的死发出了对生存的质疑:"日子已经过到头,干吗要工作? 我们会打败德国人的,会回到家的,但是他剩下了什么呢? 他该怎么办?也许该为了妻子马卡洛夫娜活下去。这曾是他身边唯一的一个人,如今也失去了。我们为什么活着,难道就为了工作吗?"

别洛夫对生命意义的叩问主要是通过《平常琐事》中的伊凡来实现的。别洛夫将人与自然融合在一起,认为自然的循环与人的生命的繁衍生息是相通的。对自然的认识和理解帮助人物领悟了生与死的意义。小说中卡捷琳娜的突然死亡对于伊凡而言就是打破了自然的和谐,他已经习惯了妻子孩子一家人在一起的生活,如今妻子的离去让他一下子无所适从,甚至失去了生活的信心。正如列伊捷尔曼指出的那样,老妇人叶夫斯托利娅的世界观与伊凡·阿夫里坎诺维奇的立场形成鲜明的对照。"她摇晃着摇篮里的孩子,哼唱着,久久地智慧地望着蓝天,望着田野……"②老妇人在无垠的天空面前,在存在的必然规律面前表现出了无畏。在他们家最艰难的时刻,即自己的女儿,阿夫里坎诺维奇的妻子卡捷琳娜突然病故时,正是她恰到好处地迫使家里所有人,首先是伊凡·阿夫里坎诺维奇鼓起勇气继续平凡的生活。当妻子四十天祭日过后,伊凡再次面对自然的时候心境已经发生了变化。他认识到,不管是妻子还是母亲的去世,都不能终止生命的运动。在自然的启发下,他坚信生命是周而复始、生生不息的,即使肉体死亡了,也并不意味着我们就可以停止思考——我们可以凭借人类的记忆将思考传递给未来的一代代人。伊凡在自然的循环往复中找到了安慰,他发现,周而复始无限循环的日常生活已经超越了俗世的特征,而升华为一种仪式。这种仪式的基础就是作为

---

① Абрамов Ф. О хлебе насущном и хлебе духовном[M]. М. :Молодая гвардия,1988. С. 202.

② Белов В. Собрание сочинений в 7 томах[M]. Т. 2. М. : Редакционно-издательский центр "Классика",2012. С. 85.

民族文化之根的种族记忆。伊凡在自然的循环中领悟了人作为生物存在的生老病死规律,渐渐平复了丧妻的痛苦。

拉斯普京在《告别马焦拉》《活着可要记住》《最后的期限》等作品中都表现了人对存在的思考。达利亚对待祖坟的态度就是她生活的态度,活着不能愧对祖先;娜斯杰娜这个普通的农村妇女并没有因丈夫的突然回家使他们终于有了传宗接代的香火而感到欣喜,却为丈夫的临阵脱逃而感到愧疚。她最后选择自杀,正是她严肃的生活态度所决定的,如果仅仅为自己而活,是绝对不会选择自杀的。安娜是孩子的母亲、家庭主妇、劳动者,一生忙碌,如田里、园子里的陀螺。她没有时间思考,没时间叹息,没时间左顾右盼,没时间多看一眼大地和蓝天,她一生中从来没有做过亏心事,即使在生活最艰难的时刻,因此死去得很坦然。

在作家舒克申的作品中可以找到对人民生活广阔的思考,以及对人民生活的现实矛盾和复杂性的大胆而深刻的诠释。舒克申善于以人物思考的形式来揭示人物内心世界,揭示对生存的思考。舒克申的主人公们喜欢思考存在,他们有个共性:总是感到内心隐隐作痛。在作家笔下具备反思生活能力的人物通常是男主人公。

在《思绪》(«Думы»,1963)中每天夜里街上传来的手风琴声勾起农庄主席马特维对自己青年时代的回忆,以及对爱情和死亡的思考。他的一生是劳动的一生,所有的喜怒哀乐都与劳动有关。如果说每天三更半夜,小伙子科利卡弹着手风琴满村子跑是向所爱慕的姑娘示爱的话,那么马特维开始怀疑自己年轻时是否有过爱情;尽管回想起弟弟的死总会伤感,但是如今的马特维已经可以坦然地面对和理解死亡。在《我相信!》(«Верую!»,1971)中,村民马克西姆莫名的烦恼苦闷,不知道自己发生了什么,只觉得心痛,苦苦思索却无论如何搞不懂他和周围的人们为什么要活着。于是,他就去请教口碑较好的神父,结果发现神父心也在痛。在与神父的交谈中,马克西姆的痛苦渐渐释然。

在《靴子》(«Сапожки»,1970)中,主人公乡村司机谢尔盖·杜哈宁是以下列方式思考生活和存在的:"你一直是这样活着,已经四十五岁了,总是想'没什么,我总会过上好日子,会过得轻松的',可是时间流逝,你就要到你该去的地方了,一辈子都等待着什么。试问,我们还等待什么魔鬼啊,而不去做那些可以做的高兴的事呢?"①这个思考也许并不新鲜,但是有趣的是舒克申让他出自一个乡村司机之口,意在说

---

① Шукшин В. Сочинения. :В 2-х т[M]. Т. 1. Екатеринбург:У-Фактория,2005. C. 371.

明这是主人公自己生活经验的总结,这些想法和道理不是理论,是生活体验。谢尔盖不仅形成了自己的一套思考方式,而且在生活中践行此思考方式——谢尔盖给妻子买了一双很漂亮的靴子。尽管靴子很贵且不适合妻子,谢尔盖还是觉得没有什么大不了的,还可以给女儿穿,可问题的关键不在于靴子本身,而在于善于和有能力让周围的人幸福,给他们带来哪怕是短暂的喜悦。一个毫不起眼的乡村的司机能够把所思所想所做统一起来是多么难能可贵啊。从另外一个角度看,买靴子这件事也是爱的证明,在谢尔盖和妻子生活中可以称得上是过节般的大事了。生活的重负往往令人变得内心消极和冷酷,而主人公却能有如此积极的生活态度,作家正是想通过该小说迫使自己的主人公审视自己,推动读者反思、评价自己的生活。

再如,在短篇《夫妇》(«Одни»,1963)中男主人公安季波夫是个做马具的师傅,但他不甘心一辈子做个马具匠,只要有空余就拾起他的最爱——弹奏巴拉莱卡琴,他觉得人不是挣钱的机器,人有灵魂,他的灵魂也会有所要求。安季波夫认为,人不仅只为孩子活着,还要稍微为自己活着。作家想通过这个故事来表现一个普通农民对生活的思考:他们并不单纯是面朝黄土背朝天的农民,他们还有属于自己的内心世界,这个世界通常因迫于生计被忽略了,然而他们的灵魂从未停止过渴望和幻想。

无独有偶。在短篇《正面与侧面》(«В профиль и анфас»,1967)中,主人公伊凡得罪了单位领导,被临时解职后一直很苦恼。从他与村中一位老人的聊天中,可以感觉到他一直在追问生命的意义。老人认为,好好干活就是根本。而伊凡却向老头抛出了很多问题:"我不知道我为什么而工作。你知道吗?好像我们工作就是被雇佣,但是请问,为什么而工作呢?难道就是为了吃饱饭吗?吃饱了之后又怎样呢?……我并不需要那么多钱……这点你明白吗?我需要其他的东西。"(1,200)"要知道马也在工作,所以我们人生活的意义在哪里呢?"(1,201)"我也感到奇怪。我又不是傻瓜,但究竟是什么让我的心绪不得安宁?我的心在祈求什么?我是多么搞不懂啊。"(1,201)老人对他问题的逐一回答也不能令他满意,最后老人只好说"结了婚就好了"(1,201)。"不,也不是这个原因,我应该为爱而燃烧,而事实上哪里能燃烧?我不明白,只有我是那样的傻瓜,还是大家对此都表示沉默……"(1,210)与《正面与侧面》中的伊凡类似的人物还有短篇小说《渴活第二次》中的季莫费,他是个仓库保管员,总是抱怨自己不走运。小说开门见山,把他的郁闷心情一下子就交代出来了:"最近季莫费·胡佳科夫内心感到很不顺畅——世界上的一切都令他厌烦。"(1,417)当岳父来他家做客,季莫费喝了酒向自己的岳父一吐为快:"我多想再生一次啊!"(1,423)"我之所以抱怨,就是因为生活不如意啊!——说到这儿,季莫菲依都要挤出恶狠狠的眼泪了——你嘲笑我,而哪有什么好笑的啊,我的老爷,只有无聊苦闷啊!"(1,423)岳父问他,如果可以再活一次,他怎么活时,他说"第一桩事就是要娶第二个老婆"(423),然后就是对自己妻子的一通抱怨:"……她简直就不是女人,而是敛财的箱子,都怪她我才去小偷小摸占便宜,那叫个贪婪啊!就凭我这脑袋,当个领导也没啥问题……我想,我也可以当个不错的检察长……"(423)这部小说再一次证明了舒克申的厌女情结。季莫费将自己不如意的生活归咎于自己的老婆,同时又踌躇满志,苦于找不到合适的位置。

在舒克申笔下具备反思生活能力的人物通常是男主人公,而在《太阳,老人和少女》(《Солнце,старик и девушка》,1963)中作家将这种思考能力赋予了一位画画的姑娘,让主人公成为姑娘画作的中心:这是一位盲人老人,是村里的木匠,他有六个儿子,有四个死于战争,其他两个一个在城里,一个在农村。他有很多孙子,孙子们很爱他。老人"那枯槁的双手,满是皱纹的脸,还有黯然失色的眼睛,花白的头发,瘦骨嶙峋的身材"正是西伯利亚农民典型的肖像特征。但是姑娘通过与老人两天的接触,对老人的认识超越了她画家朋友的陈词滥调:带皱纹的肖像画就是西伯利亚气候和劳动的写照。她在老人那看似平凡简单的生命中发现了西伯利亚农民,一位父亲的伟大和力量。

3.4　生态主题

关于生态危机世界上各个领域的人都在谈,可见它的迫切性。美国的研究者杜格拉斯在《三百年战争》一书中列举了大量人类践踏自然的事实,得出了经过论证的结论:"我们对自然环境施加的暴力还是威胁我们人类本身生存的形式之一。"①俄罗斯作家别洛夫指出:"我们称大地为母亲、妈妈、哺育者,我们为她唱赞歌,为她祝福。这只是在口头上,事实上我们待她不够道德,甚至残忍,我们老早

---

① Дуглас У. О. Трёхсотлетняя война. Хроника экологического бедствия[M]. М. : Прогресс, 1975. C. 23.

就忘记她是活生生的存在。就像所有生物一样,她期望人们善待它。但是事与愿违,人们以冷漠和歧视代替了热爱和慈悲。"①可见,到了重新审视人与自然关系的时候了。俄罗斯乡土作家对生态的关注有其自身的特点。他们由于受俄罗斯多神教影响,对自然怀有朴素的崇拜感;再有他们善于通过自然书写体现农民对土地、对家乡的感情。因为大自然构成农民开阔的劳动空间,他们的劳动具有季节性,因此农民对四季的更迭最为敏感,对自然的感受最为细腻。只有在自然环境遭到破坏,日益成为迫切关注的问题时,作家们对自然的那种朴素情感才上升为生态意识。

其实早在 20 世纪 50 年代末俄罗斯就出现了具有关注生态意识的文学作品。如农学家出身的作家普里什文对自然的了解和热爱不是感性和盲目的,而是具有博物学家的专业性和学理性的。他是第一个说出有必要保持自然界的平衡力量,对自然资源挥霍的态度将招致严重后果的作家。他的《鸟儿不惊的地方》和《大自然日记》就是两部博物宝典。列昂诺夫在写于 1959 年的《俄罗斯森林》中已经明确提出了环保问题。20 世纪 70 至 80 年代,乡土作家的问题意识发生了变化。从关注宗族记忆、人的生存境遇和道德面貌开始转向关注生态问题;开始从诗性的自然崇拜过渡到有意识地、理智地关注俄罗斯的湖泊、河流、森林和田野,这是对现代生活的城市化做出的反应。作家们已经发现,随着城市文明的发展,技术进步和经济活动带来了一些负面影响和后果,其中最严重的就是对环境的破坏。如拉斯普京在自己的《贝加尔湖,贝加尔湖》和《西伯利亚》中,阿斯塔菲耶夫在《走过一生》和《溜达奇卡》中表达了对现代文明与环境保护之间冲突的敏感意识,对日益遭到破坏的自然环境的忧虑。

20 世纪的最后 20 年在人类面前提出了全球性生态问题。人与自然的关系激化到只有两条路可走:要么人学会作为自然界的一部分,按照自然规律生活;要么就毁灭星球,毁灭自己。在当代俄罗斯文学中人与自然的关系的主题与传统的人与自然关系的主题有很大区别。阿斯塔菲耶夫就是第一个转向了这种新型的主题的人。生于西伯利亚的阿斯塔菲耶夫热爱自然,对自然有细腻的感受。他认为,现在的人已经不像一个热情友好的主人那样对待自然了,而是变成了自己土

---

① Белов В. И. Ремесло отчуждения[M] // Белов В. И. Раздумья на родине:Очерки и статьи. М.:Современник,1989. С. 179.

地的客人,或者变成冷漠的、具有暴力倾向的侵略者,只看到今天追逐的利益而预见不到未来可能面临的问题。在早期的作品中,作家对大自然的描写充满诗情画意,文字极为抒情。而在小说《鱼王》中作家已经开始披露人破坏自然的问题。作家开始思考"靠山吃山,靠水吃水"的原始生活方式。在小说中通过人鱼搏斗对人的伦理道德进行了反思。作家将人对自然的态度与男人对女人的态度进行了类比,研究者称之为生态女性主义。后来在《柳达奇卡》和《走过这一生》中作家已经完全清醒地认识到生态遭到破坏不容乐观的情形。作家在自己的创作中没有直接提出生态这个概念,但是的确写出了保护自然的迫切性,甚至把对自然的态度作为一种道德价值来衡量。

拉斯普京和阿斯塔菲耶夫对开启俄罗斯乡土小说中的生态书写具有重要意义。乡土小说中关于生态问题的书写就是沿着两条路径发展的:一条是沿着《告别马焦拉》这一线,揭示了当代社会建设对环境的破坏,如,为了造水电站迫不得已破坏一方水土和植被;另外一条线就是沿着《鱼王》这条线,提出了人与动物的关系,人的世界与动物世界的关系。这个主题在艾特玛托夫的《断头台》中在写作规模和深度上都有了超越。作家以失去孩子的狼报复人类的方式让人类直面自己的残忍,从而将人与自然、与整个存在的联系上升到一个从未有过的高度。生态问题的迫切性使得当代的俄罗斯作家不断回归这个严肃话题,作家先钦(Роман Валéрьевич Сéнчин)甚至冒着模仿拉斯普京的《告别马焦拉》写作模式的危险创作了小说《泄洪区》(«Зона затопления»,2015)。为了在安加拉河上建造水电站,很多村民面临着被迫搬迁的现实,很多村子面临着被淹没的命运,作家比拉斯普京写得还要犀利,更具有控诉特点。可见作家是极力反对这种一边破坏一边建设的做法的,认为其危害不逊色于战争带来的厄运。在全球都在关注生态环境的新的历史语境中,文学正在发挥着价值导向和文化启蒙的作用。"它的着眼点不是让人们局限于私利的满足,把自己的生活方式片面地建立在消费模式的基础上,而是努力通过更新人们的审美理想,使其在建构自我意义世界时能自觉地把生态境界的生存作为人生的根本追求。"①

---

① 畅广元.经济全球化时代的文化危机与文学的价值取向——走向生态境界生存的文学期待[J].学术月刊,2001(1):33.

3.5　历史反思

　　乡土小说作家在关注人类的道德、家庭和生态问题的同时,有时还要回望历史,希望以史为镜,与现代生活形成观照,为现代生活提供一些启示。俄罗斯当代乡土小说作家中写过历史题材的作家不多,其中以别洛夫、舒克申和弗·利丘京为代表。在《前夜》《伟大转折的一年》《祈祷时分》三部长篇里别洛夫以一个村子什巴尼哈为例,展示了俄罗斯农村的生活。小说的核心事件讲的都是集体化。在这三部曲中作者触及的不仅有社会历史问题,而且有关于存在的哲学问题。在这些作品中作家关注的核心问题是民族自我意识的形成、继承与记忆问题,再现了团结互助的民族传统,作家认为"每日的劳动是团结合作、幸福和内心健康的主要源泉"[1]。舒克申的长篇小说《柳芭文一家》和《我来给你们自由》是以斯捷潘·拉津为主人公的历史题材的小说。他认为,拉津这个人其实很有现代人的性格特征,他集聚了俄罗斯的民族特点。舒克申创作这两部长篇的目的就是向读者展示他的这个伟大发现。今天的人们已经敏锐地感觉到现代与历史的距离在缩减。作家转向过去的历史事件,从 20 世纪人们的立场研究它们,探寻并希望找到当代所必需的道德精神价值。

　　弗·利丘京在关于白海纪事的历史小说中,善于再塑农民原始的个性和鲜明的肖像,这很接近阿斯塔菲耶夫和别洛夫的创作;完全脱离社会语境的生动的日常描写与阿勃拉莫夫的创作好有一比,对死亡和种族记忆的艺术思考承袭了拉斯普京的风格。在《长久的休息》中作家作为一个白海农民生活的纪事者,再现了瓦基查和库切马两个村子的特殊生活:这里的生活缓慢奇怪,就是一些日常生活、人物的回忆和思考。作家企图以此来探究内在的隐秘存在,追本溯源,呈现了一些人的道德苦恼,一些人的离群索居,一些人的光明信仰。作家认为,人类的宿命是与遗传的祖先的经验有关的,因此要想摆脱不良的历史影响,就要追求精神的改造。在作家的历史纪事中,尤其关注信仰问题,作家展示了将东

---

① Сохряков Ю. И. Национальная идея в отечественной публицистике XIX-начала XX века [M]. М. : Наследие,2000.

正教、多神教、旧礼教和马克思主义结合起来的俄罗斯民族性格。克鲁平在历史系列集《维亚特的笔记》（《Вятская тетрадь》，1987）、《对不起，别了！》（《Прости，прощай》，1986）、《一个年轻战士的成长路程》（《Курс молодого бойца》，1990）中记录了作家家乡的历史。为读者展开了 20 世纪 50 至 60 年代的时代画卷，刻画了当时年轻一代的心理和性格，同时也是作家成长的见证、作家家乡命运的见证。

3.6　家园守望

　　乡土作家之所以选择了乡土这个主人公，不仅是因为他们熟悉那一方土地，而且还饱含着深厚的家园意识和情结。作家阿勃拉莫夫在他的长篇四部曲第一部《兄弟姐妹》中一开头——相当于小说的序部分——就深情地表达了这一情结。小说叙事者用几页的篇幅抒发了对乡村的感情，感人至深。那既是作家的情结，也是小说中他的同胞的情结。"当我在山丘上的白桦林里隐约看见那在斜阳中打着瞌睡的古老的茅草屋的时候，惊喜得就想大叫；当我看到茅草屋时，就会忘记疲劳，忘记白天的烦恼。这里的一切熟悉、亲切得令我落泪，那四壁黑黢黢的茅草屋，我闭着眼睛可以摸到它的每一个缝隙，每一个突起，还有门前的那张桌子，四条桌腿深陷在土里，不过那斧头削成的原木板依然很结实。我少年时，多少次在农忙结束的一天，坐在这张桌子后，喝着农村粗糙的米糊；我的父亲、母亲在这张桌子后坐过，休息过……"①这张桌子记录了佩卡申诺村的人们走过的历史。小说叙事者追寻着往昔的记忆、少小的足迹。这是阔别的家，这是曾经生活的家，这是最能触动内心珍藏的乡思的地方。阿斯塔菲耶夫也是一位喜欢直抒胸臆，表露乡土情结的作家。在他的作品中俄罗斯农村是作为俄罗斯这个国家的靓丽的形象呈现在我们面前的。他笔下的乡村不同于其他作家笔下的乡村，如索尔仁尼琴笔下的乡村与阿斯塔菲耶夫的完全不同：前者笔下的乡村是贫穷阴暗的，人们只是活着没饿死、没冻死而已；后者笔下的乡村总是充满节日的狂欢，阿斯塔菲耶夫总是想以阳光纯洁的眼光来看待俄罗斯。

　　当乡土世界面对现代生活的冲击，农村面临着渐渐消失的厄运时，家园情结

---

① 　Абрамов Ф. Братья и сестры：Роман в 4-х кн[М]. Кн. 1-2. М. ：Современник，1980. С. 1.

显得日益强烈。马焦拉的命运是具有普遍性的。这令很多乡土作家感到伤感,他们无力挽救失去的乐园,只好在回忆中不断再现曾经的田园生活。乡土作家认为他们是最后为乡村唱挽歌的人,他们以不同的方式表现着自己的家园情结,有的是伴随自己成长过程的乡村记忆,有的是以老一辈对现代文明的对抗,回忆着过去,祭奠着过去。因此记忆成了俄罗斯文化中的重要遗产。过去对于有些作家而言是不堪回首的往昔,回忆是为了忘却;而乡土作家认为过去的记忆是不应该从记忆中抹去的东西,是需要保存和呵护的东西。他们的怀乡往往是一种明亮的忧伤,是"灿烂的过去,美好的记忆",他们常常因那些有价值的回忆而感到温暖。研究者图尔科夫在分析阿勒拉莫夫四部曲《兄弟姐妹》最后一部《房子》时指出,在传统的怀乡往事回想中,正是房子成了种族(家庭)和乡村的象征。① 的确,这几乎成为乡土作家表达家园意识的通用手法。房子的意象几乎贯穿所有的乡土小说。

乡土小说作家的家园守望其实就是怀乡情结的体现,是文化怀乡的继续,是对渐行渐远的乡土家园的缅怀。从索尔仁尼琴的《玛特廖娜的院子》开始,阿勒拉莫夫的《房子》,拉斯普京的《告别马焦拉》和《农家木屋》通过小说题目本身使得家园意识赫然醒目。在乡土作家的作品中通常有两种方式展示家园意识,一种通过生于斯死于斯的土生土长的乡里人故土难离,固守田园,以身捍卫故土的行为和思想表现出来,如阿勒拉莫夫、别洛夫和拉斯普京的作品;一种是通过那些生长在农村,后来到城市工作成家的乡里人的感受体现出来,舒克申的作品大部分是以这种方式来表达乡土意识、家园情结的。前一种家园意识的持有者就好比留鸟的栖居方式,一年四季都生活在某一个地方;而第二种家园意识的持有者就像那些候鸟,会随着季节的迁徙飞来飞去。在表现乡土情结时,乡土作家不仅在小说题目中赫然显现"房子""木屋""院子"和岛屿之类的名称,而且在作品中还有经常使用"炉子""茶炊"等家园意象。

索尔仁尼琴早在《玛特廖娜的院子》里就已经表达了家园意识。作家通过院子、院子的主人玛特廖娜和乡村意象表现了这个主题。这个院子指的是叙事者从监狱出来后寄住的一个孤寡农妇家,女主人其实是个普普通通的村妇,但作家将她提升到圣人的高度来塑造,赋予这个形象很深的象征意义。在小说中索氏通过建立女性与家园的联系来实现乡土俄罗斯象征意蕴的表达。"玛特廖娜的院子"

---

① Турков А. Федор Абрамов:Очерк[M]. М.:Советский писатель,1987. С. 26.

寄托了作家对古老俄罗斯的怀念和眷恋，那是作家的精神乌托邦；同时又在它身上折射了20世纪俄罗斯的命运。玛特廖娜和她的院子成了解码俄罗斯形象的符号。小说中呈现了两个俄罗斯形象："一个是作者限定在某一历史时期从社会政治史角度看待斯大林或斯大林之后的俄罗斯；另外一个是从道德价值立场出发看俄罗斯，从作家角度而言的自古以来俄罗斯人民所具备的那些构成民族心理和性格轴心的道德价值。"①玛特廖娜命运的悲剧性在于她无力捍卫自己的家园。正是过去的俄罗斯和今天的俄罗斯之间的冲突导致了玛特廖娜悲惨的命运，所以玛特廖娜的死象征着乡土俄罗斯、木屋俄罗斯的消亡，一个新时代对过去的残酷抛弃。作家在小说中表达了对"失乐园"的怅惘之情。整个俄罗斯就是"玛特廖娜的院子"。此外，小说中叙事者刚到的第一个村子叫"高岗村"："还是派我去了一个地方——高岗村，这个地名令我心情豁然开朗。这个地名名副其实。高岗村位于一个山冈上，处在一些峡谷和别的山冈之间，周围森林环绕，还有一个人工湖和一道小坝。要是能在这样的地方度过一生，在此安息，人生也没虚度。"②叙事者本以为找到了诗意的归宿，然而后来由于没有糊口的面包，他只好弃之而去，到了"煤炭产品"村，这个毫无诗意的村名，这个四周是简易木房、窄轨铁路，工厂的烟囱林立，运煤的火车呼啸而过的村子和叙事者心目中那个由小木屋、田野、池塘和森林等意象构成的传统乡村形成鲜明对比。而叙事者最后落脚的是塔里诺沃村，它四周原本都是森林，离这个村子再远的地方还有一些小村子，离铁路越来越远，但是离湖越来越近，"有两三棵柳树，一所倾斜的小房子，鸭子在池中游来游去，鹅抖动着水珠走上岸来"（218）。这才是叙事者寻找的渴望停下脚的地方。在文中可见作家一直在有意寻找"森林"俄罗斯，并将其与"钢铁"俄罗斯形成对抗。

乡土作家们都不同程度地受到了《院子》的影响，赋予具有空间意义的作品标题一定的象征意义。"玛特廖娜的院子"这个空间作为农民世界的原型，"划定了农村微观世界的界限，并意味着它与那个喧嚣的、文明的、所谓进步的和充满历史

① Попова М. «Две России» и художественные формы их отражения в рассказе А. Солженицына «Матренин двор»［M］// Национальная идентичность и ее отражение в художественном самосознании. Воронеж：Воронеж. гос. ун-т，2004，С. 128.

② Солженицын А. И. Матренин двор［M］. СПб. ：Азбука，1999. С. 206. （以下出自该书的引文只标出页码，不再另作标注。）

激变的外部世界的隔离"①,博利沙科娃指出了"索氏笔下俄罗斯乡村所具有的垂直维度——向下的生物维度和向上的精神维度"②,并将"玛特廖娜的院子"这个封闭的空间与"铁路"这个开放的空间形成对照,以此来昭示俄罗斯乡村家园的命运。如果说,契诃夫为了迎接新生活,可以割舍樱桃园,那么乡土作家刚好相反,他们是在与现代文明的抗争中捍卫自己的家园意识的。阿勃拉莫夫的《木马》乍看上去与空间无关,其实与房子、家是有间接联系的。在俄罗斯北方,房盖上的"木马"雕饰,是家庭殷实、家园捍卫者的标志,在小说中象征着米列奇耶夫娜老人为乡村带来的福祉;阿勃拉莫夫四部曲的最后一部索性就命名为《房子》,小说的结尾,在俄罗斯漂泊二十年的叶戈尔·斯塔夫罗夫,离家在外多年的孪生兄弟彼得、格里高利和年轻时转过大半个俄罗斯的卡里纳·伊凡诺维奇都回到了那个兄弟姐妹一家亲的乡村佩卡申诺。从离家到回家,小说中的人物重新认识了"家"的价值和力量,"房子"不仅是身体的栖息之所,更是包容心灵的故乡;而拉斯普京所要告别的"马焦拉岛"就是村民们祖祖辈辈生存的家园。从词源来看,"马焦拉"含有母亲的意思,因此令人将生命的母性原则与大地母亲的一部分——被淹没到水中的小岛联系起来。作家通过回忆的方式加强现实与过去的对立,过去的家园是作家和他的主人公为之珍惜和向往的,那里有祖先留下的房子、土地、乡亲。在那里他们是热心细心的主人,是认真的劳动者。他们热爱自己的土地,他们在这块土地上已经立足。人们之间的关系也很好,彼此信任,彼此帮助。然而,由于建筑大坝的需要,这个村庄被水淹没了。作家力图证明,现代文明破坏祖宗的记忆、祖宗的优良传统,感慨祖先遗风不存。小说中以达利亚为代表的老年人表达出对家园的捍卫,对祖先的尊敬,达利亚甚至认为如今祖坟被挖,她自己愧对祖先,感觉祖先们会责问她,"我在这儿呀,我有责任留神看着啊。要遭大水淹,好像也是我的罪,我以后死了入土跟他们不在一块儿也是罪"③。正像有些评论家所言:"在

---

① Большакова А. Нация и менталитет: феномен «деревенской прозы» XX века[M]. М.: Комитет по телекоммуникациям и средствам массовой информации Правительства Москвы, 2000. C. 49.

② Большакова А. Нация и менталитет: феномен «деревенской прозы» XX века[M]. М.: Комитет по телекоммуникациям и средствам массовой информации Правительства Москвы, 2000. C. 41.

③ 拉斯普京.告别马焦拉[M].董立武,等译.北京:外国文学出版社,1999:262.

东方的基督文化里岛屿一如既往地首先就是扮演着精神宝库的捍卫者的角色,而任何进步,都是这大地命中注定的命运,与圣岛是残酷对立的。"①乡土作家往往将无家园意识也列到道德范畴里去理解。

在拉斯普京的这部作品中,作家首先是通过马焦拉岛、小木屋这些外在意象表现家园情怀的。马焦拉岛就是俄罗斯乡村世界的缩影,是农民心中的小祖国。小木屋是这小岛上生命的体现,小木屋在,生命就在那里延续。作家在小说中描写了岛上村民与马焦拉告别的几种方式。达利亚老人尽管无法抗拒小岛被湮没的现实,明知卫生队一到,她的小木屋将被付之一炬,还是精心地将木屋粉刷和收拾了一下,随后她将自己的木屋上了锁,以这种仪式与小木屋告别;以马夫为代表的年轻人已经盼着早日离开小岛,为此欢欣雀跃了;彼得鲁哈更是急不可耐,自己动手烧了自家的老房子;而纳斯塔霞和叶戈尔夫妇尽管离开了小岛,但心中却有很多不舍。马焦拉的命运不是区域性的,而是具有全球性特征的。正如阿达莫维奇所预言的那样,"《告别马焦拉》这是我们全民跟农民的大西洲的告别,它不仅在我们这里而且正逐渐在全世界消失,消失在科技革命世纪的浪潮中"②。

此外,作品中家园意识和情结还通过一些乡村意象表现出来,如炉子和茶炊。达利亚老人在告别小木屋前,提前把茶炊准备好,既然小木屋无力保护,茶炊一定要带走。"她绝不放弃用茶炊,即使是放在床上也要用,别的事吗——那再另说。"③离开马焦拉前,纳斯塔西雅也毫不迟疑地将茶炊带在身边。"我没给叶戈尔用车推走,我要自己端走。"(297)彼得鲁哈一把火烧了自家的房子,母亲卡捷琳娜没来得及取出的茶炊在大火中变成了一团铜块。"失去了这茶炊,卡捷琳娜就全然孤苦伶仃了。"(316)茶炊已经连同小岛成为他们生命的一部分。

在创作于20世纪80年代的《火灾》中,作家又升华了家园主题。伊凡的拼命救火与那些外来户的趁火打劫形成了鲜明的对比,这也正是有无家园意识的强烈对比。小说中,"火灾"的意象正是家园遭到破坏的危机警示。在《火灾》中,伊凡将《告别马焦拉》中达利亚老人固守家园的坚定信念坚持到底。如果说,达利亚老

① Бражников И. Эсхоталогический хронотоп в повести Валетина Распутина《Прощание с Матерой》[C] // Творчество В. Г. Распутина в социокультурном и эстетическом контексте эпохи. И. Л. Бражников, А. А. Газизова, Т. А. Пономарева и др. М.:Прометей,2012. С. 39.
② Адамович А. О войне и о мире...[J]. Новый мир,1980. №6. С. 212.
③ 拉斯普京.告别马焦拉[M].董立武,等译.北京:外国文学出版社,1992:245.

人无论如何不肯离开小岛是一种执念,那么伊凡则是捍卫家园力量的象征。《告别马焦拉》问世 20 多年后,拉斯普京在短篇小说《农家木屋》中重拾在马焦拉丢失的家园梦。小说中的女主人公阿加菲亚搬到另外一个地方后,她为建造木屋花费了很长时间和很多心血。阿加菲亚故土难离,一旦离开农村的家就生病住院,没等治好病就往家里跑。到家后她所有的病都好了,一劳动起来又恢复了对生活的希望,恢复了往日的倔强。房子和家就像统一的整体,即使在女主人死后,她的房子依然保留了原主人活着时的气息,好像她从来没有离开过这里。在《告别马焦拉》中,祖祖辈辈生活的小岛被淹没了,人还在;而在《农家木屋》中,木屋造好了,主人却不在了。作家赋予这小屋以奇特的魔力,甚至新来的邻居——那些酒鬼们造成的火灾也不能毁掉它,就像马焦拉防疫队工作人员不能毁灭树王落叶松一样。当然这是作家乌托邦似的梦想,希望俄罗斯乡村木屋永远屹立不倒。

继"玛特廖娜的院子"之后的"带木马的房子""房子""马焦拉"岛和"木屋"等意象都已经超越了实在的时空意义,成为一种象征,是乡村的缩影,是俄罗斯的局部影像,是俄罗斯自我认同的模式。

不论是玛特廖娜的院子、普利亚斯林家的房子、马焦拉小岛,还是阿加菲亚的小木屋,他们在作家笔下都超越栖身之地这样的空间概念,俨然成为俄罗斯农村的象征,是他们的精神家园。

小岛可以被湮没,小木屋可以被烧毁,树可以被砍倒,但是家园的主人不会被打垮。当然一个强大、温馨的家园是需要人和房子同在,需要亲情在,才能构成和谐的存在。家园意识不仅通过像达利亚这样的老太太固守田园,无论如何不肯离开小岛的坚持体现出来,而且通过那些四海为家,流动的"阿尔哈洛夫之流"表现出来,他们不仅没有家的意识,而且没有道德信仰。他们的生活原则是:不是自己的就不心疼。他们活着的目的是挣钱快乐地生活。随着新居民的出现,村庄的面貌发生了变化,心理发生了变化,价值观念发生了大翻转:岛上村民对待劳动就像对待神圣的天职那样。诚实的态度,被他们视为背时的东西,而把丢人和罪过当作勇敢和灵活的表现。传统的价值遭到城市人价值观念的冲击,伊凡希望不仅自己诚实地生活,而且希望其他人也都能那样生活。作家想证明,索斯诺夫卡村之所以发生道德退化是因为它是暂时的苟且的栖居之所,没有家的概念,可以随意践踏。

在农村出生长大的青年人对城市充满向往,纷纷离开乡村,去城里谋生路,渐渐失去了几代人维系的联系。在《最后的期限》中,临终前的安娜老太太亲眼见证了儿女们对乡村这个老家的疏离。从城里赶来的女儿、儿子本以为到家就是为母亲奔丧送葬的,而母亲在期盼小女儿归来中多活了几天,他们开始焦虑起来,甚至决定回城;而与之形成对比的是阿斯塔菲耶夫的《最后的敬礼》中的亲人们心有灵犀齐聚祖母家为老人庆生。"伊利因节后刚割完草不久大批的亲戚都聚到了我们家来做客,确切说,是来给祖母庆祝生日,这几乎是两三年一次,经常是,没有任何人提醒祖母的儿子、女儿、孙子和其他亲人在一年的这个时候要聚到一起,但是他们自己凭着某种直觉就知道什么时候他们该回到老家,回到父母身边。"①城里孩子对母亲、对家乡的那份淡漠正是作家所担忧的。在拉斯普京的《最后的期限》《活着,可要记住》《告别马焦拉》和《火灾》等作品里已经听出了这样的声音,即家园瓦解,亲情淡漠。

家园情结在乡土作家的作品里仅从小说的名字就可见一斑。自从索尔仁尼琴以《玛特廖娜的院子》开了先河后,后继者从阿勃拉莫夫的《房子》到拉斯普京的《告别马焦拉》《农家木屋》,以及后来的 60 后作家阿列克谢·瓦尔拉莫夫甚至也以《村中小屋》(《Дом в деревне》,1997)命名自己的短篇。作家继承了别洛夫和舒克申的写作风格,将村中小屋作为他心中的理想和圣地,小说一开始就是"关于乡下的房子我已经梦想很多年了"②。这种融于俄罗斯作家血液中的家园情结继乡土作家之后不但没有消失,反而变得越来越强烈。

较之阿勃拉莫夫和拉斯普京,别洛夫和舒克申更擅长写家的温暖、人物对家的依恋。在别洛夫的艺术世界中房子和家的形象象征了令人亲近的空间,进而扩展为神圣的概念——家乡。别洛夫说:"对于我而言现在最重要的是家庭问题,是整个日常生活问题。"③并在小说《和谐》中明确表达了对家的理解。"家,对俄罗斯人来说,是集中体现他的道德和经济活动的核心,是存在的意义,不仅是国家的支柱,而且是世界秩序的支柱。"④在乡土作家中这样明确给"家"下定义的人还真

---

① Астафьев В. Последний поклон[M]. Л. : Лениздат,1982. С. 182.

② Варламов А. Дом в деревне[J]. Русский мир. 1997. №9.

③ Емельянов В. А. Воспитание любовью:Нравственный потенциал творчества В. И. Белова[J]. Литература в школе,1982. №5. С. 12.

④ Емельянов В. А. Воспитание любовью:Нравственный потенциал творчества В. И. Белова[J]. Литература в школе,1982. №5. С. 12.

是非他莫属。在别洛夫笔下，家的氛围是通过那些农家的家什和活动在其中的人物一起营造出来的。如小木屋里的炉子在家里总是占据中心位置，还有将厨房与木屋其他部分隔开的隔扇(屏风)。在隔扇后面通常就是女人活动的空间，这里可以看到炉子、茶炊、水桶和铁锅等家什。在这些家什中有两样东西作为家园意象不能不提，那就是茶炊和摇床。在俄罗斯传统中，茶炊一般是家庭和睦如意的象征，就像炉子一样将一家人联合在一起。"小木屋如果没有茶炊，就好比没有面包，看上去不那么地道……"①在小说中伊凡的丈母娘叶甫斯托莉亚每天的活动从烧茶炊开始。在茶炊后一家人喝茶吃饭，在茶炊后招待客人吃薄饼，这种其乐融融的家庭生活令伊凡特别享受，甚至在妻子去世后四十天，他去坟头祭奠，还渴望着能与妻子一起喝喝茶。"我们哪怕能待上半个小时呢，茶炊的水烧热了，饼烙好了。"②此外，摇床在伊凡的家也起着重要的作用，我们知道，伊凡和妻子生了九个孩子，这摇床不仅记录了伊凡子女成长的足迹，而且也是伊凡夫妻恩爱生活的见证。这个意象几乎贯穿整个小说。"摇床是人最初的栖居地址，它的象征意义与房子密切相关。"③正是这摇床中走出来的九子给这艰难岁月中的乡村家庭带来了无比的温暖和幸福。

《小木匠的故事》一开篇就写道："房子在大地上站立有一百多年了。岁月已经将它吹打得有些歪斜了。"(2,1)"顶层阁楼的猫走来走去，似乎都听到老房子的鼻息声了。"(2,1)

小说中的家总是浸在阳光里。太阳的形象不仅成为小说中家的艺术中心，甚至成为整个系列的中心。佐林家的房子里总是充满阳光，"我由于刺眼的明亮的阳光醒来……太阳透过窗户，房子里和大街上出奇地安静"(2,202)。太阳的形象赋予了家乡、父辈的房屋以神圣的光环，改造生活，使生活欣欣向荣完全取决于太阳，主人公的内心的宁静与追求都与太阳有关。这种对家的感情在新生代乡土作家那里得到继承和发扬。如，克鲁平在自己的创作中将拉斯普京和别洛夫的写法糅合在一起，将家园意识通过居住的房子、耕作的土地和人丁兴旺的家庭表现出

---

① Белов В. Лад［M］// Собрание сочинений в пяти томах. Том 3. M. : Современник，1991. C. 184

② Белов В. Плотницкие рассказы［M］// Собрание сочинений в пяти томах. Том 2. M. : Современник，1991. C. 143.（以下出自该书的引文只标出卷数和页码，不再另作标注。）

③ Славянские древности［M］. T. 2. M. : Международ. отношения，1999. C. 559.

来。作家非常看重家庭主题,他认为是家庭将亲情连接起来,在家庭中沉思可以感受到对祖先的责任、记忆和良心,还有对传统的尊重和祖坟的敬畏。夫妻关系、手足关系、父子关系都在家庭里展开。他和别洛夫一样,也特别强调了女人在家庭里的作用,但是反对女权主义,认为女权主义对建立和谐的家庭关系是十分有害的。在他的《马夫的中篇》中主人公托尔曼切夫家的兄弟俩雅科夫和普隆都认为家乡的土地高于一切价值,克鲁平的《瓦尔瓦拉》中女主人公将家视为生存的基础,而在《高于一卢布》中作家早期创作中的大地家园主题得到了扩展,将呼唤俄罗斯民族性,批判西化现象放在了首位。

《平常琐事》中的阿夫里坎诺维奇突然萌生到城里打工的念头,还没到城里就折回来,一方面由于其对城里之行的曲折历险感到惊慌失措,另一方面在他内心深处强烈感到乡村的土地对他的呼唤。这种人物对乡土地的依恋情结在舒克申笔下发展到极致。

大地也是作家舒克申创作中内涵丰富的富有诗意的形象。民间对家乡的房屋、家乡的农村、耕地、草原、潮湿的大地之母形象的接受和联想将我们带入了作家关于存在的崇高与复杂、哲学与历史的概念体系中。舒克申笔下人物的家园感,比所有乡土作家笔下的家园感都要强烈。这取决于他的艺术手段。他塑造了很多行为不合乎常规的怪人形象,而这种怪异性之一就是对家的眷恋。那是一种近乎夸张的恋乡情结。在《妻子送丈夫去巴黎》中农村小伙科里亚复原后来到了莫斯科,因为找到了意中人——战友的妹妹。但是婚后的生活并不如意,如果不是怕失去女儿,他早就回西伯利亚农村了。他感觉在生活中没有找到自己的位置,整个晚上拉手风琴诉说内心的苦楚。小说中有一段集中描写了科里亚对家乡的思念。一次,在国民经济展览馆科里亚看着那些农业机械,思绪又飞回了农村。"心里开始隐隐作痛起来,他明白,他心里十分明白,他现在过的不是真正的生活,而是荒唐、可耻和令人讨厌的日子……两手已经不会干活,心灵也已枯萎——他白白地耗费在渺小的、相互记恨和尖酸刻薄的情感上了。……为了不再想那令人厌恶的'往后',他开始思念自己的村子,思念母亲和小河,上班想,回家想,白天想,夜里想,可什么好主意都想不出来,只能越想越伤心,完了就想喝酒。"①展览

---

① 舒克申.舒克申短篇小说选[M].刘宗次,译.北京:外国文学出版社,1983:268.(以下出自该书的引文只标出页码,不再另作标注。)

会上的人们都已经散去,科里亚坐在河边,还在"想啊,想啊,想啊"。小说写了一个在城里生活的小伙子魂牵梦绕的怀乡之情,这种感情在与作为城里人的妻子、岳父母发生冲突时,显得尤为强烈,就像一个离家在外的孩子受了欺负特别想念妈妈的那种感觉。

《万卡·杰普利亚申》中万卡在城里医院没几天就开始思念农村,跟病友聊在农村开车的趣事,与他们分享乡下人的朴实善良。面对城里千人一面的乏味、喧哗的生活,他看着城里的街道和汽车更加思念家乡,在医院里感到自己很孤独、没有自己人。当他有声有色地描述开车沉水如何自救的过程时,邻床的病友竟然说他撒谎。他的思乡之情随着母亲的到来发展到了极致,值班医生和门卫的冷漠无礼让万卡备受侮辱、备伤自尊,于是不管看病的医生如何挽留,他都毅然决然放弃治疗,带着母亲就离开医院回乡下了。

《红莓》中的叶戈尔出狱后回家途中竟然为了看看家乡的白杨树,临时下车,拥抱白杨树,还说了非常动情的话,就像跟自己的恋人说悄悄话一样。

在舒克申的所有小说中将对家的情感、思乡之情发展到极致的要数短篇《斯捷潘》了。主人公斯捷潘还有三个月就要出狱了,却因思乡心切而越狱逃跑——见到家乡时的激动和喜悦,跟过节一样——当警察来抓捕他时,他因见到日夜思念的家乡,呼吸到了童年就熟悉的空气,认为再重新回到监狱也没有遗憾。对家的眷恋,对乡村的眷恋,对家乡的眷恋——这是自古以来人们灵魂深处就有的情结。家乡感在每代人身上体现的有所不同,舒克申笔下人物的家乡感更加强烈,因为他常把人物置于两种对立的环境中,如通过西伯利亚乡村-莫斯科、乡村-城里的医院、乡村-牢狱这种环境的对立加大了两种环境的落差,从而夸大了人物的思乡情感、家园意识。

大地是作家创作中包罗万象的形象,但是大地是历史形象。它的命运和人们的命运是统一的,如果没有经历悲惨的不可挽回的灾难和濒于灭亡的后果,这种永恒的联系是不会被割裂的。

克鲁平、利丘京等作家也都不约而同地在创作中表达了家园意识。克鲁平在《活水》、书信体小说《第四十天》和《边风》中表达了对被摧毁的、消逝的农村的撕心裂肺的痛和对村民痛心疾首的爱。

家园意识不仅是营造理想的精神宝塔,把失乐园的隐痛寄托于一种永恒的梦想,建筑精神的香格里拉,而且还是一种对现代文明与传统文化冲突的反思与批判。当然,乡土小说中事实上并不是所有的怀旧都是明亮的,有很多怀旧的例子与预感到世界末日来临有关,比如自然被破坏,技术革命带来生态破坏等。如何保持一个和谐发展的生存环境呢? 不善言辞的普通农民伊凡对此已经有了深刻的认识:"一个人在生活中有四个支点:家、工作、人和大地。后者是家赖以生存的基础。每一个支点都很重要,只要有一个支点出了问题,这世界就倾斜了。"①

3.7 解密民族性格

文学是人学,俄罗斯文学的发展史就是俄罗斯民族性格和心智的研究史。当谈及俄罗斯民族的性格时,很多学者都指出了它的极端性。别尔嘉耶夫认为:"俄罗斯之魂追求'完整性',它拒绝按照范畴区分一切事物,它追求'绝对',先把一切都置于绝对统治之下,这就是俄罗斯之魂的宗教特点。"②津科夫斯基认为:"俄罗斯的极端性犹如一根红线贯穿俄罗斯精神生活的历史。"③他指出,俄罗斯之魂的核心是追求"完整性",完整性的特点使基督教具有了激进色彩,他叫人们避免一切"中庸的立场"。尽管俄罗斯学者对俄罗斯民族性格的"极端性"的成因有不同解释,但是就"极端性"是俄罗斯人的心智特点之一都达成了共识。

在当代的乡土作家中阿勃拉莫夫和拉斯普京都十分推崇人的牺牲奉献精神,尤其是女性身上的善良、坚韧、顽强、正派、忠诚、恪守妇道、无私忘我的品格,令他们反感的是自私、懒惰、狡猾。他们笔下的人物体现了追求极端性和完整性的俄罗斯民族性格。两位作家笔下的老妇人几乎都具有这种品质。

别洛夫打破了乡土作家笔下人物追求极致的写法,借人物之口表达了他的中庸之道。他笔下的主人公不会像阿勃拉莫夫笔下的人物那样渴望劳动,他笔下除了那个伊凡的妻子卡捷琳娜外,没有劳动狂。尤其是男主人公在生活中不急不躁,不会像女人那样把劳动作为生活的主要部分,别无他求,他们总会给自己空间和时间去享受生活,去思考生活。

---

① Распутин В. Век Живи-век люби. Повести и рассказы[M]. М.:Известия,1985. С. 451.

② Бердяев Н. А. Истоки и смысл русского коммунизма[M]. М.:Наука,1990. С. 8.

③ Зеньковский В В. История русской философии(Том 1, часть I). http://e-libra.ru/read/104734-istoriya-russkoj-filosofii-tom-1-chast-i.html.

舒克申笔下,无论男性还是女性主人公都没有劳动狂。他和别洛夫一样在女性形象的塑造上显然看出他们对当代的女人没有好感。舒克申在塑造男性形象时另辟蹊径,以怪人形象的塑造来洞悉普通农民的内心世界,以此来表现俄罗斯民族性格中的圣愚特征。美国学者汤普逊在研究俄罗斯文化中的圣愚现象时,总结出俄罗斯作家塑造圣愚形象的一套法则,即由五组二律背反概念组成:智慧—愚蠢,纯洁—污秽,传统—无根,温顺—强横,崇敬—嘲讽。受到汤氏这个话题的启发,笔者认为,舒克申笔下的怪人是对 19 世纪俄国圣愚形象的发展,确切地说,是圣愚现象在当代社会生活中的折射。作家笔下的怪人有两类:善良的利他型和自私的利己型。前者善良、单纯,有很强的自尊心;或者会超越表面的平庸,突然做出惊人之举。如《怪人》中的怪人、《妻子送丈夫去巴黎》中的科里卡、《秋天》中的老轮渡工菲利浦、《格林卡·马柳金》中的格林卡、《斯捷潘》中的斯捷潘等。在他们身上体现着圣愚的矛盾性格:既有智慧的一面,这种性格又有愚钝的一面;既有温顺的一面,又有强横的一面;既有令人崇敬的一面,又有令人嘲讽的一面。使得这些人物不拘泥于一个面孔,每个人物都很难用好坏来简单评价。和谐共生,雅俗兼具。但是人物性格是在紧张具有危机感的时刻即面临选择、自我认识、回忆、告别生命、绝望或在做出不同寻常的发现时被揭示出来的。通过人类的各种情感如爱情、友情、亲情、母爱和父爱的极致呈现来认识人,抵达人的灵魂深处。如果说阿勃拉莫夫以劳动狂的形象——或以对劳动顶礼膜拜的态度——来表现俄罗斯人的极端性格,那么舒克申笔下的男主人公则为了捍卫自己内心的坚守,会做出极端的行为。比如,在《私生子》中主人公爱上一个房客的妻子,不顾及任何后果,闯上门来示爱,被房客发现一顿毒打,后来为了报仇深夜闯入房客家想枪杀房客。但是当他看到跪在他面前赤身裸体的房客妻子苦苦哀求的样子时,他决定放弃复仇计划,于是逃到森林里,开枪了结了自己的性命。《缺手指的人》中的主人公非常爱自己的妻子,把她视为"命运的馈赠",当他得知妻子背叛了自己时,痛苦之下剁掉了自己的食指。《妻子送丈夫去巴黎》中主人公由于不适应城里生活,尤其与城里人的妻子和岳父母经常有冲突,促使他倍加怀念自己的乡村,渴望有朝一日重返故乡。为排解内心苦闷,每周末在自家院子举办音乐会,吹拉弹唱。有一次和妻子发生口角,他气愤恼怒之下竟然打开煤气自杀。《母亲的心》(《Материнское сердце》,1969)中,儿子维吉卡被一女孩儿诱骗,女孩儿将他灌醉,偷走他身上的钱物逃走。他非常郁闷,在车站无端打人,把三个人打伤住院,其中还有一个执行公务的警察,于是被抓到警察局。小说中写到母亲为救儿子煞费苦心,奔波于各部门,又哭又下跪,为儿子找各种理由辩解,好像有罪的不是她儿子,而是酒本身。"他要是没喝酒,就连苍蝇也不会碰的……"①但是她又很清楚,"只要稍一喝醉,他就成了大傻瓜。跟他父亲一模一样——村里的每次斗殴都少不了他的份儿"(182)。"他是喝多了……他要没喝酒,帮助起朋友来,身上最后一件衬衣都舍得脱下,他从来就这样,只要不喝酒,谁都不会得罪的……"(182)作家通过这个短篇呈现了一份真挚的母爱,为了保护自己的孩子不惜一切。但这又是一种超越了理智的母爱、极端的母爱。奔波的母亲,不顾儿子醉酒打架伤人的事实,千方百计为儿子求情,从始至终没有想过自己的儿子犯了法,只知道她的儿子发生了不幸。母亲这个形象在俄罗斯的乡村是可以找到很多原型的,同时,维吉卡这个形象也很能代表俄罗斯男人的性格:清醒时,重感情,为人仗义;喝醉酒可能寻衅滋事,可能陷入诱惑。《叫人难堪》中主人公戈列勃·卡普斯京,四十岁左右的农民,比较博学,但是觉得自己比别人过得都不好,而且被剥夺了过好日子的可能,因此他总想报复那些比自己社会地位高的人。村子里有很多人都到城里去发展了,有时候回来度假,他就找机会来挖苦他们,让他们难堪,以此寻找心理平衡。但是他不理解:要在生活中取得什么,必须要努力,踏踏实实地去做,而不是仅靠耍嘴皮子。戈列勃对从乡下走出去在城里谋生活的人心生嫉妒,不出人家洋相不罢休,并以此为乐。舒克申抓住了他农民的阴暗心理,很细腻地揭示了人物的性格。

　　舒克申是乡土作家中最善于探究人类灵魂之深的作家,继承了陀思妥耶夫斯基的传统。很多乡土作家都把喝酒视为缺点,是不良的生活方式之一。舒克申对喝酒的功能有独特的认识,正像《罪与罚》中借马尔梅拉多夫与拉斯科尔尼科夫喝酒时的对话,我们不仅得知了他不幸的生活,还感悟到了他内心的痛苦。舒克申笔下的男主人公常常耽于幻想,有着诗意的内心世界,但敏感脆弱,容易伤自尊,常以喝酒来消除苦恼,相当于中国的借酒消愁。作家在自己的日记中写道:《大师》(«Мастер»)中的大师谢姆卡心灵手巧,且力大无比。他很爱喝酒,"不过他从

---

① 　舒克申.舒克申短篇小说选[M].刘宗次,译.北京:外国文学出版社,1983:181.(以下出自该书的引文只标出页码,不再另作标注。)

未喝得不成样子,也不会因喝酒而向妻子耍酒疯,只是喝了酒就不在意妻子
了"①。如果很长时间不喝酒的话,他也会想念酒,因而又迷恋上酒。但是,与村
里那些喝大酒的男人不同的是,他喝酒不影响生活,首先他要保证老婆孩子衣食
无忧,不偷不抢,全靠双手劳动。他"把所有的工资都交给家里,喝酒用的是自己
干私活的钱"(1,314)。谢姆卡的木工活远近闻名,有人甚至从很远的地方赶来求
他做这做那,因此他可以赚不少钱。《过客》中孤独怪癖的萨尼亚,身染疾病,但
还是特别喜欢喝酒,村里的女人都非常讨厌他,恨不得将他这个外乡人赶出村
子。而菲利普却认定他是个好人,因为他们在一起喝酒的时候,萨尼亚就会敞
开心扉跟他倾诉内心的所思所想。他对生命的独到的感悟,对生死的深刻认识
都是在酒精作用下产生出来的。对于《我相信!》中的神父来说,酒精更是催生
伟大思想的兴奋剂。在舒克申的作品中,很少有因喝酒而闹事败坏品行的情节
和形象。《母亲的心》是个例外。小说中维奇卡在集市酒亭因喝酒认识主动前
来搭讪的陌生姑娘,然后被姑娘带到住处,与另外一个姑娘一起又喝了很多酒。
这个急着赚钱结婚的农村小伙子,却很享受和陌生姑娘们在一起的时光。但万
万没想到,他被姑娘们灌醉,当天卖咸肉的钱被偷光,在等公交车时,"胸中产生
了一股巨大的复仇力量"②,于是他又在酒亭买了一瓶酒,将一肚子的火气莫名
其妙地发泄在三个等车的醉汉身上,于是就酿出了牢狱之祸。

　　舒克申善于挖掘人物内心的秘密,不仅挖掘出藏在小人物心底的黄金来,同
时也发现了人身上的弱点。如小说《红莓》中叶果尔·普罗库金在从狱中回家的
途中,遇到白桦林要求下车,一定要亲眼看看白桦林,就像看到他久别的恋人一
样。叶果尔对家乡那份热爱、那份真挚的确令人感动;但是他身上有一大堆坏习
惯:贪图享乐和玩耍,意志不坚定,与狐朋狗友的藕断丝连。小说最后人物的悲剧
结局与他个人性格中的弱点不无关系。

　　《倔强汉》中舒雷金要把村中建于 17 世纪的教堂推倒,引起村民的愤怒,但是
却无力阻止他。母亲也十分气愤,认为儿子这是犯罪,会遭到报应的。村里一男
教师挺身而出,用身体去保护教堂,被舒雷金强行拉走。这是舒克申笔下少有的

---

①　Шукшин В. Сочинения. : В 2-х т[M]. Т. 1. Екатеринбург: У-Фактория,2005. С. 313. (以下
　　出自该小说的引文不再另作标注,只标出卷数和页码。)
②　舒克申.舒克申短篇小说选[M].刘宗次,译.北京:外国文学出版社,1983:187.

辱没宗教、亵渎民意的令人愤怒而不是令人同情的男性人物。《私生子》中的斯比尔卡尽管长得英俊潇洒,但是过于滥情。出于对寡妇的怜悯和帮助,他在战时困难时期向寡妇菜园子里偷扔土豆;因偶然认识女主人,献殷勤,酿成一家人的悲剧,则是他极端自私自负的性格缺陷造成的。

舒克申笔下的男性人物通常是人性优点与弱点交织在一起,他笔下没有简单划一的直线型的男主人公。有的稚拙又固执,有的怪癖而有个性,有的天真而充满幻想,也有人只做损人利己或不利己的事。反倒是女主人公有些性格单一,在母亲形象上都放大了无私的母爱,在妻子形象上都批判了女人的愚昧、功利和庸俗,尤其是在乡下男人与城里女人结合的婚姻中女人更是令人厌恶至极。

很多乡土作家在解释人物性格时,都既展示人性的光辉,同时也发现了人性的弱点。阿勃拉莫夫是一个非常有社会责任感的作家,一直在创作中探索拯救农民、拯救俄罗斯的道路。他像托尔斯泰一样成为农民的代言人。为维护农民利益,他揭露了很多生产和经济管理方面存在的弊端,但是在问责高官的同时,他并不偏袒农民,在揭示人性的弱点上毫不留情。他的第一部处女作长篇四部曲中的第一部《兄弟姐妹》问世后,很多老乡责怪他,因为在作家笔下的人物身上有他们自己的影子。正是家乡的百姓在战争年月里为了保证前线的粮食供给,他们忍饥挨饿,拼命苦干,历尽磨难,后方的他们流尽了汗水,累弯了腰。这一切都深深打动了作家,促使他拿起笔记下历史长河里那些感人的岁月。然而新书问世,老乡们的反响却令他很失望,他突然对"人民"有了新的认识。他认为,俄罗斯的民族性格并不仅仅指伟大和善良,"人民就像生活本身一样充满矛盾,在俄罗斯人民身上伟大和渺小、崇高和低俗、善良与邪恶共存"。"人民,是恶的牺牲品。但他们就是恶的支撑,就是说,是恶的创造者,或者,至少可以说,给恶提供了滋养的土壤",这一认识与高尔基不谋而合。在他的四部曲第三部书《岔路口》中,作家通过一个细节再次证实了他痛苦的领悟。当选农庄主席后,卢卡申赶上村里要造新牛棚,面临人手缺、时间紧的困境,为了能让村里的木匠积极参与这件事,他决定给他们每人分 15 公斤的燕麦,还叮嘱不要张扬,结果很快村里就都知道这事了,那些婆娘们一窝蜂冲到粮库,吵吵嚷嚷,不幸的是被新来的特派员问罪,卢卡因在粮食储备时期挪用农庄粮食被逮捕。小说中主人公米哈伊尔·普里亚斯林写信为主席求情,需要大家签字,可是最后,整个佩卡什诺村只有米哈伊尔和丽莎兄妹签了字。丽莎的丈夫叶戈尔不但未签字,还因此愤然离家。

阿勃拉莫夫的小说中把酗酒作为可怕的罪恶,认为酗酒不仅威胁村民的身体健康,而且威胁村民的道德健康。如果说过去农民是以祈祷开始一切重要的事情的,那么现在一切事情都从喝酒开始。经常在小说中出现这样类型的人物:因酗酒而奸污村中的姑娘,如安费莎的未婚夫。

阿斯塔菲耶夫是一位感情非常细腻的作家,他笔下的人物充满诗情画意。但是作家也指出酗酒给社会和人类带来的恶劣后果:如毁灭人才,破坏家庭,腐蚀心灵,摧残命运。阿斯塔菲耶夫笔下的村民多数都是善良宽厚的,但作家还是注意到了他们酗酒的弱点,对酗酒者不怀好感。如外号叫“达姆卡”的主人公,就是一个无头脑、不务正业、浪荡胡闹的酒鬼,一个总是妨碍别人、令人生厌的农民。他喜欢监视村子隐蔽角落里的情侣,乐此不疲;借酒消愁,回避生活中复杂问题,甚至成为一种劣根性。这是很多乡土作家都发现了的农民的弱点,除舒克申之外。

弗·克鲁平在自己的创作中也揭示了俄罗斯民族性格的矛盾性:一方面勇敢无畏,另一方面又胆小怕事;一方面开朗坦诚,另一方面又狡猾阴险。这种双重性格体现在小说《一卢布以上》中的瓦列里、《对不起,别了!》中的主人公、《拯救死者》中的奥列格等人物身上。

可以说,乡土作家怀着好感的正面形象,以及他们没有好感的反面形象或边缘形象综合在一起才能真正破解俄罗斯民族性格。

3.8　宗教主题

乡土作家们在创作中或多或少地诉诸宗教。舒克申的作品中表现宗教主题的并不多,但是一旦有,就是非常纯粹的布道之作。短篇小说《我信仰!》就是一部布道之书。通篇都是神父和马克西姆在喝酒时的对话。神父认为,耶稣“这是被表现出来的善,它的天职是消灭大地上的恶,两千年来他作为一种思想出现在人们中间,与恶做斗争”[1]。“你找对人了,我心也难受。只是你怀着难受的心来是

---

[1]　Шукшин В. Сочинения:в 2-х т[M]. Т. 1. Екатеринбург:У-Фактория,2005. С. 343.（以下出自该书的引文只标出卷数和页码,不再另作标注。）

为了寻找现成的答案,而我企图将这个问题挖掘到底,但这是大洋,几杯是舀不到底的。当我们喝下这可恶的东西(指酒),我们就是在从大洋里汲取东西,而且有希望抵达洋底。"(1,344)"你来了解,该相信什么?你猜对了:有信仰的人心是不痛的。但是相信什么呢?相信生活,这一切将如何结束,奔向哪里,我不知道。但是我特别有兴趣与大家一道跑,如果顺利,可能超过别人……"(1,345)神父振振有词,看似大彻大悟,为什么他也心痛呢?"我是病人啊,我只跑了一半距离,就生病了。"(1,345)最后神父和马克西姆坚信找到了信仰,心灵获得了拯救。

别洛夫在他的作品中会像使用四句头那样频繁地插入人物祷告的场景,甚至会有大段的祷告词插入。尤其是三部描写集体化的长篇小说(《前夜》《伟大转折的一年》和《祈祷时分》)中人物经常诉诸上帝,人物语言中经常提起上帝;如果不画十字,就不能坐下吃饭;开始工作时,要向上帝请求祝福;人们遭遇不幸时,首先要向上帝祈祷。《祈祷时分》中叶夫格拉夫·米洛诺夫从监狱回来,对妻子说:"看来,不只你一个人为我祈祷,我才得以死里逃生。"①

拉斯普京笔下的人物往往将笃信宗教作为捍卫传统,抵御西方文明冲击的精神力量,如《女人间的谈话》中的奶奶纳塔利娅以"信仰上帝,恪守东正教传统的道德观念,希望上帝帮助俄罗斯摆脱包括发生在自己孙女身上的种种罪恶"②,或将笃信宗教作为无望生活中的一种拯救。如《下葬》的结尾,以前不信教的巴舒达在回家途中,顺路走进一座教堂。"她第一次独自站在圣像下,吃力地举起一只手画十字……巴舒达笨手笨脚地为自己请了几支蜡烛,笨手笨脚地点燃后,插到烛架上。一支是为了追荐阿克西妮娅和谢廖加这两位上帝奴仆的亡灵,另外一支是为拯救斯塔思的灵魂。"(194)小说《在医院》中,主人公诺索夫每天从报纸上看到国家发生的令人痛心的变化,"他心中感到一种灼热的疼痛"(138),小说结尾,他花半年时间去寻找偶然听到的教会歌曲,企图在修士罗曼创作的这首教会歌曲中获得精神慰藉。

当,当,当——你们在哪儿,俄罗斯的儿郎?

当,当,当——为什么把自己的母亲遗忘?

---

① Белов В. И. Час шестый[M]. М. :Голос,1999. C. 18.

② 拉斯普京.幻象——拉斯普京新作选[M].任光宣,刘文飞,译.北京:人民文学出版社,2004:14.(以下出自该书的引文只标出页码,不再另作标注。)

当，当，当——你们是否伴着这音乐的声响，

当，当，当——大义凛然地去迎接死亡？（145）

乡土作家的后继者们将宗教忏悔作为通往东正教之路、拯救俄罗斯的唯一良方。利丘京尤其关注信仰问题，在他的作品中展示了俄罗斯民族性格中是如何将东正教、多神教、旧礼教和马克思主义结合起来的。利丘京的《白海农村纪事》（包括五部中篇）系列中不仅有民间元素，而且有很多宗教元素。在《六翼天使》中，塑造了现代变体的信徒。作家将宗教主题上升到人物有意识追求精神复活的层面。年轻的知识分子拉宁生活上发生了危机，遭遇不幸婚姻，在拜访了母亲的女友之后，拉宁在她身上发现了教义的生动体现。作家将农民作为道德完善的典范，作为宗教世界观的持有者来塑造。作家塑造了典型的圣愚形象，即视苦难为拯救途径的流浪汉形象。在早期作品中信徒形象并不感到孤独，不排斥灵魂的栖居之地——家，不是被迫害的无家可归之人，而是作为一方空间的占有者，是静态的。在《长久休息》中那些上路的人不是圣者、信徒，而是意想不到的、对上帝毫无益处的有罪的孩子，体现了魔鬼原则，上路意味着理想丧失，意味着有罪或亵渎神灵。从这个角度而言，流浪就是缺少定力，缺少稳定性，缺乏坚定的信念，是无根状态。这种流浪还只是流于事物、现象的表面，没有到达实质。在《虚无主义者》中主人公米什卡·克雷恩已经被抛离我们熟知的世界，但是还没有开始踏上获得新生的路。他逾越了祖先的法规，丧失了与上帝的联系，进入了魔鬼的怪圈，只是在具有仪式性的牺祭之后，这个孤苦伶仃的人才获得灵魂的复苏。米什卡经常会有获得家——灵魂复活，回归命运的预感。他被渴望获得"失乐园"的梦想折磨着，思念回家的路。作者将圣母的形象与俄罗斯白海联系起来。在《流浪者》中白海与世界是对立的，森林—城市的对立已经失去了意义。在这两个地名之间失去了界限，所有的空间都意味着反世界的统一空间，这个反世界的特征就是对一切亲族、家庭的敌意。随着"动物—撒旦—西方"闯入"家—白海—俄罗斯"的界限，圣者失去了家园，不得不开始流浪。准备上路意味着准备承受苦难，意味着接近上帝，作家渴望那些流浪、贫穷的弟兄们可以抵达人类与上帝的和谐，因此作家特别崇拜朝圣。达到圣愚境界的流浪汉深信，生活最终将他们带入修道院，隐居之庙宇，为此他们决定克服任何困难，永远走下去。作家将流浪者形象神圣化这种创作手法使读者自然会将作者的立场和俄罗斯宗教哲学思想联系起来，尤其是别尔嘉耶夫

的思想,因为哲学家认为,在流浪中可见俄罗斯救世的思想根基。

在乡土作家中克鲁平也特别崇拜朝圣。作家不仅通过写作,在网上发表政论文章,而且亲自朝拜很多东正教圣地,致力于宗教宣传和启蒙。不论是在 20 世纪 90 年代创作的《感谢上苍:旅途思考》(«Слава Богу за все:Путевые раздумья»,1995),还是在新千年后创作的《圣地——那里留下了他的足迹》(«Святая земля. Там,где прошли стопы его»,2009)中,作家都指出了现实存在的问题:对精神无信仰、无责任感的态度。他认为,国家的未来取决于信仰。如果说作家早期写作中使用的宗教谚语还只是为了揭示人物性格,反映民间智慧,后来成熟期的创作则以布道为主,人物体系也发生了明显变化,一些职业信徒开始走进他的作品,他们去教堂认识上帝,了解东正教真理,如《十字军之征》《不落的光辉》《自来水笔》和《值班的女人》。作家笔下的人物不论遭遇什么困境,总能通过东正教找到出路。通过东正教拯救俄罗斯、拯救俄罗斯的灵魂的思想是当代乡土意识的核心思想。它宣扬一种不同于神学家的东正教观点,认为我们的信仰是积极向上的,东正教世界观是乐观的。世纪之交创作的新书里,主人公都是博学的信徒,有文化的基督徒。写人物今天的朝圣,表面看上去像在写游记,其实俄罗斯的朝圣者不是游客,与英、美、法、德各国的游客是有很大区别的。他们旅游“携带的是皮箱”①,而俄罗斯朝圣者“手持鲜花、树叶、石头和水”(25)。俄罗斯人去巴勒斯坦这个圣地去看圣火,同时他们本身就是秉持着这种光明和圣洁。克鲁平很多作品都表达了这样的思想。《不灭的光辉》里塑造了圣徒形象,来自萨拉托夫的见习修女叶甫季希娅,手持圣水来到祖国首都。作家认为,很多人不能找到内心的平衡,因为否定信仰的力量,在小说中有这样感人的话:“奇迹会因为我们的罪过而消失,但是奇迹是可能存在的,这是确凿无疑的,因为圣徒彼得在水上行走过,就像走在大地上,但是他慌了,开始沉下去。我们如果不会在尘世的海洋上腾起,尽管上帝赐予了我们这个能力,我们就会沉沦⋯⋯我们应该向上登攀,为了成为被上帝看得见和听得到的人。”(23)

近年来,作家克鲁平致力于传播俄罗斯的东正教,认为这是守住俄罗斯家园的根本,是提升俄罗斯民族意识的必由之路。作家甚至觉得仅凭写作已经完不成这个使命,因此借助互联网积极组织论坛,发表了很多宗教政论文章。

---

① Крупин Н. Святая земля. Там,где прошли стопы Его[M]. М. :Вече,2009. С. 25.

　　以上几个方面构成当代乡土小说的主题性想象系统,从最外层、最活跃的社会问题,到生存状态、文化性格等更恒久更内在的精神层面,再进入深邃宏大的历史思考,最后抵达人类精神的终极归属——宗教,这也是乡土作家共同认可的拯救俄罗斯的出路——由外而内层层递进,形成一个完整有序、有机互动的想象世界,足以展现当代俄罗斯乡土小说深厚宽广的多层面人文关怀。他们已经跨越乡土作家的身份、乡土小说的地域特征,已经从对乡村命运的关注上升到对俄罗斯民族命运的关注。

第四章　当代俄罗斯乡土小说中人物体系的建构

　　索科洛娃（Л. В. Соколова）将乡土小说分为两种重要的倾向，一种是置于社会主义现实主义教旨之外，一种是以与其有亲缘关系的 19 世纪文学为基础。追溯乡土书写的传统，以及 19 世纪作家屠格涅夫、列夫·托尔斯泰、乌斯别斯基、格里戈罗维奇和其他作家的研究，我们发现，20 世纪的乡土小说依然在继续很多世纪以来的民族文学主题。乡土俄罗斯的主题，创造性地继承了前辈们倡导并颂扬的农民道德力量和土地意识的书写。民间的圣人、怪人等经典形象在后来的乡土小说中都得到了发展。19 世纪 80 年代文学中那些没有土地、没有耕田的马匹，开始迁移的农民形象体现了俄罗斯农村的社会和道德冲突，古老的宗主制度遭到破坏，这些都预示了当代乡土小说中那些无记忆、忘记祖宗、忘记传统的"秕糠、残渣"（"обсевков"）形象的出炉。20 世纪 80 年代乡土小说中弥漫着布宁小说中的乡村末世伤感调子。19 世纪文学中农民的性格体现了作家对民族存在基础的思考，同时那些特殊类型的正面形象代表了作者关于深厚的民族传统的认识。当代乡土小说一方面继承了经典传统，另一方面开拓了表现人和世界的新方法。将人不是束缚在某个历史事件中，而是置于存在的大背景下来思考、来塑造，通过大地、自然和乡俗等参数来考量乡土世界中的人。

　　乡村不仅是人物活动的地理空间，而且还是人物成长的精神空间。乡村是人的自然栖居之所，是家族得以延续的基础。乡村总是以传统的母亲形象呈现，总是被比作鸟巢。阿勃拉莫夫曾动情地承认："乡村是我们的本源，是我们的根，是诞生和形成俄罗斯性格的母亲的怀抱。"①在阿勃拉莫夫和拉斯普京的作品中，乡

①　Абрамов Ф. Чистая книга：Роман，повести，рассказы[М]. М. ：Изд-во Эксмо，2004. С. 558.

村形象已经发展成为俄罗斯的象征。乡土小说创造的文学人物类型,可以称之为俄罗斯性格或俄罗斯性灵文化心理。如舒克申笔下的著名"怪人",拉斯普京笔下的智慧的老人和危险的阿尔哈罗维茨人,别洛夫笔下的慢节奏的伊凡,以及阿斯塔菲耶夫笔下的歌者。

4.1 乡土小说中的自然人

从人类的起源和进化进程来看,社会发展就是自然的人化过程。人类认识自然和征服自然的能力得到了充分的彰显,甚至导致了人的主观性被无限夸大,工业科技的发展,让人渐渐远离原始的生存环境。现代都市生活切断了人与土地的联系,鉴于此,"人的自然化"作为一个严肃的命题被哲学家和美学家提出来。在文学作品中这种强烈的渴望就催生了各种自然人形象。他们把自然当作自己的家园和精神归宿,这突显了人之于自然的客体作用,人开始低下高傲的头,倾听自然的声音,在改造自然的过程中顺应自然,亲近自然。

提到自然人,很容易就会想到卢梭关于自然人的诠释。自然人也是卢梭对人的本性思考的结果。他认为,人性是由良心、理性和自由构成的。但是他把良心置于首位,强调正是因为有良心,人才区别于动物。"良心呀!良心!你是圣洁的本能,永不消逝的天国的声音……是你使人的天性善良和行为合乎道德。没有你,我就感觉不到我身上优于禽兽的地方;没有你,我就只能按我没有条理的见解和没有准绳的理智可悲地做了一桩错事又做一桩错事。"①可见,卢梭将"良心"视为人类行为的向导,凭良心去做事,就等于是服从自然。良心是人的最主要特性,是人区别于动物的标志,而良心又是天赋的、自然的,卢梭的自然人概念就是建立在这个逻辑基础上的。卢梭是把自然人作为一种新型人来探索的,在卢梭看来,人的真正本性不在于启蒙思想家所说的理性,而在于与生俱来的自然情感,因而人不是理性的动物,而是自然人。俄罗斯当代乡土小说作家所理解的自然人不仅与土地与自然有着血肉联系,而且一定具有卢梭所推崇的良心。乡土作家们经常是以对自然的态度来作为衡量人的道德面貌的尺度的,他们认为,人与自然的默

---

① 卢梭.爱弥尔:下卷[M].李平沤,译.北京:人民教育出版社,2001:421.

契的交往会促进人的精神复苏。如果说卢梭的自然人还有些抽象，那么乡土小说作家则赋予了他们更为具体的生活空间、更为丰满的艺术形象。乡土作家在塑造自然人形象时，具有两个特征：首先是游离于社会主义现实主义教条之外，其次是强调人与土地、自然的亲密关系。乡土小说一方面发展了俄罗斯文学经典，另一方面开辟了表现世界和人的新方法，不再局限于把人仅放置在大的历史事件中去理解，而是放在存在的语境中去接受他。将生活在大地上的人放置在以土地、自然、传统、民俗等维系的坐标里来塑造人物形象。这也是乡土小说比之于苏联小说中的"普通苏联人"的巨大创新之处，不再受社会主义现实主义的教条规约限制。在乡土作家的作品里，人是在他的人类和自然实质中被揭示出来的。人在精神和肉体上都接近于大自然，自然人的生活是根据他的精神生物阶段（生老病死）来衡量的，与自然的生物循环是很相似的。

自然人最典型的特征是具有审美的天赋、诗意的敏感。对大自然质朴、感性的审美体验和感受正说明了人接近于自然的处世态度。在"自然人"形象身上再现了俄罗斯的宇宙主义——人与自然、宇宙是紧密相连的，是活生生的世界的一部分，以及卢梭主义——自然与人的融合是人的身体强度和道德厚度的保证，这种融合是在文明衰落的情况下难以达到的。

综观俄罗斯的文艺理论家们的研究，我们发现，很多研究者虽然对自然人的叫法不同，但赋予的内涵大同小异。如杰特科夫称别洛夫的伊凡·阿夫里坎诺维奇为"单纯的人"，格拉西缅科称其为"自然之人"，谢列兹尼奥夫称之为"集体的人"，列伊捷尔曼称阿斯塔菲耶夫笔下的自然人为"歌者"。农民都是具有社会属性和自然属性的人。乡土作家将人物的自然属性不仅作为农民个体不可分割的特征，而且将其作为评价人的标准。综观俄罗斯学者的研究，笔者认为，俄罗斯乡土小说中的自然人具备两个要素：一是对故土的依恋感。这种感情深入骨髓，很难改变，因此通常不易随遇而安的人一旦离开自己生长的根，就会不适应以至于枯萎死亡。二是具有天真淳朴近乎孩童般的清澈心灵。也就是说，他们具有一种没有任何外力作用的原生态的信仰，天真地相信会有奇迹发生，相信会将现实提升净化到理想的高度。作家常常以一种质朴的原生态的形式来体现古老的俄罗斯式的"生活童话""虚构王国"和"奇迹"探索。当然在不同乡土作家那里这种质朴的自然性表现各有千秋，有的是通过对自然的依赖感、崇拜感、敬畏感以及对自然的感恩之心来体现自然人与社会人的区别，有的是通过对人本性的挖掘，越过俗世的表面,探究人物天然性情。同时,乡村里的人在遭遇都市人时,自然人特征就会更加明显。城市里的人在工作交往中往往已经戴上了面具,是被社会化了的人,被同化了的人;而乡村里的人是更为原始的人,接近朴素观念的人,是敝帚自珍的人,是热爱古老的村规村俗、怀恋过去的人。

4.1.1　阿斯塔菲耶夫笔下的歌者

相比其他乡土作家而言,阿斯塔菲耶夫笔下的很多主人公对自然和音乐有着特别细腻、敏感的接受力。不论是和平时期,还是战争年代,他们与大地的密切联系被诗化,他们的田间劳作被赋予了浪漫色调,他们的性格被赋予了歌者的特点,即"他们与生活之间那种特殊的诗意的关系"①。受到文学批评家列伊捷尔曼的启发,我们将阿斯塔菲耶夫笔下崇尚自然和音乐的两种自然人都称为"歌者"。

在小说《俄罗斯菜园颂》中,作家以农村小男孩的视角表达了乡下人对菜园子的感情。伴随着小男孩的成长,菜园子里农作物的生长、成熟和四季的更替鲜活地展现在读者面前。通常颂歌都是写给人的,而阿斯塔菲耶夫对一个普通的乡下菜园子却怀着如此的敬爱,可以做如此细腻的描写,这在乡土小说中是罕见的。小说伊始就把以小男孩为代表的乡下人的特点勾勒了出来:"这家的人是好歌者,机智顽皮,奔放潇洒,做事和娱乐都很特别。"②在《西伯利亚人》(《Сибиряк》,1959)中,战争与主人公的家乡卡梅奴什卡村的天堂形成强烈反差。小说中的士兵马特维来自阿尔泰农村卡梅奴什卡,俄罗斯千百个乡村中的一个,当中尉说没有听说过这个村子时,他自豪地说:"我的家乡是最好的。"③他对自己家乡的描述令中尉感觉他住的村子比城市还好,就是房子矮一点,马路窄一点而已。小说在士兵的肖像描写中强调了他的眼神和微笑,他的眼神和微笑中都有一种宽厚和友

① Лейдерман Н. Л. ,Липовецкий М. Н. Современная русская литература:1950—1990-е годы. В двух томах[M]. Т. 2,М. : ACADEMA,2006. C. 99.

② Астафьев В. Собрание сочинений. В 4-х т. Т. 1. Последний поклон[M]. М. : Молодая гвардия,1980.

③ Астафьев В. П. Собрание сочинений:В 15-т[M]. Т. 11. Повести,рассказы разных лет. Красноярск:ПИК «Офсет»,1997. C. 56. (以下出自该书的引文只标出卷数和页码,不再另作标注。)

好。"大家都叫他马太,这名字很适合他,温暖,不爱生气,总是微笑着。"(67)从名字本身的意义来看,马特维是上帝赐予的人,谦虚、和善、多情的人。他跟战友谈起妻儿老小、自己的家乡时总是很动情。

从田间到战场,马特维的性格没有变化,他依然保留着农民的本色:勤劳,本分,善良。只不过战场上的他对家乡有了特殊的审美视角:家乡草场的味道、女孩子的歌声、刚挤出来的新鲜牛奶、澡堂子里的烟雾,这些过去不曾留意的村子里的日常生活,今天在战场上,在滔滔不绝地讲给战友们听的时候,马特维突然发现了家乡从未有过的美丽。他感叹在战火纷飞中,夜莺依然在歌唱,太阳依然那样火热灼人,大自然依然生生不息。于是,在小说结尾,作家让这个在战火中牺牲的乡下老兵,冥冥中回归到自然:"他眼前摇曳着无垠的燕麦田……他已经看到那个像自己小儿子清秀眉毛的麦穗,他的嘴唇就要挨到这个麦穗了,突然眼前出现了一朵西伯利亚的小花,火艳艳的,就像燃烧的煤块……"(11,120)

《噩梦》(《Тревожный сон》,1964)简直就是对古代田园牧歌的改造,在自然连续的时空中描写了家园、几代人的生活、幸福的母亲和她的孩子。田园的标志是语言上对自然的描写具有绘画的效果。以田园牧歌的形式表现了主人公被战争夺去的东西,以现代抒情叙事手段描写了真正的田园。短篇《天抑或是晴朗的》(《Ясный ли день》,1967)塑造了具有田园诗主人公形象特点的人物——谢尔盖·米特罗法诺维奇,他敏感、阳光、善良和热忱。"他身上没有一点乌七八糟的东西,没有黑暗的东西,没有隐秘的角落。"(1,289)在为新兵送行时,他唱起了《天抑或是晴朗的》这首歌,为新兵们鼓劲。小说将放牧和爱情交织在一起,牧人的爱情具有牺牲的特点,田园世界里的形象在艺术结构中有机地与现代抒情叙事相互作用,现代叙事展现了人物战后的生存状态。主人公在记忆中把1945年的一个秋天深藏了20年,当时他受了伤,拄着拐杖回家,他不仅记得回家的路,尤其记得回家时的喜悦心情:"他看到每一棵草,每一棵灌木,每一只小鸟,每一个甲虫,每一只蚂蚁都感到很高兴,躺在病床上的一年,遮蔽了他的视听,如今他怎么也看不够这个重新为他打开的世界。"(1,289)

在《走过这一生》(《Жизнь прожить》,1985)中阿斯塔菲耶夫通过充满田园色彩的语言将男主人公伊凡·扎普拉京诗性的内心世界揭示了出来。作家将伊凡和他的妻子描写成现代牧童牧女,他们将自己的存在完全与大自然融合起来。"他们认为,要学会聆听自然的智慧,与动植物、天体星宿和天堂亡灵心照不宣地相处……"(9,291)作家通过从战场回到乡村的伊凡之口表达了对存在境界的思考,伊凡已经把生命意义向量与生命的自然力联系起来。"应该让人圆满地走完自己的一生,不论是人、飞禽还是走兽,树木还是鲜花,一切的一切都应该让它播下种子,然后只有在生命持续的过程中,在履行自然赋予万物的使命和期限中才有意义。"(9,299)

在《最后的敬礼》(«Последний поклон»,1968)中,维奇卡的歌者特点是与其对音乐的独特感受密不可分的。维奇卡对自然界充满好奇,对自然界的天籁之声,对人间的歌唱或琴声都十分敏感,特别容易触景生情,感伤流泪。在《最后的敬礼》的开篇之作中,"我",维奇卡特别迷恋岗哨波兰大叔的小提琴,他对夜间从山坳里传出的小提琴声的描写足见其诗意的内心:"琴声变得柔和、清澈,我感到心跟着琴声起落。我觉得这音乐连同泉水一起从山下流出。有人俯身用嘴唇触碰小溪,喝呀喝呀,怎么也喝不够:好像嗓子里面都干了。我仿佛看到了夜色中静谧的叶尼塞河,河上灯火摇曳,竹筏悠悠;我仿佛听到竹筏上传来轻轻问路声,竹筏由近而远;我好像看到叶尼塞河上的车队嘎吱嘎吱地远去,车队旁侧奔跑着很多狗;马儿悄悄地走着,打着盹儿;我还仿佛看到了叶尼塞河岸上人影绰绰,仿佛触碰到了被水藻冲洗过的湿漉漉的东西,仿佛听到外祖母正披散着头发哭我。"[1]琴声淹没了一切,但"我"发现世界上的一切都原地没动。"只是我那被悲伤和喜悦占据的心扑棱棱地跳,好像跳到一辈子都被音乐所伤的嗓子眼","我"在这音乐中听出了幽怨,听出了愤怒,"为什么我感到那么恐慌和痛苦,为什么特别想哭,好像我从来没哭过"(3,12)。音乐令"我"想起死去的母亲,令"我"更加自怜。"音乐突然停止了。好像有谁伸出一只有力的大手搭在小提琴手的肩上说道:'够了!'话说一半儿,琴声就停止了,就像不是喊出痛,而是呼出痛一样停止了。此时好像有另外一个小提琴声透迤而上,就像屏息憋住的痛,就像从牙缝里挤出的呻吟声,一下子冲向那与孤独的星星为邻的云霄……"(3,13)维奇卡听了小提琴音乐后,发生了很大变化。"我甚至从墓地旁边走过也不害怕了。什么都不怕了。在这一刻,我周围没有恶的世界,世界是善良和孤独的,什么不好的东西都没有"(3,17)。而在《朝霞的歌唱》中维奇卡特别喜欢小鸟的歌唱;在《粉红鬃小马饼干》中维奇卡

---

[1] Астафьев В. Собрание сочинений. В 4-х т. Т. 3. Последний поклон [М]. М. : Молодая гвардия, 1980. С. 32.

特别喜欢列翁季叔叔,尽管他在外祖母眼里就是个今朝有酒今朝醉的小混混,但是因为叔叔喜欢唱歌,因此"我"就和他特别亲近。叔叔喝了酒后就特别疯狂,尽情地吃,尽情地耍;发工资的日子一顿挥霍后,他就去上班,妻子去挨家挨户讨饭。

在《外祖母的生日》中,通过维奇卡的视角传达了对外祖母歌声的理解。当外祖母开始唱歌时,声音不大,略带嘶哑,自己给自己打着拍子的时候,他"背后莫名其妙地开始战栗,由于发自内心的喜悦整个身体会麻酥酥地发凉。当外祖母的领唱部分越来越接近和声的时候,她的声音变得越来越紧张,脸色越来越苍白,就好像针越来越深地扎入我的身体,好像血都变黏稠了,停在血管里不动了"(3,206-207)。

"歌的彩虹构成的情感背景里雅与俗,庄与谐,愉快和忧伤交织在一起,这民歌连唱构成的背景与维奇卡眼前马赛克般多彩的性格相辅相成。"①奥夫夏卡村的居民个个都是演员,他们喜欢表现自己,他们善于在大庭广众面前即兴表演,他们中的每一位都很有看点,有观众捧场他们更加来劲儿,更加神采飞扬。他们喜欢当众展示自己的性格,炫耀自己的拿手好戏,为此不惜做出各种嘴脸和动作。因此奥夫夏卡村生活中的很多场景在阿斯塔菲耶夫的描写中具有一种戏剧色彩。叙述上由各种声音(维奇卡迷醉在作者叙述的声音、个别人物的声音、农村集体的声音)中构成了复调,构成了各种人物纷纷登场表演所形成的狂欢。对亲人爱的热浪冲击着维奇卡,在这热烈的情感中有对外祖母的感激,感激她活下来,感激他们一起活在世上。

4.1.2　别洛夫笔下的自然人

在别洛夫笔下的男主人公中,伊凡·阿夫里坎诺维奇最接近自然人。他是个普通农民、集体农庄成员。作家没有赋予他特别的才能,他就是一个有妻子和孩子、背负生活重担的很普通的男人。他性格非常随和乐观,从不无缘无故悲伤叹气,总是乐呵呵的。邻居和村里人都很喜欢他。受到不公待遇时他也跟领导吵过架,发过火;他喜欢大自然,喜欢面对自然沉思冥想,甚至向大自然敞开心扉,诉说

---

① Лейдерман Н. Л. ,Липовецкий М. Н. Современная русская литература:1950—1990-е годы. В двух томах[M]. Т. 2,М. :ACADEMA,2006. C. 101.

心里话。小说中他诗意的内心世界都是在与自然的接触中表现出来的。尽管他在前线打过仗,得过奖励,但是对自然界中的小生灵却充满怜爱和仁慈之心。伊凡作为自然人,流露出如下特点:恋家,热爱自然,有着天真的孩子气。

首先他恋家、爱家、爱妻儿——老婆孩子热炕头就是他幸福生活的全部,妻子一旦出门,他心里就空落落的。小说中有细节描写为证:妻子住院的日子,他整夜辗转反侧,不能入睡;他在田里割草时,听说妻子出院回家,就迫不及待赶回家。伊凡恋妻子、恋家。他本来想出远门赚钱,还没到地方就折回来了。"我才离开家三天,可是好像离家两年了"①,"当回到自己家那一站的时候,看到两盏路灯。灯光让我感到十分温暖,别提感觉有多好了。我从来没离开过,一夜间我就回来了,如释重负啊!"(2,105)

小说中,伊凡与自然的关系又有三层内涵。第一层就是人与自然的融合。伊凡的早晨是从欣赏日出、天空、大地和森林开始的。兔子在雪地上留下的圆圈,麦垛旁蹿出的狐狸成为他生活画面的一部分。

> 伊凡在雪结成冰的田野里走了很久,他仿佛感觉不到自己的存在,和雪、太阳,和遥远的蓝天,和预示着春天就要来临的各种气息,和声音融合在一起了。(2,85)

> 他走着,走着,脚下的雪嘎吱嘎吱唱着歌,时间仿佛对他停止了。他什么都不想,就像躺在摇篮里的孩子,微笑着,感觉不到现实与睡梦的区别。(2,85)

第二层是对自然生灵的怜爱。伊凡对泉水、对松林、对松林中的小鸟和其他动物都有感情。伊凡在草垛旁发现了一只冻僵的麻雀,他把它放到大衣里,给它带上套袖。"坐下暖和暖和吧,受伤的人儿,很想活啊,自然,不活哪里去呢,这就是生命。"(2,82)对冻僵的麻雀表现出对孩子般的爱心。在松林中救小鸟的情节足见他与自然的亲密关系。

第三层是在自然中获得生命的启示。在森林中迷路时,他突然开始思考生死的问题。卡捷琳娜活着的时候,他总觉得:人平静地活着,但总会留下什么,一切

---

① Василий Белов. Собрание сочинений в 7 томах[M]. Т. 2. М. : Редакционно-издательский центр «Классика»,2012. С. 105.

都会好的。妻子一死,他突然醒悟:人死后什么都没有了,只有黑暗、黑夜、虚空。没有他伊凡生活照旧,不管怎么说,活在世上总是好的。小说中,伊凡在林中迷路那一段具有象征意义,这个情节实际上在暗喻他内心的迷茫,是生还是死?

在妻子的四十天祭日那天,伊凡独自一人静坐在村子的湖边,看成堆的鸭子游过,想到妻子临终前说给他的话;看秋天的落叶,想到湖边的四季更替,他突然彻悟了:这就是生活,生命的循环就如同四季的更替,应该活着,无处可逃……

小说中,作家还突出了伊凡作为一个大男人所表现出来的天真孩子气。"伊凡你自己就是第十个孩子,有时候就跟小孩子似的。"(2,23)妻子的嗔怪让人感受到伊凡天真无邪的一面。伊凡去村里的商店送货,回来的路上听到米沙提起去村里找姑娘的事,心血来潮,一下子调转马头,要回去给米沙提亲,结果被姑娘骂得狗血喷头,狼狈而归。伊凡在田里听到妻子已经出院回家的消息,竟然放下手中没干完的活急匆匆跑回家,就像一个好久没吃到娘奶的孩子一样。在车站,他与米奇卡突然失散,当他见到米奇卡的时候,就像孩子一样高兴地扑了过去,而米奇卡却哈哈大笑。作家通过这些细节突出了伊凡天真的憨态,更说明了他的自然本色。

4.1.3 拉斯普京笔下寻找失乐园的幻想家

拉斯普京以西伯利亚农村为背景写了《为玛丽亚借钱》(1967)和《最后的期限》(1970)。他不仅关注人物的精神世界,而且关注个体的未来。作家呈现了人与人之间关系中的道德问题,人的善与恶、慷慨与冷漠、敏感与麻木、单纯与世故之间的冲突。作家笔下的主人公是地道的西伯利亚人。作家关注的是世代积累的经验与新时代生活方式的交锋,新与旧的冲突,得与失的相互作用。《火灾》与《告别马焦拉》有紧密的联系,人物之间有很多相似性,仿佛是作者在呈现以前小说中人物 10 年后的命运。作家在谈到两部作品的联系时指出他自己就是"淹民"(作家家乡安加拉把那些由于建造大坝面临被水淹没的居民称为"淹民")之一。作者说,他的家乡也遭受到了像马焦拉那样的命运,不得不迁移到其他地方,且随着耕地被淹,他们只好寻找新的谋生手段,这就是砍伐森林。村民从事的活动发生了变化,他们的性情也发生了变化,人们变得更加自私,更加自我,无视自然的存在。那些有良知的人们开始对人类的未来担忧。《火灾》中的人物在作家现实生活中是可以找到原型的。如伊凡·彼得罗维奇就是作家村子里的邻居伊凡·

叶戈罗维奇。作家在早期短篇《法语课》中曾提到过这个人物,他的原型在实际生活中是个司机。火灾事件也的确发生过,只不过是在邻村,而不是作家所在的村子。《火灾》情节很简单:在安加拉河岸的索斯诺夫卡村的一个仓库着火了。在这场大火中暴露了人性的光辉和弱点。小说一开始就推出了疲惫不堪的伊凡,"这个工作周他感觉无限长,比一生还要长"①。就是在伊凡累得饭都不想吃,一头倒在床上的时候,听到了"着火了,仓库着火了"的呼喊。接下去小说一边叙述伊凡如何参加救火,一边插入伊凡的思考。伊凡,这个曾获得过很多奖章的坦克兵复员回家乡后,心里总是惦记着家乡:"家乡就是家乡,没得说,这里的每块石头在你出生前就预感到了你的降临,因而等待着你,这里春天的每一棵小草都会带给你某种警示和支持,到处都是对你的呵护。"(415)弟弟出去打工赚钱,伊凡却留在了村里。"平心静气地在这里生活,已经习惯了,从未因这里偏僻而苦恼。"(415)所以当时跟村民一起搬迁,与村子告别时他感到很难过,"毕竟人是有记忆和心肺的啊!"(415)面对大家无视国家财产,急于以各种方式趁乱为自己谋私利,将仓库里的东西尽快占为己有的行为,村民伊凡很痛心,他发现,原来在最艰难的战时岁月将村子里的人们团结起来的那种精神不见了。于是他开始了沉痛的思考:"为什么一切都从头到脚翻了个,以前整个世界赖以生存的东西,那些约定俗成的法规,那些支撑这个坚实大地的东西,如今都变成了残渣,变成某种不正常的东西,几乎变成了背叛。"(421)"那些不应该的,不能接受的,都成了可以的,习以为常的,那些不允许的,成了可以的,那些本来视为耻辱和罪过的东西现在被视为聪明机敏和英勇无畏。"(425)伊凡不自觉地会将现在的村子和过去进行比较,他真切地感到了社会的变化,但是无法理解这种变化。他依然还是活在传统乡村的价值观里,坚守着祖先留下的道德规范。小说中,伊凡这个人物形象是通过他的行为和心理活动展示出来的。心理活动不是通过内心独白的形式表现的,而是介于人物与作者之间,即人物的所思所想与作者的观点立场融为一体。小说中的伊凡是个不善言辞的人,他的话不超过十句,而且很简短。当妻子跟他说有很多人疯抢仓库里的东西并带回家时,他说:"你别打这个主意。"(437)小说中作家通过青年萨什卡之口为伊凡作了评语和鉴定:"守法公民"(440),"战斗和劳动英雄"(440)。

大火烧毁了建筑,烧毁了人的灵魂,剩下的是空荡与黑暗。他发现,现在的农

---

① Распутин В. Век живи-век люби. Повести и рассказы[М]. М. :Известия. 1985. С. 401.

民不再爱耕地，他们只愿意索取，恣意砍伐周围的森林。这些人已经丧失了集体感、共同体意识。城里固然好，那么"给了我们生命的索斯诺夫卡怎么办？难道它就只是先辈们的家园吗？"（437）伊凡对乡村怀有一种拯救的责任感，不能漠视它的变化。

小说中的伊凡不愿意接受被现代生活改造了的乡村，为了心中的执念，他打算离开这个有很多外来人的索斯诺夫卡村。一次火灾让他对这里的人完全失望了，他企图回到原来的生活："耕地、播种、收割"（453）。在小说结尾，当伊凡离开村子时，感到从未有过的孤独，但是"这种孤独不是因为身边一个人都没有，而是因为内心感到空虚和单调"（460），他似乎从远处看到了自己："一个迷路的人沿着春天的大地，渴望找回自己的家，现在他向一个小树林走去，并将永远消失在那里。"（461）

随着现代文明的冲击，乡土小说中这种如伊凡一样心怀对家园执念的幻想家人物越来越多。

4.1.4 舒克申的怪人

首先要指出的是，舒克申塑造了很多与其他乡土作家笔下人物迥然不同的自然人。有研究者把他们视为 19 世纪多余人形象在当代文学中的继续和发展，他们憨厚、朴实、自然，待人真诚、心地纯洁，不世故、不功利，不像社会人那么复杂，因此有时候会显得言语行为很怪异。怪异性正是舒克申的主人公区别于常人的特征。他们常常不被理解，而且会因为自己的无私和坦诚引起人们的怀疑。舒克申自己也承认，他对怪人的性格最为感兴趣，因为他们的行为很难以普通的逻辑去解释。这种人很容易冲动，容易受情感支配，因此也是极为自然的。但是他们总有一颗智慧的心。因此，我们把舒克申笔下的这类怪人称为自然人。

《缺手指的人》中谢廖沙是舒克申喜爱的主人公之一，他直率、坦诚，而且有个很有趣的特点：他处于迷醉状态时就会流泪。小说中有两次写流泪场景：第一次当他在医院初识妻子克拉拉时，望着她穿着白大褂走来走去就陶醉了，竟然悄声哭了；第二次在他家里，他看到妻子在餐桌上和表弟的谈吐风采，陶醉其中，又禁不住偷偷流泪了。他和妻子很恩爱，他洗衣服担水，还会常常表演初恋的情节。婆婆心疼儿子，不满儿媳让儿子做家务。村里人都说谢廖沙的妻子任性、凶恶，是个傻瓜，谢廖沙很生他们的气，认为他们很饶舌。因为他觉得自己的妻子是个聪明机灵的人。尤其是她走路的姿势甭提多美了,他每看到妻子走路时,喜欢得牙齿都酥了。尽管他和克拉拉的爱情婚姻因妻子的背叛很快结束了,他割断了自己两根手指头,但是面对人们的指责,他还是认为,这是活着应该体验的,不管曾经多难过,这对他而言就像过了节一样。当然,哪里有节日,哪里就有迷醉。不管别人怎么说,谢廖沙为自己的热恋情感、浪漫的情怀感到满足。这是乡里人无法理解的。

《渴活》中的老人尼基京也是个自然人。他从小就经常出没在森林里,有时会住在森林里的小木屋里,经常会留宿一些过客。而他这一次的留宿竟把自己的命给葬送了。一个年轻逃犯借宿他那里,夜里警察来巡查,老人谎称逃犯是掉队的地质队员,使年轻人逃过了一劫,早上起来时发现年轻人不见了,他的大衣和武器都不见了。他感到很沮丧,起初认为年轻人"不知羞耻,没有良心"①,"取了暖,不辞而别就算了,还拿走了仅有的猎枪,再也找不到这么卑鄙的人了"(1,135)。但"老人并没有怎么记恨"(1,135),就去追赶年轻人,当他就要碰到年轻人时,"很奇怪,他竟想再一次看看年轻人那张英俊的脸。这张脸上好像有种特别吸引人的东西……也许他正冲向美好的生活……"(1,135-136)当年轻人从林子里一条路拐出来时,老人迎面走来,并举起了枪,"举起手来!"(1,136)年轻人吓坏了,但是老人微笑着放下枪,他先是责骂年轻人偷了他的猎枪和棉袄,年轻人请求把枪卖给他,老人不同意,但是准许他先带着枪,等走出林子到了老人住的那个村子时,把猎枪还给村边上小木屋里的教父。两人就分头走了,老人几乎走了整个林间的小道,突然后面传来枪声。老人中弹而死。这是个悲剧性的结局,读者可能会谴责老猎人遇人不淑,或是过于善良。小说中的老人善良得像个孩子,对逃犯都怜悯有加,舍不得伤害,对这个年轻的生命怀着天真的信任,丝毫不存戒备心,为年轻人提供了一切可以逃走的机会和可能。他本可以在年轻人投宿的当晚就把他交给巡查,他本可以在再次见到偷走他棉袄和猎枪的逃犯时惩罚他,但是当他初见年轻人时看到他冰冷的目光,当他把猎枪对准年轻人时看到他恐惧的目光,联想自己年轻时已经结婚的他曾诱奸一个笃信宗教的家庭的女孩子,并留给她一个私生子。当他一把年纪面对年轻人时他更加强烈地感到自己的罪过。也许他觉得年轻总会犯错的,所以想尽力帮助他。然而年轻的逃犯为了活命辜负了老人尼基

---

① Шукшин В. Сочинения в 2-х т[M]. Т. 1. Екатеринбург: У-Фактория, 2005. С. 135.

京的信任,竟然忘恩负义,用老人借给他用的猎枪打死了老人。对自然界森林里的蚂蚁的生活都了如指掌的人,却在与人类的交往上遭到了暗算。

从小说一开始,科利亚就称老人为父亲,这不仅是民间的传统,而且还暗示两人之间的冲突不仅是城里人和一个与自然为邻的乡下人的冲突,而且还是老一辈与年轻一辈的冲突。老人以自然为邻,在亲近自然的过程中获得朴素的乐趣,而逃犯科利亚所追求的是有音乐、香槟酒和雪茄烟伴随的现代都市生活。小说的悲剧性在于老人慷慨善良的天性遭遇现代都市青年的冷酷和自私。

《怪人》中主人公在小说一开始他的行为就令读者忍俊不禁。小说采取了一种倒叙的方式,一开始就管主人公叫怪人,直到小说结尾才出现他的真实姓名、职业和爱好。怪人在商店里突然发现,"在人们的脚底下有一张 50 卢布的钞票。好一个绿色的小宝儿呀,不声不响地躺在那儿,谁也没看见。怪人竟高兴地浑身颤抖起来,眼睛也发亮了。他唯恐别人赶在他前面发现这张钞票,于是赶紧动起脑筋,想该怎么把这张钞票的事告诉这些排队的人,怎么把话说得又让人开心,又俏皮"(1,218)。这段描写足以说明主人公的自然人属性,他看到地上的钱高兴不是为了占为己有,而是想办法还给别人。他的心理活动就像孩子一样可爱。他捡起地上的 50 卢布上交后,为了找到失主,就大声喊:"公民们,你们的生活太好了!"(151)喊了很久没人应,后来发现这钱是从自己口袋里掉出来的,但是没有勇气去窗口取回那 50 卢布,只好回家再去取钱。到了城里哥哥家,嫂子对他这个乡下来的小叔子不是很欢迎,态度冷淡,让他很尴尬。为了讨好嫂子,在嫂子不在家的时候,给小侄儿的摇篮一阵涂鸦。结果他不但没让嫂子开心,反倒惹恼了她。这是舒克申笔下典型的自然人形象。

如《万卡·杰普利亚申》中的主人公万卡是个农民司机,在城里住院没几天就开始思念家乡,跟病友们分享他在农村当司机时发生的趣事。有一次,他开车掉到冰河里,自己如何挣扎从车里出来,人们是如何帮忙的,有人把他叫到家里,具体细节小说省略了,但是万卡特别强调了"洒了家用'红色康乃馨'香水,有人去买伏特加"等细节。听说城里的医生水平很高,即使这样,万卡也不喜欢城里的医院。他认为城里到处很吵闹,彼此听不见对方说话。觉得人都是千人一面,下面的忙得团团转转,上面的稳如泰山,从容不动。看着城里的街道和汽车,看着医院的工作人员,他开始苦闷起来,感到自己很孤独。母亲从农村来看望他,医院竟然不允许他们见面,万卡受不了城里医生的跋扈无礼,毅然决然地放弃在城里医院的治疗,带着母亲就返回村里了。小说中有个细节,当母亲向值班医生求情准许她见见儿子时,她说话的语气竟然令万卡感到羞愧,几次命令妈妈不要说话。小说中,万卡对村里人的描述与后来值班医生和门卫的态度形成鲜明对比,万卡那执着的乡村情结也就变得更加令人信服了。

《斯捷潘》中斯捷潘差三个月就出狱了,由于思乡心切,他想回村里走走,呼吸一下从童年时就熟悉的家乡的空气,想看看好久没看见的熟人和陌生人,于是越狱而逃。连片警都大惑不解:"请原谅我,尽管我啥样的人都见过,但是这样的傻瓜我还没遇见过,你干吗这么做呢?"(1,91)"就剩三个月了。要知道现在还要坐两年牢啊!"(1,91)但是斯捷潘并不感到可怕:"没什么,我现在已经有了精气神儿,可以回去坐牢了,否则每天的梦会折磨我,每天晚上我都会梦见自己的村子,梦见我们村子的春天。"(1,91)这种看上去很孩子气的做法也许会令当代的读者发笑,笑他白痴,然而这正是舒克申笔下怪人形象的特点,他们往往为了听从心灵的呼唤,会无视或逾越社会的成规,做出令大众不太能接受的事情。他们的行为,表面上看,很可笑很荒唐,但事实上隐藏着崇高的情感和想法,他们敢于追求内心渴望的东西。舒克申的很多主人公都滑稽好笑,有时愚钝、单纯却又有个性。但是他们的语言和行为经常不仅令读者发笑,还令他们流泪。生活对待这些纯洁的人很残酷,迫使他们隐藏在怪异的外壳下。

还有一个怪人叫科斯佳·瓦利科夫,但是村里人都管他叫阿廖沙·别斯孔沃伊内(Бесконвойный),他们杜撰的这个姓氏在俄语里有"自由散漫"的意思。就是因为大家不能容忍他一周只干5天活,周末不论如何不肯干活,周六一整天要忙于烧澡堂子。根据俄罗斯乡下的习惯,通常在木屋外单独建澡堂子。洗澡前,需要劈柴烧木头,把澡堂子里的炉子烧热,然后上面泼冷水,会产生蒸汽,所以对应汉语的烧炉子,我们翻译成烧澡堂子。乡下人对科斯佳的行为非常看不惯,还经常苦口婆心地劝告其周末要劳动。其实,他是很能干的农民,夏天放牛,冬天在农场喂牲口,夜里还要照顾小牛。只是谁也别想让他周末去干活。这在乡下绝对是一个另类了。乡里人都认为,乡下和城里不一样,没有什么时间表,没有周末的概念。但是这个阿廖沙却非要活出个自我来。"你们是想让所有人都按照一个模式生活啊,两块劈柴燃烧得都不一样,何况人乎!"(1,568)在烧澡堂子过程中,阿廖沙还悟出了一些人生哲理:"人在临死前求生的欲望更加强烈,是那样渴望有什么灵丹妙药挽救他的生命,这谁都知道。即便一根木棍也是如此,快烧完时,突然会一下子特别明亮,随

即甩掉那燃尽的顶端,你甚至会奇怪,那最后的力量是哪里来的?"(1,568)

这个阿廖沙有些行为真的令人忍俊不禁,比如,小说中提到他每周六都泡在他的澡堂子里。一次,他躺在澡堂里的床上(就是一块板),竟然假想自己死的样子,直挺挺地躺着,把双手放在胸前,努力想象着棺材里的自己。连他自己都奇怪,在战场上,他打过仗,受过伤,从来没有想过死,也不怕死,但从没有像今天这样把死想到如此详细。"死是谁都逃不脱的,问题不在这里,而是不管怎么说,死还不是节日,不该把死理解为节日,不该等待死亡,而应该平静地接纳它。"(1,570-571)这种对待死亡的从容态度在拉斯普京那里,常常只有老妇人才会有。

舒克申笔下还有一种男性主人公,他们内心丰富,蔑视物质生活,追求精神享受,不能容忍世俗的功利生活,特别容易受委屈,有时会对受到的侮辱产生极为敏感和过激的反应。如《他们俩》(《Одни》)中的安季波夫不甘心一辈子做马具师傅,因为他的最爱是音乐,是弹奏巴拉莱卡琴,所以他尽管整天在做马具,但是,他的内心总是渴望着另外一种生活。妻子对他抽空就弹琴非常不满,有一次竟然把他的琴扔到了火炉里。眼看着心爱的琴被焚毁,愤怒之下,安季波夫操起斧头把他做好的马具一样一样都剁成碎块。《妻子送丈夫去巴黎》(《Жена мужа в Париж провожала》)中的科利亚是个高大结实的西伯利亚人,在城里找不到自己的位置,总是怀念西伯利亚的老家,与城里人的妻子和岳父母格格不入。每周六,他在家中院子里都要举行音乐晚会,自弹自唱,还会跳舞,引来老人孩子一阵阵大笑。妻子对此很反感,为他这种行为感到羞愧。科利亚也属于那种总是"心痛"的主人公,因此唱歌弹琴其实不是他快乐的表现,而是排解内心苦闷的一种途径。因和妻子以及岳父母产生争执,受到岳父母的奚落,备受侮辱,打开煤气自杀。舒克申笔下类似的怪人形象不胜枚举。

在小说中,这类形象常与他们的妻子形成对立的角色,舒克申笔下的女人都是作为反自然人形象出现的。作家笔下的女人除了母亲形象都是正面的外,妻子角色几乎都是反面的,都是一个面孔的:恶毒、任性、功利。她们只知道追求物质利益,不懂男人的内心。与之相反,舒克申笔下的男人,那些功利女人的丈夫都有些浪漫情调,他们总是喜欢遐想,孩子气十足,做事常常与常人不一样,因而常常与现实碰壁,得不到大多数人的理解。这一点常常在与他们的妻子的对照描写中尤为突出。舒克申正是企图以这些怪人形象来反衬社会的庸俗,呼唤真实的个性。

克鲁平继承了舒克申的怪人形象,塑造了很多蹩脚的哲学家,乍看上去哲学家们的议论和观点很天真,甚至有些笨嘴拙舌,但是却显现出老百姓对国家发生的事情的准确、深刻的认识和理解。如《故事讲的是……》(«Повесть о том, как...», 1985) 中的叶夫拉尼亚、《第四十天》中的父亲、《别了俄罗斯,天堂再见!》(«Прощай, Россия, встретимся в раю», 1991) 中的科斯佳、《侧风》(«Боковой ветер», 1985) 中作家的老乡们。

上面分析了几位作家笔下的典型男性形象,他们共同的特点是:都具有一种超越家庭的责任感,对生活有一种理想化的追求;在心智上来说,简单不功利,内心比较柔软。舒克申的怪人更加注重情感,内心更加浪漫,因此,有时显得与农民的身份不相符。他的反面怪人形象暴露了农民的劣根性。因此,可以说,舒克申超越了对人物的模式化的描写,在他笔下揭示了更为复杂真实的个体存在。

4.2 作为圣徒（праведник）的村妇形象

Праведник 一词在俄语中有很多近义词,如 преподобный благоверный,юродивый,и блаженный,但就神圣指数而言,праведник 居首位。狭义的 праведник 是指生活在俗世、被教堂尊为基督徒的圣徒。在俄语中不论是奥热科夫词典还是乌沙科夫词典,对 праведник 的诠释都是遵守戒规的人、没有罪过的人。据记载,从耶稣诞生到 21 世纪的教堂共见证了 70 个圣人,包括圣愚（юродивые и блаженные）。其中仅有 27 位享誉俄罗斯教堂,即俄罗斯教堂千余年来仅有 27 位圣人被尊为 праведник。由此可见,праведник 要具有很高的威望、特殊的品质,不是一般圣徒所能企及的。文学作品中的 праведник 具有隐喻功能,即指与俗世的人不同的人。东正教的共同性、整体性（соборности）范畴对于诠释圣徒形象具有重要意义。人物价值是通过在精神上将个体意识与共同意识连接起来实现的。圣徒传记文学就艺术地再现了圣徒形象。圣徒传记写的都是圣徒的生活,主人公的理想是做个创造者、心善者和劳动者。圣徒传记一般强调苦行生活,远离人世的情欲,以劳动为美和以慈悲为怀。圣人的创造性体现在能创造各种奇迹,如驱鬼降魔,妙手回春,使死者死而复生。圣徒很大程度上是一种象征形象,寄予了基督的理想。而《尤利安尼娅·拉扎列夫斯卡娅传》中的女圣徒尤利安尼娅却过着俗世生活。这是儿子写给母亲的传记。尤利安尼娅不同于普通圣徒传记中的人物,死前也没有接受剃度。

"她的神圣性不是体现在苦修上,而是对人的大善和大爱;她的禁欲不是体现在自我折磨上,而是委婉地拒绝贵族阶层应该享有的财产。"①古代圣徒传记文学对俄罗斯文学影响深远。屠格涅夫在短篇《活力》中创造了女圣人卢克里亚的形象,主人公年轻时与理想的她相差很多,后来由于无限的顺从获得了救赎,她身患的疾病让她发生了变化,对世界不再那么吹毛求疵和苛刻挑剔,她开始生活在忍耐顺从中,自然是她唯一的获得喜悦的源泉。她获得了精神上的洗礼,成为与世无争的圣徒,愿意接近自然。当代俄罗斯的乡土作家不同程度地塑造了乡村里的圣徒形象,而且女性形象占绝大多数。圣徒似的农民在恶劣的生活环境中依然能够保持道德的纯洁而获得生存的可能。乡土作家中很多人都在不同时期关注过这种神圣性和苦修。索尔仁尼琴以《玛特廖娜的院子》开启了当代俄罗斯文学的圣人形象画廊。后来被阿勃拉莫夫、阿斯塔菲耶夫、拉斯普京等作家所发展。在那些智慧的老人形象上既体现了人身上的"家族原则",又体现了作者的理想,具有神话和宗教色彩。作家视其为"精神核心"。他们笔下的圣徒式村妇具有坚实的道德基础,即传统的农民的善恶观、良心和义务观。

4.2.1　玛特廖娜——被此岸世界所谴责、遗忘的圣人

索尔仁尼琴在创作中一直渴望将崇拜人民的思想与崇拜神明结合起来。《玛特廖娜的院子》就是这样一部作品。玛特廖娜不是一个中世纪的长老,也不是一个创造奇迹的圣人,而是一个普通的农村妇女,不是生活在教堂里,而是生活在农村的小木屋里,但却是现代版的圣徒。由于命运的捉弄,玛特廖娜先后嫁给法杰伊和叶菲姆兄弟二人。她和法杰伊本来彼此相爱,由于在一战中未婚夫失踪,在法杰伊家人的强烈要求下,她和未婚夫的弟弟结婚。法杰伊做了匈牙利的俘虏后突然逃回家,发现自己的未婚妻成了弟弟叶菲姆的妻子,怒火中烧。"如果不是我的亲哥哥,我非宰了你们两个不可。"②"四十年这个威胁就像一把老斧头一直躺在角落里。"(136)法杰伊深爱玛特廖娜,又找了一个叫玛特廖娜的未婚妻。但是

① Долгов В. В. Краткий очерк истории русской культуры с древнейших времен до наших дней [М] // Отв. редактор В. В. Пузанов. Ижевск:Удмуртский университет,2001. С. 28.
② Солженицын А. И. Матренин двор[М]. СПб,1999. С. 136. (以下出自该书的引文仅标出页码,不再另作标注。)

为了给自己的女儿、过继给弟弟的吉拉争得财产,竟然强行拆除了玛特廖娜的边房。在帮忙运输拆迁所得的家什过程中,玛特廖娜不幸被火车轧死。埋葬了玛特廖娜的亲人并没有感到悲伤,只是一心惦记着如何分她的财产。这个一辈子都为别人而活的女人,为农庄、为邻居、为亲人奉献了一切,从不索取报酬的女人却落得如此悲惨的结局。

在《玛特廖娜的院子》中通过小说的叙述者——玛特廖娜家的房客发现了这个一贯被乡里人忽视的老妇人身上所具有的特殊意义:"她就是那个不论是乡村还是城市都赖以生存的圣徒,也是我们整个大地赖以生存的圣徒。"①这个普通农妇的行为准则就是她心中信奉的宗教,尽管在生活中,很少见她祈祷画十字,但是在与人打交道中总会说"上帝保佑"②。劳动对于玛特廖娜并没有那么神圣庄重,只是忙碌而已。玛特廖娜的圣徒性体现在她对物质生活的无所求和对生活困境的忍耐,以及对人的宽厚善良上。这只有圣徒才能做到。因此作家发现了这个普通农妇身上的神圣性。正是这种神圣性使她能无视周围世界的野蛮恶毒,保持普通人的古道热肠。小说一开始就向读者展示了她的居所,小木屋内有火炕、抹布、模糊的镜子、一堆无花果。与其同居一室的还有一只猫,是她出于怜悯捡来的野猫。晚上墙上的壁纸里有老鼠、蟑螂出没。她从地窖里取出最小的土豆喂羊,稍小一点的给自己吃,而给房客"我"吃鸡蛋。为了能够得到一块地,以后给年轻人造房子,她不惜拆掉了自己的木屋。这个一贯不吝惜劳动、不吝施舍的女人,两夜没合眼——拆掉她生活了四十年的小木屋就等于葬送了她的生命。她的生活在某种程度上很像圣徒的苦行僧生活。如果用此岸世界的法则来评价玛特廖娜的话,就是"不爱清洁,不爱置办家具,过日子不仔细,甚至不养小猪,不知为什么她不喜欢喂猪;有点儿傻,给别人白帮忙,不要报酬"(136)。"主人公玛特廖娜不是此岸世界的人,她不是按照此世的法则生活,而是按照与其相悖的法则生活,她过的是圣徒的生活"③,因为她按照完全不同于常人的法则生活,在与周围人的对比中,发现了俗世的罪恶。她身上没有贪婪、自私和嫉妒。因为宗教里认为,漂亮的服饰后面隐藏的是丑鬼和恶棍。没有她,不论是城市还是我们的大地都不复存

---

① Солженицын А. И. Матренин двор[M]. СПб,1999. С. 188.

② Солженицын А. И. Матренин двор[M]. СПб,1999. С. 106.

③ Лейдерман Н. Л. ,Липовецкий М. Н. Современная русская литература:1950-1990-е годы. В двух томах[M]. Т. 1. М. :ACADEMA,2006.С. 262.

在。但是我们却没有意识到。小说本来的名字是《没有圣徒就没有乡村》,可见作家就是想在小说中塑造一个当代的圣徒形象。其实,这里圣徒的神圣性的实质就是忽略物质,忽略个人的享受。

作家一反苏联文坛之前的宏大叙事英雄主人公,将一个普通农妇作为审美客体,并将其作为整个人类精神圣地的保护者。这对乡土作家建构以村妇为价值轴心的人物体系很有启发。他们笔下的很多村妇形象就是对玛特廖娜这个形象的继承和发展。她们在村里有很高的威望,兼具圣母和地母的象征内涵。仅阿勃拉莫夫就在他的中篇三部曲(《木马》《佩拉格娅》《阿尔卡》)和长篇四部曲(《兄弟姐妹》《两冬三夏》《十字路口》《房子》)中塑造了各种当代女圣徒形象的变体。阿勃拉莫夫笔下的老婆婆米列齐耶夫娜、拉斯普京笔下的阿加菲娅和达利亚等都体现了发端于玛特廖娜这个村妇形象的嬗变。要指出的是,乡土作家中受到索氏影响最明显的要算拉斯普京,他在自己的小说《农家木屋》中继承和发展了索氏在《玛特廖娜的院子》中诞生的民族原型和民族价值,也塑造了一位具有圣徒特征的村妇形象。

美国学者卡特琳·帕尔斯认为,索氏在塑造玛特廖娜这个形象时,兼具19世纪俄罗斯文学中女性形象和苏联社会主义现实主义文学中的典范女性形象的特征。一方面,"索尔仁尼琴的女圣徒的民族宗教根基是那样明显,以至于很容易想到玛特廖娜和上个世纪俄罗斯文学主人公的联系"[1];另一方面,"在玛特廖娜这个形象的传统主义视角中,我们会发现,索氏对女圣徒的塑造非常符合社会主义现实主义文学对模范女主人公的评价标准(如《拖拉机站站长和女农艺师的故事》中的女主人公)"(98)。

玛特廖娜这个名字对继索尔仁尼琴的短篇之后的所有乡土小说来说都是一个至关重要的名字。

4.2.2 阿勃拉莫夫笔下的米列齐耶夫娜

在阿斯塔菲耶夫、别洛夫和拉斯普京的作品中,人的个体牺牲精神通常也是在劳动中实现的,所有正面人物都是不知疲倦的劳动者,比如别洛夫的奥廖沙·

---

① Parthe K. The Righteous Brothers (and Sisters) of Contemporary Russian Literature[J]. *World Literature Today*,1993(1):96.

斯莫林(《小木匠的故事》)、拉斯普京的安娜(《最后的期限》)和阿斯塔菲耶夫的伊利亚·叶夫格拉弗维奇(《最后的敬礼》)。但是他们笔下的劳动者与阿勃拉莫夫笔下的劳动者还是有很大区别的。阿勃拉莫夫由于选择了战时困难时期作为创作背景,因此劳动主题以及劳动的人们都具有非同一般的意义。作家笔下的主人公在战争结束后回忆过去时,"他们惊讶于自己,惊讶于自己的力量,惊讶于自己当年过的圣人般的生活……难怪,当老太太们聚在丽莎这里习惯性聊起战争岁月时,老帕芙拉叹口气说:'要知道,当时我们哪里是人啊,简直就是大地上的圣人活过一回。'"①老太太的感慨表明,他们当年在极端恶劣的环境中所做的一切已经超越了人的极限,不是常人所能做到的。如果以此标准来界定当代圣人的话,那么阿勃拉莫夫笔下的很多人物都是圣徒形象,长篇四部曲中的米哈伊尔和丽莎兄妹、卢卡申、安菲萨和玛尔法等;中篇三部曲中的米列季耶夫娜和佩拉格娅,这些主人公几乎都是劳动狂。传统上对圣人的理解,是指那些没有罪过的,只行善、不作恶的人,完全是善的化身。1979年作家访问索洛夫卡村(2001年人口普查时仅有800多人)时,给这类信徒如此的评价:"在罗斯,信徒、热心人、劳动者任何时候都不会绝迹。俄罗斯的存活过去依靠他们,将来还要依靠他们。"②在阿勃拉莫夫笔下典型的圣徒形象是他的中篇《木马》(《Деревянные кони》,1970)中的主人公、七十多岁的老太太米列齐耶夫娜。她既是一个符合传统意义的圣徒,又是一个劳动狂。她十六岁嫁人,有四个儿子,两个死于战争。她从早到晚地干活,经受住了所有生活的打击,就是上了年纪,依然坐不住,每天早晨都要去林子里采蘑菇。她不知疲倦,不服老。来到大儿子家的几天根本不是做客,每天出去采蘑菇,一次采蘑菇淋了雨,老人病倒了,但是,因为答应了家里的孙女在她开学前赶回去,于是不等儿子来接,自己冒着雨步行就踏上了回家的路。风雨不能阻挡她的许诺。老人在村里有一定的威望,她在年轻时曾带领村民毁林开荒,带领村民走上致富道路,深受大人的尊敬和小孩的敬畏。淘气的孩子们一看到米列齐耶夫娜立马就会停止一切恶作剧,悄无声息了。这位老人一生都像蜡烛一样燃烧了自己,照亮了别人。

---

① Абрамов Ф. Дом[M]// Абрамов Ф. Братья и сестры: Роман в 4-х кн. Кн. 3-4. М.: Современник,1980. C. 363.

② Крутикова-Абрамова Л. Жить по совести[EB/OL]. (2009-10-10)[2017-04-08]. http://www. russdom. runode2128.

此外,米列齐耶夫娜还是一位严守戒规的女人,她对自己和女儿的要求都体现出俄罗斯《家训》的影响。她对女儿萨尼娅管教很严,"这不,母亲在帮萨尼娅打点行装时,也没忘了教训她:人在外丢什么都无所谓,姑娘啊,只是有一点要记住,要把女儿的贞洁带回家啊"①。一次,萨尼娅在林中劳动回来晚了,路上被"饿极了"的一伙年轻人拦截,被意外强奸。想到母亲平日的叮嘱,萨尼娅回到家没敢见自己的母亲,到了自家仓库上吊自尽了。与其说萨尼娅是害怕母亲的惩罚,不如说是慑于长期已经深入村民内心的这种道德训诫。

4.2.3　拉斯普京笔下的阿加菲亚

在《农家木屋》中拉斯普京向读者展示了普通的苦行生活的基督标准。故事中的主人公阿加菲亚就像个圣徒,她过着简朴的苦行生活,坚强地克服了很多困难。她的性格具有圣徒文学主人公的特征。按照圣徒传记的规则拉斯普京设计了主人公的形象。阿加菲亚的肖像很像圣龛肖像,"她个子很高,人很干瘦,脸庞很窄,一双大眼睛却炯炯有神"②。主人公就像年久褪色的老圣龛,但是上面画的却是一个上了年纪的两眼有神的妇女,很多圣龛上人物的眼睛里都流露出伤悲、同情;而在阿加菲亚的眼睛里闪烁着对生活的热爱,流露出善良。此外,主人公过着苦行僧的生活,从人物衣着上就可以反映出来。"她老是穿一双自家缝制的矮帮黑皮鞋,夏天也不脱下来,冬天则套一双高筒毡靴。无论冬天还是夏天,她都穿着那件棉背心……"(326)就像古代的圣人一样不追求俗世生活,包括不讲究俗世的穿着打扮。"她很早就抛弃掉了自己身上的女人味和那些敏感的烦恼,她不喜欢听女人们之间那些关于负心汉的交谈,她的眼泪一次就流干了,她不会安慰人,见到别人的眼泪,她只会叹气,还带着明显的责备。""任何一样男人们干的活,她都干得了:她会织渔网,会编鱼篓子,一年四季都在安加拉河上捕鱼;她会耕地,会堆干草垛,会搭牛棚。只有一样,她从来不去打猎,哪怕是去猎杀很小很小的动物,她的心都会受不了。"(326)她的丈夫很

---

① Абрамов Ф. Повести[М]. М. :Советская Россия,1983,С. 28—29.
② 拉斯普京. 幻象——拉斯普京新作选[M].任光宣,刘文飞,译.北京:人民文学出版社,2004:326.

早就死了,留有一个女儿奥尔加。奥尔加十五岁去城里打工,做过保姆,做过工人,未婚生子,后来又成了酒鬼。由于替女儿担心和操劳,阿加菲亚过早失去女人的光彩,变老了。她的父母相继去世,一个哥哥死在战场,其他兄弟姐妹都安家在其他城市。20 世纪 40 年代时,在老家的房子就剩下阿加菲亚一个人,她的亲戚早逝,这样的家境造就了她凡事都要亲力亲为、无所不能的生活能力,就像圣徒谢尔吉一样。她在宗族开始的地方造了小木屋——"阿加菲亚的家族,即沃洛戈日内依家族,就已经在这里安家了,一直生活了二百五十年,半个村子都是他们家族的后代。"(324)保护家园对于阿加菲亚是至关重要的,她失去了所有的亲戚,她认为,一定要造木屋,她死后木屋就是生命的延续。阿加菲亚倾心建造的木屋,对她而言不仅是栖息之所,而且是孩子,是雏鸟,因此小木屋具有象征意义——它是家园的象征,灵魂的栖居之地。有家就有生命,就有精神。

　　有学者将索氏的《玛特廖娜的院子》与拉斯普京的《农家木屋》进行比较分析,探索索氏对乡土小说发展的影响。学者卡夫顿认为,拉斯普京的《农家木屋》不论是主题还是情节的定位都是以《玛特廖娜的院子》为蓝本的,是对作家本人和乡土小说的审美理想和价值取向的独特总结。两部作品都继承了俄罗斯的宗教圣像艺术传统。前者作为乡土小说的开创之作所诞生的民族原型和价值在拉斯普京的后期作品中得到了检验。他指出:"在索尔仁尼琴和拉斯普京等作家的作品里复活了中世纪建构世界的模式,农民的宗法制文化被赋予了相对于残酷的现实的'他者'的理想色彩。"[1]

　　如果说在《玛特廖娜的院子》中女主人和她的院子同时遭到毁灭,而拉斯普京在《农家木屋》中则企图以女主人力造木屋来复兴失落的乡土俄罗斯。卡夫顿将阿加菲亚置于圣母的语境中来看待,认为其造木屋是与女人的使命联系在一起的,女人在,则家在。"女性原则构成了我们俄罗斯民族的基础。"[2]

---

[1]　Ковтун Н. В. Иконическая христианская традиция в «Матренином дворе» А. Солженицына и «Изба» В. Распутина:Проблема авторского диалога[J]. Филологический класс. 2013. №3.

[2]　Распутин В. CherchezLafemme[J]. Наш современник. 1990. №3.

4.3　祖母－母亲－妻子－女儿之维的村妇形象

在上一节我们分析的农村老妇人形象具有古代圣人特征,即对物质生活没有什么追求,远离爱情,在劳动中被淡化了女人的特性。作家尽管将她们置于家庭的语境中来描写,但只是在与亲人的关系中揭示了她们富于牺牲、无欲而刚的品格。而在乡土作家笔下还有一类熟谙人间烟火、非常世俗化的村妇形象,她们更适合在祖母－母亲－妻子－女儿之维来引起我们的关注。

4.3.1　祖母形象

在乡土小说中,祖母形象也是村妇形象中不可或缺的一个类型。阿勃拉莫夫笔下的米列基季耶夫娜的祖母身份只是闪现了一下:她要冒雨赶回家,因为对孙女有承诺;拉斯普京笔下的达利亚是在与孙子安德烈对淹掉马焦拉造水电站一事的态度上显露了祖母身份;而塑造得最为生动丰满的祖母形象要算阿斯塔菲耶夫笔下的卡捷琳娜了。阿斯塔菲耶夫笔下的卡捷琳娜(《最后的敬礼》)既继承了俄罗斯文学中的祖母形象,同时又有作家自己的创新,改变了以往那种单一的祖母形象模式:善良而懦弱。高尔基笔下那位为中国读者所熟悉的外祖母是一个慷慨、善良的老人,非常疼爱自己的外孙。但是在家里,外祖母却经常被脾气乖张的外祖父欺负,不被尊重,没有地位。而阿斯塔菲耶夫却反其道而为之。《最后的敬礼》由两部分组成,包含了 24 个短篇。其中在与孙子,也就是与叙事者"我"的观照中揭示的祖母形象主要体现在《朝霞的歌声》《树是为我们而长的》《粉红鬃小马饼干》等短篇中。作家是将祖母置于小说的人物体系中心,围绕着维奇卡的成长来塑造这个人物形象的。自从维奇卡的母亲溺水而死后,外祖母就承担起了抚养和教育外孙的重任。外祖母是个普通的西伯利亚女人,一辈子以劳动为生。外祖母既疼爱关心孙子,同时又对他要求严格,在小说中外祖母是以孙子的教育者身份出现的。在《朝霞的歌声》和《树是为我们而长的》中外祖母不仅作为疼爱孙子的长者出现,而且还是一个培养孩子对大自然情感的启蒙者。一大早维奇卡跟着外祖母去山洼里的菜园子,祖孙俩途中经过的峡谷"被大雾弥漫,寂静得我们都不敢咳嗽一声。外祖母拉过我

117

的手,紧紧地握着,好像害怕我突然会消失似的。会跌进这白色纤维般的寂静里。我害怕地依偎着她,依偎着温暖的而有活力的外祖母"①。当外祖母发现我对晨光中清脆的、不绝于耳的鸟叫声很感兴趣时,就说这是"朝霞的歌声",对音乐非常敏感的维奇卡高兴地跳了起来:"朝霞鸟在唱歌! 朝霞鸟在唱歌!"(3,25)外祖母甚至被他感染,竟然唱着说道:"朝霞鸟把歌儿唱,早晨说到即到!"(3,25)

在《树是为我们而长的》中通过外祖母给维奇卡寻找尝试各种治疗热病的方法,充分体现了外祖母对外孙的牵挂和疼爱。他的好奇心恶作剧不是立刻被指责,而是被给予理解。维奇卡喜欢小鸟,因此喜欢小鸟栖息的树,于是,梦想着自己种一棵树,可以有很多小鸟来筑巢,一次自己偷偷地将一棵荞麦秧当成树苗来栽种,被外祖母发现:"'原来你藏在这里啊!'……'我的妈妈呀!'我回过身,外祖母抚摸着我的头,对着我的耳朵喊道:'秋天你再种……'"(3,28)秋天,外祖母为了实现外孙的心愿,从林子里采来落叶松的树梢,拿着铁锹,跟着外孙一道去种树:他们一起挖了坑,放上外祖母林子带回来的黑土,施了肥,浇了水。与其说外祖母帮助维奇卡种了树,不如说帮助他种植了梦想:"我开始想象着一棵高高的树。在这棵树上有很多鸟,这棵树上会出现绿色的叶子,秋天又会变成黄色的针叶。"(3,29)当维奇卡担心自己的小树长不大时,外祖母说:"'怎么会呢! 一定会长大的。针叶树是没有小树的,只是树都是为大家而长的,任何一棵松树在针叶林里都很漂亮,任何一棵树都会为针叶林歌唱'——'会为所有的小鸟唱歌吗?'——'会为小鸟,为大家,为太阳,为小河唱歌的。现在它要睡到开春,不过春天就开始长得很快很快了,会超过你的……'"(3,29)外祖母耐心地向外孙传递着对自然的理解和亲近感。

在《粉红鬃小马饼干》中突出了外祖母作为孤儿维其卡的教育者身份。维奇卡按照外祖母的吩咐去菜园子采草莓,对此的奖励是给他买小马饼干。而由于受到列翁季叔叔的伙伴们的激将法,他把采好的大半篮子草莓都倒在草地上,被大家哄抢蚕食,之后与大家一块儿去河里嬉水。回家为了交差,维奇卡把篮子用草垫厚,在上面放上几捧草莓,再放上草。结果竟然骗过了外祖母,她把草莓拿到城里去卖,后来才知道骗了人家,十分气愤。"……一直教育自己人,结果成了这样,

---

① Астафьев В. Собрание сочинений в 4-х т. Т. 3. Последний поклон [M]. М.: Молодая гвардия,1980. C. 24.(以下出自该书的引文只标出卷数和页码,不再另作标注。)

他就是个小骗子！将来能成为啥样的人？小偷，惯犯！……"(3,65)外祖母还找适当的机会挖苦了外孙一顿。"只有现在我才彻底明白，这个欺骗的伎俩将我带入何等的深渊……我号啕大哭不仅是因为我后悔，而且是为我堕落得无可追悔感到后怕。"(3,65)本来就对自己的行为有所反省的维奇卡由于外祖母的一顿指责，更清醒地认识了自己的错误。不过在小说中，外祖父的形象一直与外祖母形成强烈反差，对于我幼小顽皮犯的错，外祖父是不以为然的，对"我"持祖护的态度；尽管平日里外祖母特别疼爱自己的外孙，但是却毫不偏袒孩子的欺骗行为，她让孩子认识到撒谎和欺骗的严重后果，让外孙对自己的行为感到羞愧。这篇小说之所以这样命名，也很有深意，当外祖母和外祖父都离开人世，维奇卡也已步入暮年时，回首不能忘却的依然是那粉红鬃小马饼干——那是对美好德行的嘉奖。它是令维其卡三省其身的道德标尺。

　　外祖母卡捷琳娜是一个既慈爱又威严的形象。一辈子为了孩子不知道动了多少怒，流了多少眼泪。她是孩子的保护神，如果孩子生病了，她会千方百计，用民间的方法治好他们。在农村，维奇卡这个失去母亲的孩子一直享受着外祖母的爱和温暖，跟外祖母一起的生活尽管不富裕，但是心理和精神上都感到温暖、舒适。后来到城里父亲和继母那里之后，尽管有很多不如意，但是一想到外祖母，就有了力量，感到她一直在鼓励他学会在黑暗中看到光明的生活本领。不同于阿勃拉莫夫笔下的老婆婆们，她们忍辱负重，经常是家里最勤劳的，却没有地位；不过与拉斯普京笔下的达利亚很像，有些霸气，但是达利亚对祖先的爱胜过对孩子的爱。

　　在《女人间的谈话》(1994)中，作家是在祖母与孙女的对话中揭示祖母形象的。花季的孙女由于生活比较放纵，导致怀孕堕胎，被父亲送到乡下接受老一辈的教诲。父亲这一行为本身就意味着，城市使人堕落，乡村是拯救你的地方，很符合卢梭的自然主义。祖孙之间的对话揭示了两代人的女人观和婚姻观。

　　……你还没告诉我，你这样做是逞能还是造孽？你自己怎么看自己？你受了多大的损失啊！

　　——人家如今不说这个，不说这个！你干吗要给我讲你自己的那老一套！这个我们早就学过了！

　　——什么时候学过了？

　　——上一年级时就学过了。如今一切观念都变啦。现在重要的是，女人要做领军人物。

——谁是那样的人? ——娜塔莉亚吃惊地爬起身来,把枕头衬在肘下,为的是更清楚地看见维卡并听她讲话。

——你连什么叫领军人物都不知道? 哎,奶奶你该重开始活一次。领军人物——就是她谁都不依赖,可人人都要依靠她。男人们都跟在她的屁股后面转,他们离开她就寸步难行。

——那么,她还与自己的男人一起生活不?

……

——那要看情况……这不一定。

——哦,那就完全乱套了。像狗一样跟哪个都行。主啊![①]

祖母认为,女孩子的贞操是很宝贵的,小说中有大段的祖母关于贞洁、夫妻感情的阐述。概括起来就是:男人很看重女人的贞洁;女人要与自己的男人互相融合,甜甜美美,卿卿我我一辈子;女人不需要更强,而应该更加有爱,比任何人都有爱。显然,拉斯普京继承了托尔斯泰的妇女观,对女人天职的看法与托翁如出一辙。

从小说前半部分祖孙之间的对话中,可见祖孙俩的女人观是完全不同的。在后半部分祖孙之间的对话中,叙事上越来越复杂,祖母的话里又有前后两个丈夫的话,祖母的第一个丈夫上前线受重伤而死,死前托付战友给妻子写信,并探望妻子,托战友带口信请求妻子嫁给自己战友。

他却说出一番表白感情的话。仿佛是尼古拉求他来找我并转达他的愿望似的。……说,尼古拉很爱我,说他在临死前让我成为自由人,让我成为什么自由人? 就是改嫁他人。……他说,他对我说,尼古拉说了,在天涯海角,在世界上的任何地方都找不到像我这样长得俊美和心地善良的女人。于是他留下遗言给你,说你要是与我在一起生活会好的……

丈夫战友的话又一次丰富了祖母的形象。祖母起初拒绝了这样的结合,觉得他们不般配,自己比对方大三岁,不能给对方带来什么爱。后来看到那个士兵又

---

① 拉斯普京.幻象——拉斯普京新作选[M].任光宣,刘文飞,译.北京:人民文学出版社,2004:50.

回到这个村子,默默下地劳动,而且由于重伤留下了残疾,眼睛和腿都有毛病,祖母发现这个人还是很需要她,于是就答应嫁给他了。为了战争她牺牲了一个丈夫,同时她又要用自己全部的爱挽救另一个深受战争之苦的男人。这也回应了祖母的妇女观:对女人而言重要的不是强势,而是要有大爱。

祖母那一代人代表了传统的价值观,这也正是孙女这一代人所缺少的,尽管时代不同了,但是女性解放带来的后果还是令人担忧的。这也正是父亲把女儿送到乡下祖母那里去的深意所在。祖母形象的意义在于她对当代年轻人的警醒作用。

4.3.2　母亲形象

俄罗斯文学史的研究者列伊杰尔曼指出:"拉斯普京喜爱的主人公的性格力量在于他们的智慧。这种智慧是对民间对世界的理解和关系的和谐统一。"[①]与此同时他强调,母亲在拉斯普京的小说中就是无私的大自然,是赐福生命与祥和的人类生身之母。她们是《最后的期限》中的安娜,是与村庄共命运的达利亚(《告别马焦拉》),是为被强暴的女儿复仇的达玛拉(《伊凡的女儿,伊凡的母亲》)。"母亲在拉斯普京的中篇里就是给予我们和平和生命的大自然,是生我养的母亲。"[②]

拉斯普京在《最后的期限》中的安娜是一位一生操劳的母亲,生孩子,养孩子,带孩子;下田劳动,侍弄园子,忙忙碌碌,顾不上思考人生的意义,只是顺其自然地生活,同时积累了生存和生活的智慧。安娜对生活的态度是一种无意识的生活哲学,不是来自书本,而是来自乡村的大地。她从来不抱怨生活,她认为"不能抱怨那正好落在你头上的命运,它只属于你。怎么过也都只有一次,不会重来第二次的"[③]。她从来不与别人攀比,不在乎谁见得多,谁过得轻松,谁过得好,谁和体面的人在一起。她认为,如果与别人攀比这些,这就好比要求自己有别人那样的母亲,要求自己有别人那样的孩子。"各有各的活法⋯⋯她经历了任何人都没经历

① Лейдерман Н. Л. ,Липовецкий М. Н. Современная русская литература:1950—1990-е годы. В двух томах[M]. Т. 1. М. :ACADEMA,2006. C. 76.

② Лейдерман Н. Л. ,Липовецкий М. Н. Современная русская литература:1950—1990-е годы. В двух томах[M]. Т. 1. М. :ACADEMA,2006. C. 74.

③ Распутин В. Малое собрание сочинений[M]. М. :Азбука,2015. C. 85. (以下出自该书的引文只标出页码,不再另作标注。)

过的喜悦，同时也经历了苦恼，但正是这苦恼对她来说越来越珍贵，越来越亲切。正是这忧伤苦恼使得她在纷扰的生活中没有失去自己。"(85)在每次遭遇了不幸后她都会用自己的一把老骨头重新积蓄力量，按照自己的方式生活，"她对自己全部生活的理解，就是一种痛苦的喜悦"①。安娜的人格魅力就在于她领悟了生存之美，她意识到了人之生存就是苦乐交加，她知道要对自己在世上有限的期限负责。与她的孩子相比，她在生活的忙碌中并未失去自己，而她的孩子们远离母亲，远离农村，在城市生活的拼命忙碌中忘记了自己的根，忘记了自己与土地、与自然的联系。在安娜的人生哲学中透视出一个年迈老人对生活充满智慧的总结、对生活的体验和体悟。在人民生活丰富多彩的世界中，拉斯普京在寻找那世代相传的民间经验的拥有者、理智的持有者、道德遗训的忠诚执行者。在拉斯普京的创作中贯穿着这样一种女人观念：女人是所有俗世妇女的母亲，她善于以自己的爱和怜与充满恶的世界抗衡。安娜可谓是英雄母亲。经历了孩子的生生死死。对母亲而言，不能接受的就是白发人送黑发人的现实，更不能接受刚刚出生的婴孩就离开这个世界的现实。她认为这是罪过。她亲自埋葬了五个孩子。四个由于生病，一个喂奶的昨天还健健康康的呢，今天就没命了。对孩子的早亡她只好用民间的俗语安慰：上帝给的命，就要还给上帝。在战争中还失去三个孩子，对死不见尸的这三个孩子，老人总觉得是她自己丢失了他们，是自己失职没看好他们。所以她现在是"有可以离开的，也有可以投奔的人"(87)。老了也不希求他们的回报，甚至在弥留之际也不想拖累他们。安娜对自己的死有一种超然的态度，从容等待死亡。她相信，每个人都有属于自己的死法。人有多大寿，死有多大寿。她从来没怕过死，总是认为死就是摆脱痛苦和耻辱。她不希望比别人活得长，时间来召唤你，就说明到寿了。

拉普琴科指出，对于拉斯普京的创作来说最基本的范畴就是记忆。就是说，记忆、对过去的态度是作家关于人的道德哲学体系的有机组成部分。比如说，在拉斯普京的中篇小说《最后的期限》中安娜保留了与自己的根的心灵联系，在小说中老妇人的形象有一种不可征服的力量，她认为："按照你自己的方式去做，去活着吧，你是任何人都不能替代的。你是不可复制的。"(56)对于安娜来说，农民的劳动就是生活的意义和理由，是命运，是任何人都不能替代的土地的使命。她想

---

① Лейдерман Н. Л., Липовецкий М. Н. Современная русская литература：1950—1990-е годы. В двух томах[М]. Т. 1. М. ：ACADEMA，2006. С. 76.

成为她自己。她是自然人,她感到自己与自然有血肉的联系。当她感到自己与自然在精神上熔铸在一起的时候,她认为自己是幸福的。

马尔塔赞诺夫指出:"安娜能够保持自己个性中与众不同的地方,并以此为自豪。她坚持自己的活法,不卑不亢。"[1]很多评论家都倾向于将这个人物诠释为"传统的俄罗斯人民多神教、东正教意识类型",并指出,她们符合"古老的民间东正教世界观"。马尔塔赞诺夫认为,安娜确实充满了多神教、东正教精神,并非刻意遵循了某种固定和具体的道德伦理原则和规律。对所有出现在她面前的复杂的生活问题,这位乡村老太太都义无反顾地在自己身上,而非自己身外,摸索并找到答案。

在拉斯普京的女主人公身上过去对未来的良知、责任感敏感到了极点。她们不只生活在现在。她们能够经受痛苦、侮辱和灾难。但是不能也不想违心地逾越古老的道德基础。拉斯普京在自己的中篇《告别马焦拉》里,尤其关注个人责任问题。批评家认为,主人公达利亚和巴嘎杜尔就其拥有的精神能量来说,在马焦拉的村民中无人能比。他们具有先民,即那些已经长眠地下的祖先,所具有的精神能量。马尔塔赞诺夫指出,在达利亚的思考中一直强调,现代文明歪曲了人的个性走向,迫使每个个性背叛了自己的使命,由此导致整个人类社会渐渐脱离了自己的正常轨道。人不再是自己生活的主人,人开始游戏人生,伪装自己,失去自己。有研究者认为,在《告别马焦拉》里,像其他作品一样,所有发生的一切都是在死神的符号下,而不是爱神的符号下。这正是拉斯普京对老太太形象感兴趣的原因。作家自己指出:"我特别震惊老太婆们对死亡的冷静态度,她们把死当作很自然的事。"其实拉斯普京的主人公不仅不怕死,他们都随时等待着死亡。有人认为,她们渴望死亡,或者简直就是爱死亡。其实,这正是这些大地之母回归土地的表现。这在《告别马焦拉》里表现得尤其突出。所以正像批评家苏尔加诺夫指出的那样,"墓地"成为作家小说思想和结构中心之一并不是偶然的。达利亚的形象基本上是在她对马焦拉命运的关注中揭示出来的,而不是在个人关系和命运中揭示出来的。与其他人物相比,她生活得很如意,她的子女都很尊重她。但是为了建水电站,淹没整个村子对她来说相当于死亡。因为不仅原来的村子将会消失,而且祖先的坟墓将会被湮没。她感到了负罪感,感到有愧于祖先,但是这种负罪

---

① Мартазанов А. Идеология и художественный мир «деревенской прозы» (В. Распутин, В. Белов, В. Астафьев, Б. Можаев)［М］. СПб. : Филологический факультет СПбГУ, 2006. С. 56.

感不是安娜在孩子面前那种负罪感，而是在祖先面前的负罪感。她是小说中唯一
一个将自己的命运与村子的命运联系在一起的人。直接与小说中的马焦拉、树王
等象征形象一起反映了作家的整个价值体系。

《伊凡的女儿，伊凡的母亲》中塔玛拉·伊凡诺夫娜同娜斯捷娜和达利亚一样
具有果敢、坚强的性格。但是她和别的女主人公不同的是，她在很大程度上比
较感性化，不很理智。伊凡经常谴责她好冲动，情绪化，做事不假思索。为了替
女儿找回公道，她竟然拎着炸药包去找办案人员，为复仇铤而走险，结果被判刑
坐牢。塔玛拉这种对女儿的爱就像村里人说的："早先为了当英雄母亲，要生孩
子，生，每年都生……而现在瞧吧：要保卫他们，保卫你生下的孩子……"[①]她更接
近于舒克申的《母亲的心》中的母亲，为了捍卫自己的骨肉，可以不顾一切，这是地
母的典型特征。她们给世界以生命，失去生命对她们来说是最不能容忍的。尽管
如此，作家在这一个人物身上反映了当今俄罗斯妇女身上所具有的理性的和本能
的母爱的全部力量。问题根本不在于说俄罗斯的家庭衰败到由女人出面报复的
程度。作家以自己的女性类型为俄罗斯文学赋予了深厚的力量。他对女人有很
准确的洞察力。他认为女人是生活的道德律师，女人不仅赋予生命，而且永远将
捍卫这个生命，把它视为自己孩子的最高赐福。塔玛拉的形象令人想到屠格涅夫
的《麻雀》中的老麻雀，面对猎狗对幼子的威胁奋不顾身，挺身而出，在猎狗这个庞
然大物面前表现出了弱小者令人震撼的力量。而这种力量正是源于本能的母爱。
大多数批评家都给予拉斯普京的母亲形象很高的评价，认为她不仅赋予了生命与
和平，而且力争保卫自己的孩子和村庄。

舒克申作品中的女性人物与男性人物相比显然被研究得较少。不过所有的
研究者都注意到了舒克申的母亲形象，认为"舒克申笔下的母亲形象兼具智慧和
勇敢的品格，是人类世界的最高形象，是神圣的地母"[②]。

作家一生都在写对母亲的眷恋，愿意与母亲分享。作家笔下的大地形象旁边
总是伴随着一个俄罗斯妇女的形象，这首先是母亲。舒克申曾说过（援引自他的
一封信）："当我即将离世的时候，如果意识还清醒的话，在最后的弥留时刻，我也

---

① 拉斯普京.伊万的女儿，伊万的母亲[M].石南征，译.北京：人民文学出版社，2003：140.

② Лейдерман Н. Л.，Липовецкий М. Н. Современная русская литература：1950—1990-е годы.
В двух томах[M]. Т. 1. М.：ACADEMA，2006.С. 95.

要想想母亲、孩子和活在我心里的家乡,比这更宝贵的东西没有了。"①"有一次,母亲病得很重,我回家后把她送到医院,但是心一直很痛很痛。有母亲在,我们就不是孤儿。突然一阵恐惧和凉气袭上心头:如果失去了母亲,我就成了纯粹的孤儿。每当这样想的时候,就好像找到了生活的意义。"②作家会经常在信中表达自己对母亲的愧疚:"对不起,亲爱的妈妈,我实在没有时间,对不起给您写的信太少了……"③

母亲在作家的成长中发挥了重要作用。因此作家将对母爱的理解和诠释都写进了自己的作品中。战争岁月母亲在家里的作用更是举足轻重。《遥远的冬天的傍晚》(《Далекие зимние вечера》,1961)就写了这样一位母亲。她既要记挂前线打仗的丈夫,又要照顾年幼的孩子。战争岁月的童年是沉重的,唯有母亲是孩子心中不灭的灯火。小说中写道:"她可能很累了,冻了一天了。但是她微笑着。亲切的、愉快的声音立刻充满了整个小木屋,小木屋里的寒冷和空荡一下子都消失不见了。"④母亲今天带回了一些面粉和一块儿肉,准备包饺子。但是家里没有一块儿劈柴,他们包好饺子后,万卡和母亲一起去森林里找劈柴,他们又冷又饿,但这时母亲却想起了在外打仗的孩子父亲:"你的父亲在那边也不易啊。也许此刻他们就坐在雪堆里呢! 可怜的人啊……"(1,45)以此给自己和孩子鼓劲。母子俩回到家已经天黑了,母亲先把炉子烧好,等饺子上桌了,孩子们已经昏昏欲睡了。瓦尼亚在睡梦中听到缝纫机的声音,"明天他可以穿着新衬衫上学了"(1,46)。

在小说中,温暖与寒冷、混乱与舒适这种对立的象征形象构成了小说的中心,母亲对生活的乐观态度对孩子心灵的影响是一生的财富。母亲的形象是在对日常的生活和人物慷慨性格的细节化描写中揭示出来的。母亲关于在前线浴血奋战的孩子们的父亲的充满同情和思考的一番话再现了事件发生的悲剧性的历史背景,在完整的精神道德空间将个人、时代和宇宙连接在一起。

列伊捷尔曼将短篇《在墓地》(1972)里的母亲视为具有启示录意义的形象,称其为"神圣的地母"。

《母亲的心》(1969)中维吉卡·博尔杰克夫的母亲是一位典型的农村妇女,丈

---

①　Шукшин В. М. Письма В. М. Шукшина к матери[J]. Алтай. 1975. №3. С. 82.

②　Шукшин В. М. Письма В. М. Шукшина к матери[J]. Алтай. 1975. №3. С. 82.

③　Шукшин В. М. Письма В. М. Шукшина к матери[J]. Алтай. 1975. №3. С. 83.

④　Шукшин В. Сочинения в 2-х т[M]. Т. 1. Екатеринбург:У-Фактория,2005. С. 41.

夫阵亡在前线,自己守寡多年。五个孩子,大儿子在前线牺牲,女儿夭折,两个逃过饥荒劫难的儿子如今住在城里。只有维吉卡和母亲留在农村。母亲"变卖一切财物,几乎沦为乞丐,终于把他养育成人……"①可见维吉卡对于母亲来说意味着什么。难怪她得知儿子酒后伤人被拘捕,就开始了辛苦而执着的奔波。不知跑了多少路,求了多少人,说了多少好话。单纯的母亲以为,以儿子喝醉为理由就可以免除牢狱之苦。母亲哀求的声音,甚至都打动了民警。"瞧着母亲的这副样子真叫人难受。她的话音里饱含着忧伤、苦痛和绝望,听着真使人觉得不是滋味。纵然民警并不是心肠软的人,但就连他们也都是把身子转过去,抽起烟来。"(183)

如果说在《母亲的心》中是母亲为儿子奔走求救,那在短篇《信》中就是母亲为已婚的女儿牵肠挂肚。小说的核心内容就是母亲写给女儿的一封信。而写这封信的动因是母亲做了一个与女儿有关的不吉利的梦。住在城里的女儿婚姻生活不是很幸福,这一直令母亲担忧。因此母亲在信中主要是给了女儿和女婿一些劝告。总结起来就是:希望女儿多与整日沉思、少言寡语的丈夫交流,多给他一些温存,以此来改变丈夫。能改变最好,不能改变也不要委屈自己,以免重蹈母亲的覆辙。同时也希望女婿能理解母亲疼爱女儿的那颗心,规劝女婿珍惜现有的家庭生活,改变自己的性格,给妻子儿女带来快乐。母亲在请邻居解梦的过程中突然意识到了做母亲的责任:要保护女儿,首先要教会女儿如何生活。母亲的信就是作为过来人的母亲对自己生活经验和教训的总结。小说主要通过书信形式呈现母亲的语言和伴随着写信过程的心理活动,并以此来展现这位地母的形象。

除了一些以母亲为主人公的小说外,舒克申还创作了一些小说,其中母亲的形象只是寥寥几笔。这些小说通过儿子对母亲的感受表达出母亲的重要性,传达出一种巨人安泰对大地母亲的依赖——尽管着墨不多,却很动情。如在《总会计师的侄子》中母亲的形象是在离开家,在城里思念家乡的年轻的主人公的回忆中呈现的。儿子维奇卡一心想过自由的生活,离家后才渐渐理解了母亲,认为,母亲就是家的守护者。在母亲的语言和行为细节中,维奇卡凭直觉认识到那种与家、与自然万物亲近的崇高的文化。"他回忆起来,母亲是如何与万物中的雨、路和炉子对话

---

① 舒克申.舒克申短篇小说选[M].刘宗次,译.北京:外国文学出版社,1983:181.

的。"①于是主人公在自然界中,在无边的草原上都会感到母亲的存在,每当有困难诉诸大自然时,就如同向母亲求助。"草原母亲,帮帮我吧,当他向草原求助时会感到轻松很多。"(1,57)同名小说《万卡·捷普利亚申》间接描写了主人公万卡的母亲,当万卡被转到市里医院后,正当他站在病房的窗口俯视着车水马龙的街道感到孤独时,"当他突然看到了自己的母亲"(1,532),"他感到无比地惊喜"(1,532)。他甚至朝着全病房的人高呼"妈妈来了!"(1,532)妈妈只身一人从乡下赶到城里的医院看望儿子。《正面和侧面》中的长脸伊凡的母亲也可以称为神圣的地母。她们都是经历了世间风风雨雨的俗世的母亲。她们命运中的每一次重大的转变都和国家重大的历史紧密相连。"在母亲形象中,在她们对待生活智慧勇敢的态度中,在她们的恐慌中,在她们挽救自己孩子的行为中清晰地表现出了舒克申短篇故事史诗和戏剧原则间的互逆关系。"②在舒克申短篇的道德哲学坐标体系中的母亲形象成了保卫原则的体现,主要人物的命运通过对这种原则的接受和评价而揭示出来,并且构成了描写世界图景的重要视角。舒克申在创作中强化了母性作为保护和捍卫特征的主题。舒克申的母亲形象经常和对孩子充满怜悯和慈爱的保卫者、捍卫者形象联系在一起。在作家笔下,母爱的制高点就是疼爱自己的孩子。

4.3.3 妻子形象

乡土作家塑造的女性形象或是母亲形象,或是母亲兼妻子形象,纯粹的妻子形象不多。作为妻子身份的村妇形象自古受到俄罗斯文学的青睐,这可以追溯到古罗斯文学的《关于穆罗姆斯基·彼得和费夫罗尼娅夫妇纪事》。正如德·利哈乔夫指出的,"纪事中的主人公少女费弗洛尼雅拥有民间的智慧,她能悟出智慧的谜底,善于不慌不乱、沉静自若地解决生活中的难题。她的创造力弥漫她的周遭"③。"同时她的智慧不仅是聪明,而且是对情感和意志有分寸的把握。在她的

---

① Шукшин В. Собр. соч. в 3-х т[M]. Т. 3. М.:Молодая гвардия,1985. C. 57.（以下出自该书的引文只标出卷数和页码,不再另作标注。）

② Лейдерман Н. Л.,Липовецкий М. Н. Современная русская литература:1950—1990-е годы. В двух томах[M]. Т. 2. М.:ACADEMA,2006. C. 96.

③ Лихачев Д. С. Великое наследие:Классические произведения литературы Древней Руси;заметки о русском[M]. СПб.:Logos,2007. C. 320

情感、智慧和意志之间没有冲突……"①利哈乔夫特别强调了费夫罗尼娅这个形象的智慧,这体现在她为彼得治疗箭伤的过程中对彼得的各种考验的巧妙应对、治愈彼得箭伤的神奇药方,以及婚后辅佐彼得治理朝政的贤德和智谋上。智慧的费夫罗尼娅成为很多乡土作家村妇形象的原型。

妻子的形象在乡土小说里远远少于母亲形象。或者说,乡土小说作家吝于塑造妻子形象。令人欣慰的是,阿勃拉莫夫塑造了勤劳能干、勤俭持家又灵活变通、敛财有道的佩拉格娅;智慧能干的安菲莎;表面风骚浪荡,实则善良真诚,追求纯真爱情的卢卡申科的妻子;率真和泼辣的瓦尔瓦拉;那个与丈夫十分恩爱,一日不见如隔三秋,无私忘我,为兄弟姐妹宁肯牺牲自己的丽莎。在乡土作家作品里很少有写夫妻恩爱的,多写父母对孩子的爱,别洛夫通过塑造阿夫利坎诺维奇这个人物,间接地描写了他的二婚的妻子,9个孩子的英雄母亲卡捷琳娜。小说对她着墨不多。在别洛夫的小说里,佐林式的男人心中都有一个理想的天国丽人,面对现实生活中的妻子心生厌恶和恐惧。因此在作家的很多小说中妻子的形象都是令男主人公讨厌的。不论是在《小木匠的故事》《斯波克医生的教育方法》,还是在小说《一切在前》中都没有一个理想的女性形象。拉斯普京笔下那个为人妻子的纳斯杰焦纳,为了完成女人的生育任务,她无奈接受临阵脱逃的丈夫。当其怀有身孕时,丈夫又悄然离去,使其陷入尴尬的境地,最后遭受自杀的厄运。舒克申笔下的妻子形象几乎清一色是唯利是图的、不懂男人心、只知道追名逐利的女人。作家认为,她们是导致男人痛苦绝望的根源。

佩拉格娅是阿勃拉莫夫创作的非常成功的一个妇女形象,在20世纪的乡土小说,乃至整个俄罗斯文学中都独一无二。小说中的她是个劳动狂,不仅要经营面包房,还要做家务、收拾院子、割草、照顾生病的丈夫,是一个持家有道、非常精明的家庭主妇。很多乡土作家在塑造女性人物,包括妻子形象时,只突出了形象的正面性、完美性,而阿勃拉莫夫在塑造佩拉格娅这个形象时,则写出了这个人物的复杂性、多面性:她劳动拼命,丈夫生病期间,她既要管家,又要管面包房,而且还不肯雇帮手,一个人干三个人的活。每天傍晚回家也不空着手:左手拿着面包,右手拎着喂猪的泔水,以至于累得回到家就瘫倒在地板上。因此她特别鄙视不爱

① Лихачев Д. С. Великое наследие: Классические произведения литературы Древней Руси; заметки о русском[М]. СПб. : Logos,2007. С. 322

劳动、不会过日子、放荡轻浮的大姑姐；她逢迎结交村里的权贵人物，她以劳累不堪为理由拒绝参加大姑姐的生日，而当听说村里的头头邀请他们夫妇去赴宴，则乐颠颠前往；她特别注重贞洁，对丈夫绝对忠诚，整个战争期间，她为丈夫守身如玉，"送丈夫去前线时，佩拉格娅只有 19 岁。她说：'要信得过我。除了你，谁也别想动我的头发。'她说到做到，整个战争期间一次俱乐部的门槛都没跨过"①。难怪阿勃拉莫夫在诠释这个人物时，首先就强调了她的禁欲主义。作家不是想展示女主人公的美德，而是突出她与生俱来的贞节观念。任何一种性放纵行为都令她特别反感，尤其是女人，所以她对大姑姐不检点的生活方式不能忍受，对自己女儿喜欢卖弄风骚、吸引男人的行为反应特别激烈。佩拉格娅在饥荒年月经历了头胎孩子、父亲和兄弟死于饥饿的痛苦打击，为了三口之家的生存，为了得到经营面包房的资格，她甚至不惜与村里一个掌管大权的人物睡了一夜，作为帮忙的交换条件，根据她的贞洁观念，可以想象，付出这个代价对她来说要承受多大的痛苦，第二天一大早，当她将这个村官送出面包房时，说："从今往后忘了我的头发。别想解除我，我可会咬人的……"（54）就在那天早上，她在烧得热气腾腾的澡堂子里用两把白桦枝使劲抽打自己被玷污的身体，"她烤啊，蒸啊，不仅为了彻底清除身体上的腌臜，而且为了让那不洁之夜不留下一点痕迹"（55）。"她完全忘了他。从送他离开关上门的那一刻起就忘记了他。因为同这个男人过一夜既不是为了享受，也不是为了娱乐。"（54）

妻子的身份总是与丈夫的身份相伴而生的。因此妻子形象的塑造一般都是在与丈夫形象的观照中进行的。佩拉格娅泼辣强势的性格在与寡言温和的丈夫的对照中，显得尤为分明。

在小说中，佩拉格娅主外，而丈夫主内。平时，女主人全部身心都放在经营面包房上，因此无暇顾及家务。丈夫每天早上生炉子、打理母牛、汲水。一有空就往面包房跑：要准备一两周的柴。每天傍晚丈夫巴维尔都会到河边自家澡堂子附近去接从面包房回来的妻子；即使是生病卧床了，看到疲惫不堪的妻子，丈夫也没有讨好安慰的话语，而是悄悄烧好茶炊，"她起身，连喝 5 杯不放糖的浓茶，暂且缓解了内心的焦灼……"（23），不过她依然感到很累，又一下子倒在地板上，"倒在丈夫

① Абрамов Ф. Повести［М］. М. : Советская Россия. 1983. C. 37.（以下出自该书的引文只标出页码，不再另作标注。）

贴心铺好的棉袄上"(23)。佩拉格娅在妻子的形象中是罕有的类型,饥饿年代遭遇的劫难令她心有余悸,一生以敛财聚财为主要目标,为此,不惜结交攀附权贵。权和财在她的价值范畴里占了上风,同时她又是一个看重贞洁的女人。

另外一个妻子形象安菲萨几乎贯穿四部小说始终。四部曲一开始就强调了这个女人与村里其他女人的不同。她是一个非常严肃的人,洁身自好,作风正派,极具责任感,在村里有很好的口碑,也因此被选为佩卡申诺农庄主席。小说中的安菲萨经历了两次婚姻,第一次是由于她被未婚夫格里戈里强暴怀孕,受到舆论的压力被迫嫁给了对方。于是"安菲萨就成了忠诚的有丈夫的妻子,但是毫无幸福可言。沉重的伤害像一块石头压在心上。当生下了个死胎后,她与丈夫连接的最后一根线也断了。后来公公去世,丈夫酗酒,每天夜里从外面逛回来得不到妻子的亲热,就随意掐捏打。有一次,她冲出来,抓起斧头:'你再走近一步,我就砍了你!'丈夫立马就清醒明白了,她不是在开玩笑"①。安菲萨为了母亲,一直将就着这段婚姻。母亲还每次提醒她:"我都一头白发了,可别丢我的脸,让我死得安宁吧。"(1-2,159)小说中还写了她婚前婚后的变化。婚前她跟同龄人没什么区别,是一个很开朗的姑娘,而与格里戈里结婚后,就完全变成另外一个人了,"总是穿着一身黑,就像个修女似的"(1-2,59)。夏天干活时大家会去附近的河里洗澡,而她从来不下河。瓦尔瓦拉戏称她为"圣母"或"圣人"。当丈夫去前线后,35岁的安菲萨在与卢卡申的工作交往中产生了真正的爱情。这一次安菲萨打算不顾村民们的舆论,要为自己的真爱活一次,于是决定与回来的丈夫离婚。然而这一决定并非容易,因为四年的战争生活令丈夫发生了彻底变化,他悔恨自己的过去,并企图与安菲萨重新开始全新的生活。安菲萨毅然决然地拒绝了丈夫,第一次做了婚姻的主人。由此,小说中的这个人物在个性发展上迈出了一大步。在四部曲的第一、二部中,作家将安菲萨塑造成为一个聪明能干的女人的同时,也借主人公之口袒露了她更愿意归于家庭的心声。

"成功当选农庄主席后,安菲萨表现出了对权利和功名的漠然,她一直渴望她曾失去的幸福:'同爱的人生活在一起……还有什么比这更想要的呢。当然,也许,如果生一大堆孩子……'她可是在生活中还没有机会听到有人管她叫'妈妈'

---

① Абрамов Ф. Братья и сестры: Роман в 4-х кн[M]. Кн. 1-2. М. : Современник, 1980. C. 159.（以下出自该书的引文只标出卷数和页码,不再另作标注。）

呢……不,其他的幸福她不奢望。她想要的就是那最普通的、最平常的、命运漏分给她这样的女人的幸福。"(1-2,204-205)可见,对能干的安菲萨而言,为人妻子和为人母亲才是女人真正的幸福。在小说的第三、四部中,看似在卢卡申这个形象上花了很多笔墨,实际上同时彰显了安菲萨这个形象,作家为我们展示了一位智慧的贤内助形象。婚后的安菲萨主要是做好家庭主妇,全心支持当了农庄主席的丈夫。而卢卡申也特别急于肯定自己,企图向周围的人证明自己比妻子能干。在这种情况下,安菲萨帮助和支持自己丈夫工作的唯一策略就是:尽量回避给他出主意和提建议,就是帮助也要让丈夫看不出来,让丈夫获得最大的自信。安菲萨有时想以比较委婉的方式帮助丈夫纠正一些不理智的行为,但并未收到理想的效果。卢卡申反倒认为,妻子"又让丈夫当众难堪"(3-4,74)。每当他把自己与这个"非常智慧的女人"(3-4,13)相比时,总是有些不自在。事实上,如果他能耐心听取妻子的建议,也不会招致后来的坐牢被意外刺死的厄运。显然,作家笔下的安菲萨是具有费夫洛尼亚原型痕迹的。

　　当亚·特瓦尔多夫斯基读完阿勒拉莫夫的四部曲中的《两冬三夏》的第一个版本后,就非常赞赏丽莎这个形象,说"她是作家的真正发现"。作家的遗孀柳·克鲁吉科娃高度评价丽莎这个人物,甚至将其与普希金的塔齐亚娜·拉林、屠格涅夫的丽莎·卡利京娜、列·托尔斯泰的娜塔莎·罗斯托娃和涅克拉索夫笔下的女性形象作比较,认为"阿勒拉莫夫笔下的丽莎是上述作家笔下女性人物的亲姐妹,但丽莎是我们这个时代的孩子,是 20 世纪 50—70 年代的主人公。她代表了俄罗斯灵魂不灭的灯火,将照亮她周围的整个世界,甚至在最困难的岁月里"①。

　　17 岁时因与自己的恋人接吻遭到长兄训斥的丽莎,嫁给叶戈尔后,少女的羞涩感被女人自然、健康的情感所替代,尤其是生了第一个孩子后,这种感情更加强烈了。"她爱自己的叶戈尔,尽管他有些吊儿郎当。说真的,新婚最初的那些夜晚她总是不安地想着即将来临的每个夜晚——她一个黄花大姑娘就这样跨过了叶戈尔的门槛。儿子出生后,她才感到自己是个女人,每夜她都会梦见叶戈尔,梦中她搂着他,爱抚着他,说着悄悄话,那些话到早上还让她整个人都感到火烧火燎的。每当得到叶戈尔的回应,激情变淹没了她。"(3-4,238)作家将丽莎少女的羞

131

---

① Крутикова-Абрамова Л. Жива Россия:Федор Абрамов:его книги, прозрения и предостережения [M]. СПб.:Атон, 2003. С. 151.

赧和青涩与婚后的开放和激情形成鲜明对比,展示了受贞洁观念束缚的农村少女对性的渴望和享受。这是乡土作家中鲜有人这样写的。婚后,处在"性"福之中的丽莎对丈夫特别依恋,一日不见,如隔三秋。她甚至有时为自己过分的激情而自责。她本能的需要总是在与传统的禁欲主义在不停地斗争着。不过在丈夫离家20载,她依旧保持着对他的忠贞。她唯一的儿子瓦夏溺水而亡后,她的命运发生了转变。一个投宿在他们家的军官在关键时刻给了她从未享受过的关怀。于是她在丧子的悲伤和迷离中,终于冲破了自己多年珍视的防线,并怀上了军官的孩子。当丽莎得知这个军官有妻子孩子后,并没有想要谴责他,而是把罪过都揽在自己身上。她为此非常后悔和自责,甚至想自杀,被安菲萨及时制止。

综观阿勃拉莫夫的小说,女主人公不是劳动狂,就是禁欲者,尤其是战争岁月中的女人生活得更加压抑,长期与丈夫分居前线和后方,无法满足自身的生理需求,同时还要努力克制这种需求,甚至把对爱欲的渴望当作是一种耻辱。

在阿勃拉莫夫史诗般的四部曲中瓦尔瓦拉这个人物并不是一个主要的人物,甚至并未引起批评家们的注意。有人在评价这个人物时,指出:"不幸的是,瓦尔瓦拉这个形象不能称之为独一无二的、完整的,只是个马赛克似的形象。由各种生动的特点拼成。"①这位批评家甚至认为,瓦尔瓦拉就是对肖洛霍夫笔下的达利亚的苍白复制。但事实上这两个人物是有根本不同的:达利亚在生活中从未体验过真正的爱情,淫欲在其生活中占主导地位,因此她感染了花柳病,最后跳河自杀;而瓦尔瓦拉与米哈依尔的姐弟恋遭到村里人的耻笑,尤其是好朋友安菲萨的坚决反对令她放弃了这段感情,无奈跟着安菲萨的第一个丈夫一起离开了村子。当她后来得知米哈伊尔结婚的消息后,绝望之下她跳河自杀了。瓦尔瓦拉的命运在四部曲所有女性形象的人物背景下算是最具悲剧性的了。小说中将她塑造成大胆泼辣,喜欢挑逗、卖弄风情的女性。在小说的第一部中她经常对男人说一些调情的话,她可以和各种男性调情,甚至不考虑年龄、身份和人品。但是只对一个人,那个从前线来的军官、后来成为乡里特派员、佩卡什诺村农庄主席的卢卡申展开了爱情攻势。当得知女友和他正在热恋,瓦尔瓦拉便主动放弃了。在四部曲的第一部的第四十四章,关于瓦尔瓦拉这一人物性格特征有详尽的描写:

---

① Оклянский Ю. Дом на угоре (О Федоре Абрамове и его книгах). М.: Художественная литература. 1990. С. 115.

　　瓦尔瓦拉丈夫在上前线之前,说:——"如果我得知,我不在你翘尾巴了,等着我回来拧断你的脖子!"——你说啥呢!杰列申卡——瓦尔瓦拉说,噙着眼泪,贴近丈夫——你的舌头怎么这么恶毒,难道我对你不忠诚吗?

　　瓦尔瓦拉像所有妻子那样,为自己的杰列申卡担心,盼望他们的来信,当好久收不到他们的信,就会伤心流泪;当收到来信了,就会欢欣雀跃。但是只要她看见耐看的小伙或者男人,她两眼就迸发出火焰。

　　村里的女人在男人们奔赴前线之前,就警告她:

　　——你等着瞧,我们会让你守规矩的,看你是如何挂在男人的脖子上的。

　　——婆娘们,我天性就是那样,不搂搂抱抱,就跟生了病似的。

　　——你这个不要脸的,你还少搂少抱了?

　　——我得为公家省着点。我要是表演起来,可以整夜不睡。有一次,我试验了一下,我那可怜的杰列申卡一整天都在大铁炉旁打瞌睡,后来卢卡申得知真相,来找我算账,他说,"整个村子都被你毁了,你最好是通吃,从每个人那里获取点你需要的",这样造成的损失不会太明显。(1-2,240)

尽管村里的女人对她都持唾弃的态度,但是不论是去耕地,还是捆草垛和抢镰刀,她都是干得热火朝天,一旦松懈下来,她立马就没了精神。
婆婆对儿媳妇很不满,每次看到瓦尔瓦拉从外面荡回来,就对儿子嘟囔:

　　难道我还能等到孙子吗?你们在自家地上是不是要有点收成啊?你就不能给她熄熄火,降降温?(1-2,240)

　　杰列申卡疯狂地爱着自己的妻子,从床上跳下来,故意当着母亲的面,就开始给妻子解大衣,给她暖手。(1-2,240)

在丈夫去前线后,瓦尔瓦拉与男人尽管可能会通过语言、拥抱或接吻来满足她的心理需要,但是从来没有逾越应该坚守的防线。毫无疑问,瓦尔瓦拉这样做,目的是使自己定期陷入一种爱的游戏的浪漫氛围中,作为对与丈夫往日生活的重温,以此满足对爱的欲望。因为当叶果尔企图乘虚而入(这时瓦尔瓦拉的丈夫已经在前线战死),占她的便宜时,却遭到瓦尔瓦拉激烈的反击:"你这个无耻的狗崽子,你这双狗眼这么不知羞耻!"(1-2,319)由此可见,瓦尔瓦拉还是很有原则的。瓦尔瓦拉体验了战时留守女人的煎熬,尽管行为有些轻佻,但为丈夫守着贞操。

最后她是为了自己的真爱米哈依尔殉情而死。

在研究中,我们发现,舒克申的主人公与自己身边的两个女人——妻子和母亲的关系处于两极地位。与母亲在一起总是感到轻松,舍不得离开,而与妻子经常会发生冲突,渴望逃离;母亲令他们感到安全,妻子令他们感到紧张。舒克申只有在母亲形象身上表现了女性宽广、无私、慷慨的母爱,对妻子角色,或身为妻子身份的女人角色表现出了鄙视和憎恶之情。无独有偶,别洛夫也和舒克申一样表现出了对女人的悲剧性诠释。比如,别洛夫在《斯波克医生的教育方法》中就表现出了对现代女性、对妻子角色的憎恶情绪。

有学者也指出,拉斯普京在书写女性形象时,更多渲染了母亲与孩子的关系,丈夫角色常常是缺席的。如在《告别马焦拉》《最后的期限》和《伊凡的女儿,伊凡的母亲》中,女人作为妻子的角色已经退居次位;在《瓦西里和瓦西里萨》中,妻子和丈夫几乎是敌对的关系。而在《活着,可要记住》中拉斯普京塑造了一位具有悲剧性命运的妻子形象。女主人公娜斯焦纳是个孤儿,与安德烈结婚后,共同生活了四年,没有留下子嗣。她对此很苦恼,丈夫也在盼望中逐渐失去耐心。"几个月过去了,什么都没发生变化。当初那种等待升级为焦虑,而后就是恐惧。不知从哪一年起安德烈对娜斯焦纳的态度完全发生了变化,开始发火和动粗,无缘无故就骂人,后来还学会了挥拳头。娜斯焦纳都忍了……"[①]丈夫不在家的岁月里,娜斯焦纳继续为自己尴尬的处境而苦恼——因为无法生孩子。"她从小就听说,没有孩子的婆娘已经不是女人,而只是空心婆娘。"(2,14)小说中男女主人公他们共同激动的时刻都是与怀孕、生孩子有关,而与情欲毫无关系。小说中有一段很典型的女主人公的独白:"我通宵达旦地在祈祷,祈祷有个你的孩子。只要能给你生个孩子,给你带来好处,我别无他求。我到死都害怕自己是棵枯树。罪过都在我……我是个十足的大骗子,是喜鹊贼。……我好像占着茅坑不拉屎。我一百次诅咒自己,你都不知道。如果可能的话,我会悄悄地离开家,或是跳了安加拉河,你就可以摆脱了。"(2,83)后来丈夫当逃兵偷偷回到村子里,与妻子秘密约会,甚至背着公公婆婆。当娜斯焦纳怀孕后,肚子大得已经无法隐瞒的时候,她依然不肯向丈夫的父母说出真相,这样她就从结婚多年后一直没生孩子的耻辱

---

① Распутин В. Избранные произведения:В 2-х т. Т. 2[M]. М.:Художественная литература, 1990. C. 14.(以下出自该书的引文只标出卷数和页码,不再另作标注。)

一下子跌入丈夫不在家却怀了孩子的耻辱深渊中。本来承受痛苦的心理煎熬的娜斯焦纳已接近崩溃,当她乘渡船去与丈夫约会时,又发现被人跟踪,没有退路的她跳河自尽。在拉斯普京的女性形象中,娜斯焦纳是最具悲剧性的了。她的悲剧命运从嫁为人妇那天就开始了。她和丈夫安德烈都将对方视为生育必需的工具而已,她对丈夫谈不上爱,但是因为没有生孩子而变得忍耐、顺从。她将自己作为妻子的价值定位也仅仅局限在给丈夫留个后代。不过拉斯普京的创新之处在于,借助逃兵丈夫这个角色将妻子的悲剧命运揭示出来。

　　阿斯塔菲耶夫笔下的卡捷琳娜·彼得洛夫娜既作为外祖母形象,同时作为妻子形象呈现给读者。作为妻子形象,作家强调的不是她温柔的一面,而是老辣霸道的一面。与别洛夫笔下的卡捷琳娜完全不同。她不高兴就会发火大骂,而外祖父也不动手,也不劝说,就是三十六计走为上,离家躲避。小说中作家突出了外祖母的专横性格。小说在"外祖母的节日"一节中多次使用"喊""骂"这样的词。为了准备自己的生日,外祖母忙里忙外。"外祖母的生日越临近,家里的气氛越紧张";"外祖母常常是:不是手里什么东西掉地上了,就是什么东西洒了,这时她也不知道是对着谁就喊起来:'我今天这是要死了!死了倒也轻松了!'"①外祖母为筹备生日忙得团团转,还有很多干不完的活,而外祖父却和邻居坐在院子里优哉游哉地抽着烟,这下可惹恼了外祖母:"外祖母朝着院子里大骂,踹了小狗沙利克一脚,抓起在鸡窝里睡觉的母鸡,一下子扔到干草垛上,然后又抓起一只空水桶,摔到地板上,结果水桶骨碌碌滚到大门口,砰的一声撞到一扇门上。"(186)外祖父毫不动声色,和邻居一块儿划船去了。外祖母断定,两个男人肯定一起去喝酒了。在等待外祖父回来的这段时间里,外祖母怒火中烧:"首先她在木屋里大骂不止,然后到院子里骂,再到街上去骂,最后来到小姑子阿夫多季娅家,打开她家所有的窗户,以便发现外祖父的踪影。"(187)等到第二天外祖父酒醒了,外祖母想发泄一下昨天没得发泄的余火,外祖父起初还默默地听着,后来发现"外祖母喊个没完没了"(189),就到院子里牵出马,解开门栓,大门也不关,就扬长而去了。"'你别关门,别关门!'——外祖母从台阶上大喊起来——'我也不关,我也不关……'"(189)"外祖母那样喊着,自己跷起脚,抻着脖子,希望外祖父能消了火,折回来。"(189)而外祖父却固执地走了,以

---

① Астафьев В. Собрание сочинений. В 4-х т. Т. 3. Последний поклон[M]. М.：Молодая гвардия, 1980. С. 185.（以下出自该书的引文只标出卷数和页码,不再另作标注。）

逃避来反抗外祖母的大喊大叫。在小说中,作家通过外祖母的语言活现了她霸道的性格特征,难怪外祖父称外祖母为"将军"。外祖母发威的时候,外祖父通常是不说话的,实在不能忍受就选择离家出走。这时外祖母就会派孙子去找,甚至带上下酒菜。由于作家选取的叙事视角不同,小说是以外孙"我"的口吻完成全书的叙事的。外祖母和外祖父是呈现在我的视野中的,因此他们就像一对老顽童。

从上述几位妻子形象的分析来看,还是阿勃拉莫夫笔下的妻子形象更具有立体感,人物形象不是单维度描写,既有优点,又有缺点,完全跳出了高大全式的人物模式,更主要的是写出了夫妻之情。乡土文学中的女人对自己丈夫的爱更多是一种母爱式的爱。在农民的美学中,正像别洛夫指出的那样,"爱就是怜,是疼"。这个观点实际上贯穿在很多乡土作家的作品里,尤其在阿勃拉莫夫长篇四部曲和别洛夫的《平凡琐事》中更为明显。

4.3.4　女儿形象

乡土作家中专门写女儿形象的要数作家阿勃拉莫夫了。阿勃拉莫夫在中篇三部曲《木马》《佩拉格娅》《阿尔卡》中最为集中地再现了母亲、妻子、女儿形象,其中作为女儿形象的阿尔卡塑造得十分成功。作家不仅写了她继承母亲勤劳品格的一面,而且还特别渲染了她性格中大胆泼辣、善于吸引男性的一面,以及义无反顾地离开家乡追求城里生活的选择。

发表姊妹篇《佩拉格娅》和《阿尔卡》后,作家阿勃拉莫夫首先就指出了年轻主人公的命运与 70 年代客观社会历史进程之间的联系:"阿尔卡的行为是对老一辈禁欲生活的反拨,年轻人应该知道,今天的美满富裕的生活是压制了几代人的个人需求才换来的。"[①]

阿尔卡是阿勃拉莫夫笔下最为鲜活的农村少女形象。她的穿着打扮、笑声对揭示她的性格起了至关重要的作用。小说一开始就勾勒了一个生长在农村,但是有着城里人打扮的姑娘:红色的丝绸裤子、白色外套、蓝色领口、时髦的宽跟鞋,肩上斜挎一黑包。她的穿着里透出抑制不住的青春和激情。不同于父母这代人,她穿着大胆,观念也比较前卫,喜欢照镜子,喜欢说笑。作家在塑造这个人物形象

---

① 　Абрамов Ф. О хлебе насущном и хлебе духовном[M]. М. : Молодая гвардия,1988. C. 127.

时,突破了传统的农村少女形象模式,突出了她泼辣性感的一面。如小说中称她为"性感炸弹",她可以脱下衣服,赤身裸体去河里洗澡,雨夜里赤身裸体走回家,在俱乐部和所有的工人轮流跳舞。她在村民眼里就是个不知羞耻的人,与年长的人说话不客气,不讲究村规村俗,不仅是与村里的老辈人,甚至是与同龄人之间都有很大反差。小说中阿尔卡善于施展自己的魅力吸引男人,因此母亲对她很不放心,甚至对女儿有类似中国的"马子"之类的唾骂。

阿尔卡离开家乡与年轻英俊的军官私奔,令父母大为惊恐和愤怒。他们失去了唯一的女儿。女儿进城后不久,父母双双去世。这部小说很自然令人想起普希金的《驿站长》,阿尔卡就像与骠骑兵出走的杜尼娅,而她的父母就像萨姆松·维林一样痛失爱女,抑郁而死。阿尔卡和杜尼娅都违背了父辈的训规和传统的伦理观念,但是普希金笔下的女儿有了幸福的结局——杜尼娅虽然违背了父辈的愿望,但因自己的勇敢获得了命运的奖赏,而阿尔卡却成了诱惑者的牺牲品。

同是浪子形象,普希金却给出了超越传统的结局。在 19 世纪,通常一个年轻的姑娘与贵族私订终身私奔,肯定招致鄙视和悲剧的命运,最后可能变成堕落的女人或招致死亡的报复。而阿勃拉莫夫却无法做到普希金的潇洒,他对人物命运的处理代表了父辈的观念和想法:阿尔卡离开生于斯、长于斯的农村到城里去,就是背叛了父母、背叛了她的根,就像维林认为自己的女儿是迷途羔羊一样。但是阿尔卡这个人物作为女儿形象,也有它的复杂性。她继承了母亲勤劳的品质,进城后每逢假期回家探亲,都会参加村里的割草劳动。这是苏联时期农村一种非常有特色的劳动。她不是蜻蜓点水、做做样子而已,而是表现出了劳动竞赛的热情:"火辣辣的脸上汗水如注,没什么了不起的!裸露的双手被刺伤多处,衣领里满是干草,没什么了不起的,我不能让步,不能,决不能。"①这种在劳动上的不认输、不甘落后的尽头,正是遗传了母亲的基因。但同时,她又在内心对母亲拼死经营面包房有一种排斥感,尤其是母亲去世后,她对面包房更加没有好感。她认为,是面包房夺走了母亲的命。在母亲的字典里是没有"休息"二字的,她每时每刻都那么贪婪地劳动,这是阿尔卡不能理解的。母亲尽管在劳动中获得了喜悦和自豪感,但是由于超负荷劳动也常常会引起心理上的烦躁,于是经常将遭受的疲惫之苦发

① Абрамов Ф. Собрание сочинений в 6 томах[M]. Т. 3. M. :Художественная литература,1990. C. 307.（以下出自该书的引文只标出卷数和页码,不再另作标注。）

泄到丈夫和女儿身上。"她和父亲可是吃了不少苦头。妈妈疲惫不堪地回到家，向谁发泄牢骚呢？向他们父女！人家采到蘑菇浆果了，他们啥也没有，谁的过？他们父女的过！由于砍劈柴和担水的事，他们父女没少挨骂！"(3,127)阿尔卡不希望重走母亲的路。这里呈现了两代人的劳动观。但是作家拒绝对人物进行线性刻画，认为年轻人总是与父辈的追求不同，他们不愿意将生活仅仅局限在劳动范畴。作家对此表示理解，因此并不想指责和颠覆代表年轻人想法的阿尔卡的立场，只是非常客观地将阿尔卡这个形象呈现出来。

　　社会学家佩列维捷采夫在评价《阿尔卡》这部小说时，肯定了它的社会意义。作家说他想到了那些离开农村的人，但阿尔卡对自己而言首先是性格，是活生生的人，是佩拉格娅，那个伟大的劳动狂、工作的诗人，同时又是苦行僧的女人的女儿。

　　而在拉斯普京《最后的期限》中，母亲安娜弥留之际期盼的小女儿丹秋拉，在小说中几乎是一个缺席的人，只是在母亲的回忆中再现了这个人物，但是作家在丹秋拉给母亲的书信中树立了这个人物形象。她给母亲梳头的细节让人感受到女儿给予母亲的无限温暖。

　　丹秋拉是《最后的期限》中没有露过面的人物，但却是一个十分令人动容的人物形象。就是这个在母亲临终前没有出现，只是出现在母亲的回忆中的女儿，让母亲充满了期盼，从而在等待她归来的日子里延长了生命的期限。丹秋拉是对塔奇亚娜的爱称、昵称，她是安娜的小女儿，在作家笔下，我们感受到了母亲安娜提到女儿时的幸福感。作家通过写信和梳头两个细节写出了小女儿对母亲的爱。城里的女儿们柳霞和瓦尔瓦拉都是把信写给妈妈身边的长兄的，所以信的内容不是以对母亲的口吻写的，而是委托兄长转达对母亲的问候和关心。母亲对她们的来信比较失望，认为她们没有写出来她想知道的。她们关于自己写得很少。只有小女儿写给妈妈的信是用心良苦的，作家连用了三个"特意"："这些信是特意写给老太太的，是丹秋拉特意打算写给妈妈，是特意为妈妈寄送出去的，为了使信件不至于丢失，丹秋拉给信封上妈妈的名字加了着重线，盖上了特别重要的印戳。"①对母亲最为珍贵的是，丹秋拉写给她的信，不是通过别人来转达的，而是好像与母亲面对面的对话。丹秋拉没有使用祈使句"告诉妈妈如何如何"(73)，而是直接称老母亲"我的老娘"(73)。"就这一亲昵的孤独的称呼让老太太既感到幸福，又有

---

① Распутин В. Малое собрание сочинений[М]. М. : Азбука, 2015. С. 73.

些恐慌"(73)。因为在这称呼里老人感到了一种陌生。女儿在家里的时候从来没有这样称呼过她,如今女儿身在他乡,这个称谓饱含了她对母亲的思念和牵挂。"母亲在默念着这个称谓的时候听出了孤儿般的呻吟和一种特别的痛,母亲竟然悄悄落泪了……很快老人的心情又被这称呼里蕴含的女儿对母亲的柔情照亮了。突然老人觉得在那称谓里听到的不再是自己重复的声音,而是真切的女儿的声音,她甚至谴责自己竟然在女儿的声音里听到了异样的东西,而不是应该听到的东西。"(73)老人对三个女儿都从来没有抱怨过,也没什么好抱怨的。不过老人在她们三个人中还是特别看重小女儿丹秋拉的,因为她最乖巧。那种对母亲特别的称呼,让老人感到女儿对自己的依赖和亲昵。小女儿承袭了母亲性格中坚强、当仁不让的一面。她不像三姐妹中的任何一个。瓦尔瓦拉性格软弱,容易受欺负,柳霞又特别有个性。只有丹秋拉柔中有刚,不记仇,很快忘记不愉快的事,爱说爱笑,人缘好,年轻人有啥活动都要拉上她,她也特别讨老人和小孩喜欢。最让老人不能忘怀的是丹秋拉给她梳头的细节。不仅梳头本身令母亲感到很享受,而且梳头时女儿对她说的话更是令母亲感到温暖。丹秋拉一边给她梳理头发,一边说:"妈妈,你是我们最棒的妈妈。"(74)"因为你生了我,我现在才活着,没有你就没有我,我就不会看到这个世界啊。"(74)"你是最好的。我们这些孩子都不错吧……那谁能生养这么好的孩子啊,除了你,谁都办不到。谁有像我们这么好的妈妈啊?"(75)在村子里是不习惯说甜言蜜语的。这是女儿发自肺腑的感恩的话,是对母亲的褒奖。老太太却被女儿的这番真心话说得有些惊慌失措。当女儿说道:"你会活得很长很长,你将是最长寿的,我不把你交给任何人。……我甚至不能想象我们没有你的生活。"(75)老人的眼睛湿润了,因为这赤裸裸的温柔的话语,她竟然急着从床上爬起来:"好了,今天就到这里吧。你就胡闹吧,还那么多事没做呢。"(74)辛苦一辈子,经历很多磨难的老人是当之无愧得到女儿这样高的评价和祝福的,而这位朴实无华的农村老人却既激动又紧张,甚至有些羞怯。作家将丹秋拉与其他几个城里的哥哥姐姐形成鲜明对比,旨在批判城市的文明带来的亲情冷漠,指责那些离开家乡,忘了生养自己的大地和母亲的孩子们。

作家阿斯塔菲耶夫尽管没有塑造过什么女儿形象,但是在他的《一滴露水》中却有一段十分精彩的关于父母和儿女关系的阐述。当"我"看到森林中篝火旁酣睡的弟弟和儿子时,感觉到自己在保护他们、守护他们,似乎感受到了他们在梦中对"我"的依靠。我突然对父母与儿女之间的感情有了新的领悟:"儿女不仅是我们的幸福,是我们的喜悦,是我们光明的未来!但儿女也是我们的痛苦!是我们永难摆脱的忧虑!儿女,是我们接受人世审问的法庭,是我们的镜子,在这面镜子里,我们的良心、智慧、真诚、贞洁——一切都一览无遗。儿女能拿我们作掩体,而我们却永远也不会把他们当掩体。"(83)那是一种对儿女永远放不下的牵挂。道出天下父母的心声:除了父母,谁还能包容你的过失呢?作家这种对儿女的担心在拉斯普京的《伊凡的女儿,伊凡的母亲》中得到了具体的令人震撼的呈现。

综观乡土作家的女性人物体系,我们不难发现,阿斯塔菲耶夫心中一直怀着对女人的好感,对女性的爱恋,对母性的依恋;别洛夫和舒克申对女人更多怀有厌恶之情,前者痛恨妇女解放,后者痛恨女性的功利世俗;拉斯普京则夸大了对女人,尤其是母亲形象的偏爱,在这个人物形象身上承载了作家很多理想的追求,如果说,作家前期作品中丈夫角色是缺席的,那么在后期的创造中,丈夫角色倒是出现了,但是面对社会的不公、家庭遭遇的不幸,还是妻子表现出了解决问题的积极态度和力量。因此相比之下,丈夫几乎等于缺席(《伊凡的女儿,伊凡的母亲》)。而且作家有意指出了男性的软弱,把民族的希望似乎寄托在拥有博大母爱的母亲身上;阿勃拉莫夫的女性形象画廊较为丰富,分别有单独的作品奉献给老中青三代女性。人物彼此不是一部作品中相互陪衬的人物,而是每部小说中性格鲜明的独立个体。作家在晚期创作但未完成的《纯洁的书》中开始写流浪的女艺人,这在俄罗斯文学史上还是首创。

通过对乡土作家创作中的人物体系的梳理和分析,我们发现,乡土作家中男性人物塑造得较为成功的当属舒克申,他的男性形象的性格较为丰富多元,好像与拉斯普京构成了男女人物形象布局的两极;而女性形象的塑造在乡土作家笔下几乎一直沿着从普希金开始的树立女性理想的这一支脉而发展,更多强调了俄罗斯女性善良、博爱、忍耐、忠于婚姻的美德,而且老妇人通常是这种美德的载体,而通过年轻女性形象暴露了现代文明社会的问题,如道德被践踏,传统被抛弃。可以形成这样一个结论:在这样的人物体系中不仅揭示了俄罗斯性格,而且揭示了人的族系关系,以及代际传承、夫妻关系、家园意识等一系列的道德伦理问题。

第五章　俄罗斯乡土小说中的生态书写

　　从人类发展历史来看,对自然的认识与对人的认识是一样的,都是不断发展变化的。创世说认为上帝创造了人和自然界。人和自然扮演不同角色。上帝不仅创造了自然,而且可以违背自然规律创造奇迹。在罗马时代,一切都是自然,存在本身也是自然,自然有自身的存在原因,最原始的和谐原则就是存在的方式。怀特海指出,在罗马时代,"每一棵树,每一条河流,每一个水流,每一个山丘,都有自己作为保护者的魂灵。砍一棵树,挖个坑,截断河流,都要考虑一下它们的感受。基督教破坏了多神教的万灵论,建立了一种人与自然的新型关系。人与自然的二元对立,形成了一种征服、剥削自然,完全不考虑自然物体的自我感受的心理定式。基督教坚持,上帝的意志就是人为了达到自己的目的而掠夺自然"①。人类进化的过程就是与大自然打交道的过程。在蛮荒时代,人的朴素的存在——衣食住行都离不开自然,同时由于对自然的认识有限,对自然现象充满神秘感,于是产生了对自然的敬畏之情。在俄罗斯的口头文学中充满了对自然的崇拜,而且俄罗斯的多神教本身就有自然崇拜的风俗。纵观俄罗斯的文学史,从古至今的文学作品从未离开过自然主题,自然书写经历了自然崇拜到以自然作为世界观和情感的寄托、对话的对象,作为放逐心灵的空间的自然书写,随着社会的进步、科技的发展,人类欲望日渐膨胀,人类生产经营活动的不合理性,导致今天的大自然千疮百孔、病入膏肓。因此,生态书写越来越具有迫切的社会意义,应该被提到文学创作的日程上来。

　　19世纪的文学里自然景物被作为作家和人物精神探索的重要环节。从普希

---

① Уайтхед А. Н. Избранные работы по философии[M]. М. : Прогресс,С. 15.

金、果戈理、屠格涅夫、阿科萨科夫、列斯科夫到列夫·托尔斯泰和契诃夫,在他们的作品中自然作为某种永恒的客观现实,作为精神遗产取之不竭的源泉,可用以直接解释人的行为和心理。19 世纪的俄罗斯文学中对自然的描写透视出作家的闲适心情,屠格涅夫在《猎人笔记》中对一年四季的描写饱含深情。屠格涅夫的自然书写传统在后来的俄罗斯经典作家柯罗连科、布宁、库普林、阿·托尔斯泰、扎伊采夫和其他作家那里得到了继承。而在今天,文学作品中的自然描写已经远远超出抒发个人情调的范畴,获得了深刻的社会内涵,有从自然描写向生态书写转化的趋势。今天的文学已经把保护民族大自然的思想作为主要问题,甚至是最主要的问题来关注。因为保护祖国的自然的行为已经获得了崇高的道德地位,捍卫自然成为捍卫国家、民族,捍卫俄罗斯的象征。

5.1　俄罗斯文学中的自然崇拜

5.1.1　基于多神教的自然崇拜

俄罗斯哲学家弗洛连斯基(П. А. Флоренский)将崇拜与人类的祷告活动联系起来,指出了崇拜在人类文化中的作用,祷告直接产生了祭坛或圣坛这些地方,而这正是人类最原始的创作的产物。由此看来,所有文化价值在很大程度上都来源于崇拜,崇拜使人适应了神圣化了的、富有魔力的现实。东斯拉夫人的精神世界是在与自然界不间断的相互联系中形成的。在斯拉夫人的意识中,自然和宇宙的力量是生生不息的,而且与人类生活是相互渗透的,人类活动是受最高的上天的法则制约的。多神教是东斯拉夫人世界观、信仰和崇拜的综合表达。可以把多神教理解为人掌握世界的第一宗教形式。古斯拉夫人对宗教神话的态度反映了他们的世界观、世界感受和对周围世界的态度,以及对自然和人的理解、对人在世界中的地位的理解。基辅罗斯时,多神教成为人民世界观的核心,即使基辅罗斯接受基督教后,多神教受到排挤,但是在民间依然保留了其势力。俄罗斯文化的传统性与其根深蒂固的多神教有关。多神教的世界观充满了关于自然、法律、星宿生命和大地存在的观念,以及关于飞禽走兽和人类命运的观念。多神教产生于远古时候斯拉夫人的农耕活动。正像研究者阿法纳西耶夫（А. Н. Афанасьев）指出的那样，斯拉夫多神教的内涵就在于敬仰和热爱自然，这是一种自然崇拜，是对自然的特殊的爱和尊敬。斯拉夫人创造了以自然为中心的特殊的世界形象，自然是一种伟大的滋生万物的力量。斯拉夫人将自然理解为有生命的机体，认为自然环境是人性的，具有宇宙的力量。自然界中的一切都是有规律的，其中主要规律之一就是人与自然协同共处的规律。人的俗世生活与自然紧密相连。

地母崇拜。自然界被斯拉夫多神教徒理解为永生不息的力量，对人们来说，繁衍后代、延续香火就是最高的价值，由此产生了大地崇拜，对赐予万物包括人生命的大地母亲的崇拜。大地从古至今都既是自然的，又是神赐的。斯拉夫人称大地为母亲，即万物的始祖。在俄罗斯民间童话和壮士歌中，大地赐予主人公伟大的力量，保护他免于邪恶，年轻的将士俯身大地母亲就会获得新的力量。民间流传着这样的说法：大地只有被水灌溉后才会孕育生命，由此产生了古代对"大地——潮湿的母亲"的命名崇拜，以及与水有关的其他自然崇拜。民间有很多节日也是与土地有关的，如，土地崇拜的传统，带一把土到异乡、亲吻土地、在婚礼上吃土的习俗，为纪念耕地而保留的习俗，甚至在斯拉夫的日历中专门设有纪念土地的节日，如每年的 5 月 10 日就是大地命名日。

太阳崇拜。在文学中，斯拉夫人经常被描写成太阳的崇拜者。太阳被认为是战无不胜的善的象征。在南斯拉夫和俄罗斯的民间童话中会看到，太阳总是被当作善的原则来歌颂的。太阳可以降服鬼怪，保护孤儿，捍卫家园和幸福。根据民间的观念，大地上的生命是要靠天上的星宿来维持的。古斯拉夫人是按照阳历生活的，春分和秋分、冬至和夏至的日期被视为最关键的时间点。他们正是选择在这四个节气庆祝重要的斯拉夫节日。例如，古代的古巴拉节（Иван-Купала）刚好赶在夏至日（6 月 21 至 22 日）这天。根据民间信仰，正是在这一天，一年中白天最长的一天，太阳变得很活跃，赋予大地和水以有生力量，孕育万物。太阳或与太阳相关的象征符号，如马、公鸡等在古斯拉夫人的意识中都具有特别的庇护力量。轮盘（коловрат）就是最流行的符号。轮盘直译就是太阳的转动，коло 就是太阳的意思。这是太阳沿天体运行，黑夜转为白天的象征。由此派生出更为广泛的意义，即繁衍和复活生命的象征。有学者发现，在波兰画家斯塔尼斯拉夫·雅库伯夫斯基 1923 年的石版画上能看到现代斯拉夫人的祖先的墓碑上刻有的轮盘图案。根据神话传说，这是光明和善良的符号——太阳被认为是主要的庇护神之一——是最高智慧、最高公正和最强保护力量的象征。自古以来太阳的符号就被印刻在武器上（被赋予了力量），俄罗斯的房屋和日常生活物品如纺车、家居物品等上面，或者被绣在服装上。太阳崇拜还体现在很多民间节日中，如谢肉节，又名送冬节，这个节日就是"人们欢庆经过漫长的严冬，明亮的太阳又开始为大地送来温暖"①。节日期间必备的薄饼形状像太阳，因此成为太阳的象征。古巴拉节就是为了庆祝夏至日。我们知道，夏至日，太阳在空中达到最高点，白天昼夜一样长；此后白天渐短，黑夜变长。它本来在每年的 6 月 22 日，后来受到宗教影响，移到 6 月 24 日，刚好和圣约翰诞辰吻合。在该节日的庆祝仪式上也体现了火崇拜。斯拉夫人视火为生命的基础，就是生机勃勃的大地的本质体现。火是火神（Сварог）赐予的礼物，同时又是天神赋予的力量。火就是给予光明和温暖的元素。根据斯拉夫神话，火就是斯瓦洛克的儿子（有时也是太阳的儿子），天庭之火（闪电）就是雷神佩伦的火焰，象征着地球上正义的强大能量和力量。此外，火还是伟大的具有洗礼作用的神力。自古斯拉夫人就有点燃神圣的篝火的礼仪。如在古巴拉节上，人们穿着节日的盛装，头戴花环，在河边、林旁、田野、广场上点燃篝火，围着篝火唱歌跳舞。还有跳篝火，绕篝火跳圆圈舞的传统。圣火作为一种净身的自然力不仅可以祛邪避灾，甚至可以给新人带来祝福。新郎新娘手牵手，双双跳过圣火，火焰以这种方式见证新人的誓言。圣诞节期间（Коляда или Святки），从 12 月 24 日到 1 月 6 日，是一个多神教和东正教信仰混合的节日。人们点燃篝火，祈求春天早点到来。

甚至可以在葬礼上见到火。古斯拉夫人有火化死人的风俗，认为，只有火（太阳的儿子）才能送逝去的人到明亮的居所、先父的天庭那里去。腾腾燃起的火焰（仪式篝火叫科拉达）会净化死者的身体，使死者轻松将灵魂送达祖先那里。人间之火——家里的灶火甚至也被神化，成了家庭生活、富足和种族的象征，甚至是好客的象征。可见，火从生到死都在庇护着人类。

斯拉夫人甚至也很敬仰水，将其作为神圣的自然力、万物的本源和基础。水是生命取之不尽的源泉，正是水赋予了大地创造力。斯拉夫人崇拜天上之水（雨水，雷泉），水是在大雷雨时神赐予的，给予大地和万物生机。此外，也有对大地之水（河水、湖泊、泉水和井水）的崇拜，泉水可以赐予人神奇的力量，可以

---

① 赵敏善.俄汉语言文化对比研究[M].北京:军事谊文出版社,1996:34.

疗伤治病,是众神力量的保镖。根据传说,水是最纯洁的,不接纳不纯净之物,会把污浊之物淘洗出来。很多仪式也与水崇拜有关。如在古巴拉节有洗净身澡、全身盥洗(用晨露洗浴)的风俗。人们认为,水能复生,所以流传着这样的说法:死水治伤,活水救命。与水有关的活动还见于很多神奇的仪式,如以水占卜。古时候就有对着一杯水进行占卜、念咒语的习俗。古巴拉节姑娘们除了踩踏露水外,还将头上的花环摘下抛入河中,根据花环飘去的方向占卜自己的婚事。因为水被认为是能够传达人类的意念的。斯拉夫人对大地、太阳、水和火的崇拜,体现了人类比较原始的自然崇拜。

自古以来自然就是文学关注的对象。不同的历史时期对自然的理解是不同的。东斯拉夫民族对自然的崇拜多是通过在文学作品中将自然的崇拜具体化、拟人化,自然要素以文学形象出现,更加生动地传递了它的神奇功能。斯拉夫的多神教者认为自己就是大自然母亲的孩子,因此恭顺她,并用各种神话来表现这种对自然的膜拜。尤其在民间口头文学中,如童话中,主人公就像现实中的斯拉夫人一样,与自然对话,与自然中的河流、山峰、树木、星宿对话。童话中的禽鸟野兽都被赋予了生命,赋予了神力。

俄罗斯最早的书面文献《伊戈尔远征记》是一部以文学形象再现自然之神力的典范作品。自然的呈现是以信仰各种神为基础的:一方面自然是各种神的世界,是神秘的力量呈现;另一方面,自然又是被精神、诸神、自然的伟力包围的人的世界。在《远征记》中,超自然的世界被拟人化,它是神秘的,被赋予灵性的,即多神教徒眼中的世界。在书中,自然界中的太阳、风、苍天等以神的面目出现,如太阳神(Хорс,Да́ждьбог)、风神(Стрибог)等。书中有大量的自然描写,表现了古代人对自然的敬畏和膜拜。人们常常是根据自然的阴晴雨雪的变化来对自己的行为做出判断。他们对大自然的各种征兆特别敏感,例如日食的出现,对于人们而言是一种不好的征兆,雷雨来临之前"如血的朝阳""蓝色的闪电"和"黑色的乌云"都渲染了具有一种不祥之感的画面。伊戈尔的亲人和士兵们都认为这预示着伊戈尔出征不利;在写大雷雨即将来临时,作者为我们展示了雷神的威武,"伟大的雷神""乌云企图遮住四个太阳"。意在暗示伊戈尔的出征是有悖自然本身的意志的。在长诗中作家多次提到太阳。它时而明亮,时而阴暗,反衬了俄罗斯人当时复杂的心情:对与波洛沃齐人的交战感到吉凶难卜。

在长诗中,自然万物如树木、太阳、大风、动物、飞鸟、森林和河流都被作者赋予灵性和人的情感,在长诗中鸟和动物也都被赋予了象征意义。伊戈尔出征时,野鸭、乌鸦、鹰、狼和狐狸作为神秘和险恶的象征被呈现在诗中,预示着伊戈尔出征面临着危险。而在作品最后出现了夜莺,则是作为善良、胜利和喜庆的象征。

如在《远征记》第三部分中,伊戈尔大公的妻子雅罗斯拉夫娜分别向风神、第聂伯河神和太阳神发出"哭泣"和"悲诉",在这里雅罗斯拉夫娜的哭不仅是哭死去的将士,而且是诉诸自然神力的一种古老的咒语。受此感召,自然发挥了魔力,帮助伊戈尔成功逃跑。"太阳挡住大公的去路,警告他可能遇到危险,顿涅茨河为逃跑的伊戈尔在河岸铺好绿色的被子,为他披上温暖的云裳,看守着野鸭和鸦鹊。"[①]

河水、青草、田野和森林在长诗中构成俄罗斯大地不可分割的一部分,构筑起俄罗斯大地的丰满形象。利哈乔夫甚至认为《远征记》这部作品真正的主人公就是俄罗斯大地,是取自广阔的地理空间和历史范畴的俄罗斯大地。文化史研究者经常把世界分为文化世界和自然世界。其实文化正是开端于对自然的崇拜。

5.1.2 自然作为对人的启蒙

自然作为审美元素被写入文学作品,并作为评价人的参照物,从屠格涅夫就开始了。在他那篇短小的《乡村》里,俄罗斯乡村的大自然既是一幅色彩斑斓的画卷,又是一首韵味十足的合奏。天空的颜色、畜禽的叫声、空气的味道、说笑的后生、汲水的女人,满脸皱纹的慈祥的老妇人,这是坦荡原生态的农家田园赋予了俄罗斯乡村恬静自然、清丽淡远而又轻松活泼、热情纯朴的气息,造就了乡下人自然、简单、淳朴、慷慨的性格。如在《白净草原》中呈现了俄罗斯夏天七月的朝霞、晨光、云雾、星空、暑热和庄稼的味道,这些自然元素构成的艺术形象同时也揭示了人物的心理状态和作家的自然观。通过人物对自然的态度表达作家对人物性格的评价。

屠格涅夫作品中的自然描写具有动感,都是人物在行进中看到的自然画面。呈现在人物视野中的自然都具有人物浓厚的情感色彩和主观感受。

普里什文(Михаи́л Миха́йлович При́швин,1873—1954)是"第一次使自然

---

① Слово о полку Игореве[М]. СПб. :Советский писатель,1990. С. 143-144.

以作品'唯一主人公'的身份步入俄罗斯文学"①的作家，对他而言，重要的是展示原生态的自然和与有认知的人的和谐共处。不论是在《人参》《林中水滴》《鸟儿不惊的地方》，还是在《大自然的日历》和《大地的眼睛》中，作家都是将大地本身、将自然界本身作为作品唯一的主人公，难怪有评论家把普里什文称为"笔下无人的作家"②。"如果自然可以因为人深入它的生活并歌颂它而感恩的话，那么这首先就应该感谢普里什文。真不知道如果普里什文一直是个农学家的话，该会做什么。至少他未必能够把俄罗斯的自然界像现在这样作为无比美妙、光明的诗的世界展示给千百万人。"③普里什文的创作从始至终都贯穿着对俄罗斯大自然深切的爱。他是第一个说出有必要保持自然界的平衡力量，对自然资源挥霍的态度将招致严重后果的作家。他从不同方面阐述了人与自然的关系。他对树叶、蘑菇、蚂蚁、鸟儿、风儿、兔子的观察都充满了柔情，他笔下的自然同人一样有忧伤，有喜悦，有感情，会玩耍。难怪他被称为"大自然的歌手"。作家的第一专业是农学，因此有丰富的自然知识，难怪中国的环保专家读了他的作品都感慨："他对鸟兽的描写具体到'种'，森林里的鸟，有花尾榛鸡、黑琴鸡、松鸡……空中驰骋着海鸥、燕鸥、贼鸥和沙鸥……记录的海兽有海象、环斑海豹、髯海豹、格陵兰海豹，还有白鲸。……除了驼鹿、花鹿，猎人们还打狼獾、艾鼬、水獭和白鼬。"④

普里什文是大自然歌手中的博物学家。作家对自然的接受具有双重视角：一种是从作家的视角看自然，另一种是从农学家的视角看自然。因此他笔下的自然不仅具有诗意和灵性，而且具有学理性。从俄国北方走进文学的作家不在少数，但是能称得上"科学中的艺术家和艺术中的科学家"的只有普里什文。在普里什文的自然观里我们发现，作家理想的文明模式是回归人对自然的亲近之感，因为很多世纪以来人们在获得科学经验后，在资本主义文明时期逐渐丢失了对自然的亲近感，但这种人对自然的亲近感同时又是创造大地上美好的新生活所必需的。

---

①　普里什文.鸟儿不惊的地方[M].吴嘉佑,等译.武汉:长江文艺出版社,2005:20.(以下出自该书的引文只标出页码,不再另作标注。)

②　普里什文.大自然的日历[M].潘安荣,译.天津:百花文艺出版社,2000:297.

③　Паустовский К. Г. Собрание сочинений в 6-х т[M]. Т. 2. М.: Государственное издательство художественной литературы, 1957. С. 490.

④　郭耕.鸟兽不惊的理想国度[N/OL].中华读书报,2006-02-08[2017-04-08]. http://www.gmw.cn/01ds/2006-02/08/content_37136.

于是,他主张以人对自然的态度来评价个体的人,不是将人作为社会的人来评价。普里什文的幸福感就是建立在这种人与自然的亲密关系的基础上,他认为,自然界的真善美可以弥补物质社会的缺憾。可见,他继承和发展了屠格涅夫的自然观。

尽管普里什文的自然观是建立在人与自然平等的基础上的,他的自然观依然是强调自然对人的影响和作用。"作家创造出能够用思想充实我们,用艺术家所观察到的自然界的美来陶冶我们性情的第二世界"①,他强调的是自然的审美价值和自然对人的启蒙作用。其实作家对自然的感情还没有上升为一种自觉的生态观,对自然的态度更多的是朴素的伦理态度。

20 世纪将自然的审美价值论发展到极致的是康·巴乌托夫斯基和叶·伊·诺索夫。

以《金蔷薇》享誉文坛的作家巴乌托夫斯基(Константи́н Гео́ргиевич Паусто́вский,1892—1968)游历过很多地方,但钟爱那些还没来得及被城市文明所触及的世界。作家对俄罗斯中部地带的自然特别青睐,那宁静和谐略带哀伤的生活在他作品中的人物身上得到了体现。他作品中人的形象总是伴随着自然形象出场。作家有很多中篇都是写人与自然关系的,如《关于森林的故事》(《Повесть о лесах》)、《俄罗斯深处》(《Во глубине России》)、《卡拉—布加兹海湾》(《Кара-Бугаз》)、《宝藏》(《Клад》)等。对自然的态度成为作家评价人物的主要标准之一。他认为,作家的天才和创作力量在很大程度上来源于周围美丽的大自然,源于大自然带给他的丰富的审美印象。自然的情感是作家对祖国情感不可分割的一部分。正是自然教会了人理解美好的东西,因而对祖国的情感就不再抽象。除了关注自然美丽迷人的表象,他更关注语言难以捕捉的自然内在的生命。作家认为自然重要,不仅是因为它反映人的情绪,而且会唤醒人身上的某种情感,使人获得愉悦的心情去静观世界,从而在自然中发现那些道德哲学的东西。学会审美地静观世界,即学会看世界的艺术。作家大量的自然描写是以认真了解植物学、动物学、鸟类学和方志学等知识作为基础的。作家努力让读者适应自然生活,尽量展示与自然和谐的感受不仅能丰富人的思想,而且能完善人,使人变得更善良、纯洁,使人在精神和灵魂上都得到升华。叶·伊·诺索夫(Евге́ний Ива́нович

---

① 帕乌斯托夫斯基.金蔷薇[M].戴骢,译.上海:上海译文出版社,2010:298.

Нóсов,1925—2000)的自然书写与前两位有相似之处,但笔触更为细腻,更能培养人对自然的热爱和诗性人格。他出生在库尔斯克农村,参加过卫国战争,战争结束后才开始小说创作。他的创作包括两部分:战争小说和乡土小说。自从短篇小说《山谷那边,森林那边》(«За долами,за лесами»,1966)、《大衣》(«Шуба»,1962)、《回家看母亲》(«Домой за матерью»,1962)、《秋展的第五天》(«Пятый день осенней выставки»,1966)、《小河潺潺……》(«Течет речка…»,1969)和中篇小说《船远去,岸还在》(«И уплывают пароходы,и остаются берега»,1970)等问世后,批评家就一致将其列入乡土作家之列,众口一词,指出他的作品具有将古老的宗法制俄罗斯理想化的特征。作家坦言,普通的农村人的生活,他们的道德基础、对大地的态度、对自然的态度和对当代生存状况的态度一直是他不变的主题。作家生前就钟情于自己的家乡——库尔斯克大地,至死都没有离开过。研究诺索夫的专家斯帕斯卡娅(Е. Д. Спасская)指出:"作家本人就不曾与家乡的自然分开过,他感到自己在家乡的自然中——在森林里、在捕鱼的路上,尤其是在牧场、田野里,远远地可以望见十字架的时候,要胜于待在家里。"[1]作家诺索夫对自然有一颗怜爱之心,他认为:"不能用一双粗手去触碰自然,就像不能触碰花蕊里的露珠一样,就像不能触碰蝴蝶薄薄的羽翼一样,就像不能触碰用空气和羽毛编织的浸满阳光的蒲公英的银冠一样,这一切只能欣赏不可亵玩。一旦触碰就会破坏一切。"[2]诺索夫对自然极为敏感,他拥有很多关于大自然的知识,他具备那种普里什文称之为"对所有生物个体的亲人般的关注"的素养。思考人与自然的关系成为作家很多短篇小说的基础。自然在诺索夫笔下不是背景,不是道具,而是与人唇齿相依的。不论是作为生存活动的种地、割草、放牧、挤奶和养鸟,还是作为休息的打猎,钓鱼,采蘑菇、草药、鲜花和浆果都离不开自然。他认为,自然不是人类傲慢不理智的活动的对象,而是活生生的有感知的现实,就像人一样,"每个物体,如水中的鱼、飞鸟走兽都有对世界的感知和理解"[3]。他对自己家乡的植被非常了解,因此他不仅能叫出出现在作品中的植物的名字,还能对其特点用三四句话描述一下。就这个角度

---

[1] Спасская Е. Д. Евгений Носов:писатель и художник. Краски родной земли［М］. Курск:Техинвест,2005. С. 10.

[2] Спасская Е. Д. Евгений Носов:писатель и художник. Краски родной земли［М］. Курск:Техинвест,2005. С. 12.

[3] Спасская Е. Д. У куста терновника［J］. Толока,2005. №50. С. 87.

而言,从他作品中获取的对植物的了解远远超过参观植物园的收获。在他的小说中,森林和草原的四季之景不同,一昼夜不同时间的自我感觉不同。通过植物,还折射出人们对历史、日常生活、爱情和人类性格的观点。

作家不仅拥有智慧的视野,善良的心肠,对所有生物敏感的心灵,而且能将对生物的热爱直抵读者的内心。无与伦比的诗情画意、独特的艺术视角使他创造出富有灵性的和具有表现力的自然画面。他的自然描写具有色彩感和画面感。传神地描写了中部俄罗斯的景色,语言简洁准确。他不止一次地指出,没有儿子般的敏感和细腻是很难再造出家乡大地的面貌的。只有信任大地,并赋予它慷慨色彩的人才能理解这块土地。

作家用语言把只能用眼睛描绘的色彩、只能用耳朵聆听的声音和只能用鼻子嗅出的味道,用手触摸的感觉那样细腻精准地表达出来。"安静的乡村街道,街道两旁垂柳荫荫,绿荫下掩盖着家乡的农舍……花园后面,牧场上微浪滚滚,草地上清风徐徐,蜂蜜色的草吸引来黄蜂嗡鸣,燕麦热浪滚滚,昏昏入睡……"(《家乡》)①

作家对一年四季的热爱从他细腻的笔触中便可窥见得出。"白柳从长久的冬眠中苏醒过来,五月的风触碰、摇曳着这些树挥动不大精神的枝条,吐露的嫩芽像发红的鳞片洒落在池塘上……山谷被唤醒;这些低谷的喧嚣穿过树冠被滤过的风和太阳的喧闹所遮蔽,嫩嫩的发黏的树枝散发出苦涩味……"(《别洛格林镇》)②"六月,雨后,牧场的燕麦林仿佛一下子就齐腰高了,遮住了三叶草和黄色的八仙草,直冲出来凌驾于各种杂草之上,牧场被罩上了柔和的粉色的烟雾……"(《燕麦声声》)③"秋天行走在森林里,在灌木和草地上挂满了透明的蜘蛛网,白杨树和白桦树被镀上了一层金色。潮湿的道路上,河湾的水里,到处是落叶……"(《艰难的收成》)(4,356)"冬日雪夜,树枝被厚厚的积雪压弯了腰,起初雪还是松软的,后来被冻结了,牢牢地附在树枝上,就像挂了糖浆的棉花……"(《三十颗谷粒》)④

---

① Носов Е. И. Собрание сочинений: в 5-х т[M]. Т. 1. М. : Русский путь,2005. C. 314.(引文由笔者翻译)

② Носов Е. И. Х утор Белоглин: повести[M]. М. : Роман-газета,2000. C. 64.(引文由笔者翻译)

③ Носов Е. И. Собрание сочинений: в 5-х т[M]. Т. 3. М. : Русский путь,2005. C. 314.(引文由笔者翻译)

④ Носов Е. И. Рассказы[M]. Курск: Полиграфия,2010. C. 12.(引文由笔者翻译)

作家笔下的自然描写富有色彩、富有灵气、富有情感,反映了人物的精神和道德状态或者传达了人物的情绪:"七月——这夏季的第一个月份……令你忍不住脱下鞋子赤脚走在雨后烟雾迷蒙的大路上……目力所及的一切都被披上了欢腾的绿色。融化的雪水在山沟里四处漫流……"(《苹果节》)(4,314)"没有围墙的院子里满是沉甸甸的向日葵,低垂着,好像喝醉了,一个对着另一个的粗大耳朵嘀咕着什么,其余的边边角角要么是篱笆下的接骨木,长满了一串串红宝石般的浆果,要么就是像中国的宝塔那样多层次的高大的锦葵,要不就是一畦的半野生的大丽花,像放烟花一样,到处都是洒落的金色的花序……"(4,316)诺索夫对大自然有着非常敏锐的视觉和听觉,有着非常细腻的嗅觉和味觉。

诺索夫的短篇那具有吸引力的童话名称会令读者对传统的乡土空间产生一种遥远的距离感,仿佛把读者带到一个不同于那个习以为常的乡土世界。很多批评家指出,早期的诺索夫充满田园诗情,封闭在个人的兴趣圈子里,俨然是一位风景画家,还没有触及矛盾复杂的生活。但也有研究者们指出,景物描写对作家而言不是目的本身,在自然形象和画面后面,在无足轻重的小事后触及的是道德伦理和审美问题。我们认为,作家以自己对自然的描写和热爱唤醒了对自然冷漠无知的人们,因此他普及的是一种爱自然、爱人类的大爱。

擅长自然书写的康·巴乌托夫斯基和叶·伊·诺索夫都把审美地静观世界作为看世界的艺术,即希冀与自然统一的感受不仅能丰富人,而且完善人,使人变得更善良、更纯洁,企图在自然中寻求精神和灵魂的升华。这正是自然的实用性和审美价值所在。普里什文、巴乌托夫斯基和诺索夫在创作上有很多相似性,他们笔下的自然观包括三个方面:一是认为自然即人,自然是反观人自身的镜子;二是肯定自然的审美价值;三是以自然作为考量人的德行的标准。三者的自然观非常唯美,而且对人心向善、对培养人的诗性气质具有启蒙作用。这三点在阿斯塔菲耶夫和拉斯普京等作家身上有了进一步的发展。

5.2　阿斯塔菲耶夫的自然哲学

阿斯塔菲耶夫是了解自然、感悟自然的大师,字里行间都流露出善待自然的观点,人与自然的关系主题不同程度渗透在他整个创作中。在他的大部分作品里主人公都是自然、人和作家本人。自然或以具体的景色呈现,或作为抽象的哲学范畴呈现。很多研究者都指出,在阿斯塔菲耶夫的作品里可以找到自然哲学的基本思想的回声。可以说,在作家的作品里深藏着民间的自然哲学,这种哲学在作家的以太阳、鱼、河流、花朵、树木、森林、母亲等为诗学意象的民间神话形象中得到体现。这些形象构成了具有鲜明的多神教特征的自然。学者马克西姆(В. Н. Максим)指出:"在阿斯塔菲耶夫的思想体系中,人是自然的一部分,而不是自然的主宰。"①自然在作家的笔下就是与主人公如影随形的无处不在的一个人物,以自然为媒介来表达对人的伦理道德的评价。人物形象很大程度上取决于对周围世界即自然界和人的世界的态度。在作家的短篇中我们会碰到两类相互对立的人与自然的关系:一方面,人不假思索地残酷地破坏自然;另一方面,人尽力想办法保护和拯救周围世界。对待自然的方式充分地表现了人的道德实质。作家早期的创作具有很强的自传性,主要是以回忆的方式展示对俄罗斯北方西伯利亚的风景和对大自然的爱恋。自然成为作家笔下的主要描写对象。在他早期创作里对自然的崇拜还属于原始的多神教的自然崇拜。不论是《侧金盏花》(《Стародуб》,1960)、《留给未来的梦》(《На сон грядущий》,19)、《俄罗斯田园颂》(《Ода русскому огороду》,1972)还是《一滴水》(《Капля》,1973)都写了作者与自然的亲密接触、对自然的细腻情感。《俄罗斯田园颂》是作家最喜欢的一部作品,是对日常生活人们赖以生存的蔬菜的赞歌。饱尝战争的人对土地,对土地上的花草、蔬菜更是情深意切。他们更理解这个世界、珍惜生命、热爱家乡,更亲近大自然。作者满含深情地描写了农村菜园里的各种蔬菜:土豆、黄瓜、西红柿等。作者对这些在战争年代给予他们生命的蔬菜心怀感激之情,这首菜园颂歌其实就是作家为土地、为农民竖立的纪念碑,字里行间写的都是感恩。几经战争的炮火和硝烟的作家深知生命的宝贵,深知大地的恩情。在短篇《一滴露珠》中,小说的艺术空间是由西伯利亚、叶尼塞河岸、奥巴力哈河、泰加林构成的。艺术空间的主角是一滴柳树叶子上的饱满的露珠,唯恐自己的坠落破坏了整个世界的宁静。小说中泰加林是有生命的,象征着自然界的强大。由泰加林和叶尼塞河构成的自然世

---

① Максимов В. Н. К вопросу об этико-философской проблематике в повести В. П. Астафьева 《Царь-рыба》[С] // Из истории русской литературы и литературной критики: Межвуз. сб. Кишинев: Штиинца, 1984. С. 95.

界,与城市的文明、战争环境形成鲜明反差。作家通过一滴露珠折射了自然世界和人的生命的强大与脆弱,以及宇宙的无限性。作家在自然中提取存在的哲学意义,因此该小说被很多研究者诠释为哲理小说。在早期的小说创作中,作家在对自然的描写中看到了生命的延续和希望,在后来的短篇小说集《鱼王》(《Царь-рыба》,1976)中这种对自然的哲学思辨更加深入,艺术空间也更加广阔了。如果说在早期短篇创作中充满了人对自然的赞赏、感激之情,人与自然的和谐气氛,那么到了后期创作中这些逐渐转变为人与自然的对抗。如果说在早期的小说中作家笔下的叙事者还是享受自然之母哺育的孩子,那么在《鱼王》中受自然之母呵护的孩子长大了,开始以保护者的姿态站出来反哺母亲的恩德——作家发出了救护自然母亲的声音。作家的自然书写中一贯坚持着女性原则,把自然比作母亲,比作女性。"在奥巴里哈河上,我面对着这堆孤零零的篝火,它像带着尾巴的彗星那样在黑暗的森林中窜动闪耀,身旁是那条白天似醉若狂、夜晚却像女人那样驯顺、喁喁私语的小河。"①在《一滴露珠》中泰加林是以母亲的形象呈现的,自然就像永远关心孩子的母亲,养育身体,疗治心灵。《侧金盏花》中主人公尼古拉动情地说:"泰加林奉献了她的乳汁,孩子贪婪地想吃个够,自己却咬破了舌头。"②库尔德什总是非常感激"泰加林母亲为他搞到好吃的"(77)。在《侧金盏花》中自然与人的关系就是母亲与孩子的关系。而在《鱼王》中女人的地位与自然的地位互为对照:在家庭中男人是一家之主,女人就是这个家园的保护者,然而女人却遭到男人的暴力和蹂躏。人类不断从自然的怀抱攫取好处,践踏破坏而不觉悟。小说中有叙事者的画外音:"老弟,大自然,也是个女性!你掏掉了它多少东西啊?这就是说,每人都有自己的名分,而上帝分内的归上帝安排。你就让这个女人摆脱掉你,摆脱掉你犯下的永世的难饶的罪过吧!在此之前你要承受全部苦难,为了自己,也为了天地间那些此时此刻尚在作践妇女,糟蹋她们的人!"③作家将对鱼王的暴力和对女人的暴力联系起来,就是将动物与人放在了平等的位置上。作家对鱼王的感情近乎一种对自然神的崇拜,所以认为,如果捕杀鱼王就是对神的亵渎。因此,《鱼王》中对自然的态度还有原始的自然崇拜色彩。值得思考的是,在小说中依格

---

① 阿斯塔菲耶夫.鱼王[M].夏仲翼,肖章,石枕川,等译.上海:上海译文出版社,1982:219.

② Астафьев В. П. Стародуб[M]. Пермь:Пермское книжное издательство,1960. С. 70.(以下出自该书的引文只标出页码,不再另作标注。)

③ 阿斯塔菲耶夫.鱼王[M].夏仲翼,肖章,石枕川,等译.上海:上海译文出版社,1982:224.

纳齐伊在捕到鱼王之前从未对自己的行为进行过反思。而当在与鱼王的搏斗中，在面临死亡的瞬间，依格纳齐依开始重新审视了自己的一生，开始忏悔自己的行为，认识到自己的罪过所在。他想起了祖训，他甚至不由自主地喊出曾被他奸污的格拉沙的名字，并请求其原谅。当鱼王放了他时，他觉得内心一下子摆脱了一辈子压在他身上的罪过。人与鱼王的搏斗，与自然的较量最后是以人的忏悔告终。渔民依格纳奇依做过的恶如今遭到了鱼王、大自然的意志的惩罚。看来，自然完成了神圣的任务，促使有罪的人忏悔，并因此释放他灵魂深处的罪过。《在黄金岸礁附近》中作家也是让破坏自然的人受到惩罚。违法捕鱼的柯曼多尔尽管逃脱渔场稽查人员的追捕，却逃不过女儿横死对他良心的惩罚。可见，阿斯塔菲耶夫企图通过善恶报应来唤起人们的忏悔，这是作家早期的生态意识萌芽。20世纪80年代后写的《度过这一生》则体现了作家对自然的认识，由自然哲学上升到具有生态观念的自觉意识。小说中叶尼塞河的上游依扎卡什河也面临着马焦拉的命运。克拉斯诺亚尔斯克要造水电站，方圆300平方千米的村子、森林和田地都要被淹没，居民要迁到其他地方。作家竭力渲染了依扎卡什村的美丽，以此反衬它被淹没的厄运。这是一个河流交错，水美鱼肥，鸟兽自由出没的地方。"在叶尼塞河宽阔的水域里有河湾、岬角、各种河中小岛。岛上有牧场、草坪、成片的浆果。春天和夏初河岸边繁花似锦，花团锦簇，尤其是那些岛屿就像圣诞节的薄饼漂浮在水上，周围都是点燃的蜡烛。重峦叠嶂，伸向天际，一山秀过一山……"①依扎卡什在作家的眼里，在伊凡的眼里就是人间天堂。经过战争考验和洗礼的扎普拉京深知用血汗捍卫的土地的价值，因此不能接受这种残酷的现实。"我们世代生活和工作在依扎卡什大地上，如今我们感到心疼和害怕这里发生的变化。你怎么看呢？如果人们没有了土地，没有了河岸，没有了割草场，没有了森林和绿地，而将在灰色的水泥地上长大，我们算什么呢？"（9，280）在《柳达奇卡》（《Людочка》，1987）里，作者呈现了森林被砍伐，鲜花被毁坏，过去肥沃的土地被破坏成臭水沟的现实。作家认为，关注自然的命运等于关注人类自己的命运。他将人和自然的关系上升到生死相依、唇亡齿寒的高度。阿斯塔菲耶夫在自己的作品中将那些现代旅游者、猎人视为破坏自然的刽子手，把他们比作掠夺者、杀人犯，是他们破坏了永驻心中的"老家"。如果说普里什文更多地展示了人与自然亲

---

① Астафьев В. П. Собрание сочинений в 15-х т[M]. Т. 9. Красноярск：Офсет，1997. С. 282-283.

近和谐的一面,阿斯塔菲耶夫开始正视和揭露现实生活中人对自然的践踏和非礼,并把人类对自然的这种态度上升为道德伦理的堕落,深化了前辈的自然观,将善待自然作为人之所以区别于动物的根本特征。显然,阿斯塔菲耶夫是以自然之母的捍卫者姿态处理文本的。综观阿斯塔菲耶夫的创作,他孜孜以求的是教人们发现自然之美,教人们学会感恩自然之母,教人们学会保护自然之母。

5.3 自觉的生态观的形成

5.3.1 《俄罗斯森林》——生态意识的觉醒

当代俄罗斯文学中对俄罗斯森林的情感可以说始于契诃夫。在《万尼亚舅舅》(«Дядя Ваня»,1896)中阿斯特洛夫是一个医生,可是他却将种植森林作为实现自己使命和理想的手段。契诃夫在这个人物身上体现了他的生态观。而阿斯特洛夫的生态观又是通过索尼娅之口和他自己本人的独白表现出来的。从索尼娅的口中我们得知,阿斯特洛夫每年都种些新树,千方百计不让老林子遭到破坏。他认为,"森林可以使大地美丽起来,可以叫人懂得自然的美,可以激发人的崇高的胸襟。森林可以调和惨烈的气候。在气候温和的地方,人和自然的斗争就不用花费那么多力气,那么,人们就会变得温柔和蔼得多啦;在那种地方,人们一定会是美丽的、温柔的、多情的;他们的语言一定是优美的,他们的行动一定是文雅的"①。剧中万尼亚不止一次地表达他对环境逐渐恶化的担忧。他发现,森林一天天减少,河流一天天变干,野生动物在绝迹,气候变得反常,土地一天天变得更加贫瘠,神奇的风景一去不复返。他认为,这都是人们非理性的、野蛮的、短见的行为所致。他为自己为拯救森林所做的努力而自豪:"当我看到那些由我挽救回来的农民的森林,或者当我听见我亲手栽种的那些小树沙沙地响着,我可能就意识到气候是有点被我掌握了,而千百年以后,如果人类真能更幸福一点,那么,我

___
① 奥斯特洛夫斯基,契诃夫.亚·奥斯特洛夫斯基、契诃夫戏剧选[M],陈冰夷,臧仲伦,等译.北京:人民文学出版社,1998:273.(以下出自该书的引文只标出页码,不再另作标注。)

自己也总算有这么一点点小小的功劳的吧。"(274)在业余时间,医生还通过绘制图画来对生态环境的今昔变化进行对比,从而得出结论——今天的环境在发生退化,并指出这是现代文明的影响,但是更令他伤心的是在某些地方只有破坏,没有建设。残酷的生存境遇让人们失去了创造的远见。作为医生的阿斯特洛夫救治的不仅是人的身体,而且还企图拯救他们的灵魂。这就是契诃夫的高瞻远瞩。从列昂诺夫(Леони́д Макси́мович Лео́нов,1899—1994)的《俄罗斯森林》(《Ру́сский лес》,1953)开始,俄罗斯文学中的自然价值论开始向本体论过渡。这是俄罗斯最早的一部环保意义上的小说,即俄罗斯生态文学的发端。德国动物学家海克尔于1865年提出生态这个概念。本来是强调生物界之间联系的科学概念,后来与人文学科接轨,产生了生态文学、生态批评、生态伦理等观念。生态文学有着自己的使命,对人与自然的关系有着忧患意识,远远超乎了将自然作为审美对象的范畴,而上升为一种责任,是对人类活动的理性思考。在《俄罗斯森林》中一开始父与女的矛盾就表现在对森林的看法上。父亲维赫洛夫出身农民,是森林研究的学者,他不仅通过发表文章来传播他合理利用森林、爱护森林资源的观点,而且在给林学院新生做的演讲中系统地阐述了他的生态观。而他的女儿作为新一代年轻人的代表,认为父亲的观点有碍社会的发展,不符合改造自然的现实,极力反对。父与女的矛盾实质是人对自然态度的分野。在当时,父亲关于保护森林的观点是很前卫的,是与当时社会经济建设相矛盾的。该小说构思于20世纪40年代,小说问世之前作家已经发表了一些政论文章,号召发起一次远足来抗议当时蔑视自然的现象,是俄罗斯作家中第一个发出合理、经济地利用森林资源声音的作家。他提出要重新审视过去那种认为森林是上天的馈赠之物并且取之不竭的陈旧观念。他呼吁加强保护自然的工作,戒除人们对自然的消费态度,提出环保是全民族的事情。这些贯穿于长篇小说《俄罗斯森林》中的理念引起了舆论的关注。列昂诺夫赞美俄罗斯森林,认为解决与其相关的生态问题已经远远超越了爬格子的作家的视野,而是达到了一个哲学家和经济学家的思想高度。有评论家认为,这部小说对森林种植业将产生很大影响。列昂诺夫在《俄罗斯森林》中体现的生态观在阿斯塔菲耶夫的《鱼王》和艾特马托夫的《断头台》中得到更为形象生动而且富有寓言性质的体现。

5.3.2　从《鱼王》到《断头台》——拯救人类大家园

　　不论是契诃夫、普里什文还是列昂诺夫,他们笔下的森林、土地和动物都是被作为人利用的对象、人开发利用的客体来描述的,而在阿斯塔菲耶夫和艾特马托夫的作品第一次将动物作为与人平等的形象,将其拟人化,生动地再现了人兽冲突;以动物的人性比照人的兽性,从而谴责人的反自然性;通过动物形象,拷问人的善与恶,思考人类的存在问题。普里什文曾经写过很多以打猎为生的居民打猎的故事,也写过很多自己打猎的散文,对打猎的行为已经习以为常。但是在《鸟儿不惊的地方》一书中的《森林、水和石头》篇,作家在想射击天鹅的时候,却突然受到向导老人的阻拦,"你要干什么,主和你同在,这是不可以的!"①老人接着讲述了自己年轻时打天鹅的事。然而现在他认为这是罪过,并说伊凡·库奇明"在春天杀了一只天鹅,他在秋天就死了,过了一年他的妻子也死了,接着,孩子和别的人也死了"(23)。老人认为射杀天鹅是要遭到报应的。而"我"则很长时间不能理解为什么不能打天鹅,现在终于醒悟,"这个原因就是人们意识深层里的一种'罪过感'"(23)。这种人如果不善待自然,必将受到自然惩罚的宿命观在阿斯塔菲耶夫的《鱼王》里得到了更为丰满的呈现。阿斯塔菲耶夫的自然书写中一贯坚持着女性主义原则,即将自然人性化、母性化、女性化,从而起到了一箭双雕的作用:尊重女性,尊重自然。其实是作家自然哲学的一部分。难怪《鱼王》通常被研究者视为在表现"人与自然关系"方面具有转折意义的作品。小说通过人鱼搏斗谴责人的恶行,将渔民对自然的粗暴态度视为对女人的蹂躏。渔民伊格纳齐依奇触犯了祖先的禁忌,为了捕获鱼王,他用尽全力用斧子去砍斫鱼王的脑门,人鱼展开了血腥的搏斗,在垂死挣扎之时,伊格纳齐依奇开始忏悔自己的罪过:他曾为了报复轻浮、容易变心的姑娘库克林娜,不仅糟蹋了她,而且野蛮地将其从陡峭的河岸上推下河。作家将鱼和女人联系在一起,"大鱼把胖鼓鼓的、柔软的肚皮紧紧地、小心翼翼地贴着他。这种小心翼翼,这种想暖和一下并保护身上孕育着的生命的愿望

---

①　普里什文.鸟儿不惊的地方[M].吴嘉佑,等译.武汉:长江文艺出版社,2005:23.(以下出自该书的引文只标出页码,不再另作标注。)

含有某种女性的意味"①。"女人是上帝所造的生物,为维护她而设的审判和惩罚也是独特的。"(217)"老弟,大自然也是个女性! 你掏掉了它多少东西? ……"(217)但是在《鱼王》中对自然的态度其实还是基于原始的自然崇拜。达姆卡在产生捕获鱼王的念头时,脑子里马上也意识到自己触犯了禁忌,因为爷爷常说:"最好把它,这该诅咒的东西放掉,而且还要装得若无其事,似乎是毫不在意地放掉它的,然后画个十字,照常过你的日子,并且常常想着它,求它保佑。"(210)爷爷那一辈人对鱼王还是心怀敬畏之心的,那是一种源于自然崇拜的下意识。而这一次达姆卡却触犯了祖先的禁忌。在作家 20 世纪 80 年代后的一些作品中,自然书写开始渐渐远离多神教的朴素的自然观,表面看是转向理性的生态书写,思考社会发展中人的命运和自然的命运,实际上是在怀念天人合一的人类大家园,是作家为即将逝去的家园所唱的挽歌。《鱼王》从作家的角度而言,还是自然崇拜的书写;从读者接受角度而言,已经属于生态范畴的书写。长篇小说《断头台》发展了《鱼王》的主题。如果说在《鱼王》中作家是在以捕鱼为生的大背景下将个别人对鱼王的捕杀与搏斗定格在瞬间,那么在《断头台》(《Плáха》,1986)中,艾特马托夫(Чингѝз Торекýлович Айтмáтов,1928—2008)则是以一场对羚羊空前的围猎,拉开了一幅幅人类对自然界肆无忌惮地进行破坏的惊心画面。这是一场对羚羊的捕猎,从直升机上向可怜的动物射击,一切生物都灭绝了,老鼠都被烧毁。对羚羊的大量捕猎显然已经不是个人行为,而是一种政府行为。这足以令人类忏悔和深思。为了揭露人的恶性,触动人对动物的怜悯,作家在作品中将狼置于人的世界之中,一对恩爱的狼父母和它们的幼崽,在这场人为制造的杀戮中"家破人亡"。失去幼崽的母狼变得精神错乱,强烈的母爱使她叼走了波士顿的小儿子。波士顿为救孩子向母狼开枪,结果击毙了孩子和母狼。这里不难看出作家对阿斯塔菲耶夫自然书写的女性主义原则的继承,只不过艾特马托夫一改以往自然母亲慷慨、温顺,甚至被凌辱的书写模式,让狼奋起反抗,转而报复人类。作家这里让人类为自己的恶行付出代价,惨痛而不可弥补。狼家族经过了几重地狱,失去了自己的后代,人变成了大自然的杀手和令人诅咒的敌人。人类忘记了,大地就是他们的家,破坏自然就是等于毁灭自己。这是一部呐喊的小说,是警世的小说。在《断头

---

① 阿斯塔菲耶夫.鱼王[M].夏仲翼,肖章,石枕川,等译.上海:上海译文出版社,1982:217.(以下出自该书的引文只标出页码,不再另作标注。)

台》中，作者告诫人类，罪与罚是相应的。人类必然因自己的错误遭受自然的严厉惩罚。大自然自己会在善与恶之间保持平衡。如果说小说中母狼阿克巴拉失去幼崽后夜间痛苦的嚎叫，梦中母子重逢的情景和对月亮女神的倾诉还不能唤起人们麻木的神经，那么当被痛失狼崽折磨得有些精神错乱的阿克巴拉叼走波士顿的小儿子时，人类也许会将心比心醒悟自己的残忍。波士顿为救孩子向母狼开枪，结果击毙了自己的孩子和母狼。这悲剧隐喻人类在毁灭自然的同时，也毁灭了人类自身，毁灭了地球。"世界已失去任何声音，一片死寂。世界消失了，不复存在了，只留下烈火般灼人的黑暗。"[1]波士顿感到了生命的终结，世界末日的来临。"整个世界至今都包含在它的自身，如今，这个世界，完结了。它既是天空、土地、山脉，也是母狼阿克巴拉，万物的伟大母亲，也是长眠在阿拉蒙久山口冰层里的埃尔纳扎尔，也是他最后的化身——他亲手打死的孩子肯杰什……"(379)这个原本属于他的完整世界却再也无法复原，这就是他的大悲剧。作者指出，书名《断头台》具有象征意义。这不单单是执行死刑的台架，而且意味着对人类在大自然面前犯下的罪行的惩罚。美国深生态学家比尔·迪伏和乔治·塞逊斯指出："我们伤害大自然的其他生物时，我们便是在伤害我们自身。一切生命没有高低贵贱的分界线，并且每一种事物都是互相联系的。而且，在我们所觉察到的作为个别的有机体和存在物的范围内，这一认知吸引我们去尊重所有的人类与非人类享有作为整体的部分的个体的自我权利，而没有感到要去建立把人类置于最高层的种类等级制度的需要。"[2]早在《断头台》问世之前，艾特马托夫的《白帆船》(«Белый пароход»，1970)就已经肯定了人与自然与时空的不可分性。自然开始报复杀戮，而且报复得非常惨烈。作家的小说从《别了，古利萨雷》(«Прощай，Гульсары!»，1966)中的溜蹄马、《早来的仙鹤》(«Ранние журавли»，1975)中的仙鹤、《一日长于百年》(«И дольше века длится день»，1980)中的骆驼王、《花狗崖》(«Пегий пёс，бегущий краем моря»，1977)中的鱼女、《白轮船》中的大角母鹿和《断头台》中的一对草原狼都具有象征意蕴。艾特马托夫正是通过这些意象的象征含义，通过神话、幻想与历史的结合，使得作家的后期作品呈现出一种磅礴的宇

①　艾特马托夫.断头台[M].樗鸣，述贤，译.重庆：重庆出版社，1988：376.（以下出自该书的引文只标出页码，不再另作标注。）
②　王正平.深生态学：一种新的环境价值理念[J].上海师范大学学报，2000(4)：8.

宙观、全球性思维和预言家的姿态。以多维度的艺术方式表达了作家的生态观。艾特马托夫通过呐喊来唤醒社会,呼吁社会高度重视生态环境的保护。综上所述,在当代俄罗斯文学中,自然不论是作为审美对象,还是作为怀乡的媒介;不论是作为生态意识的启蒙,还是作为拯救人类家园的警示恒言,它都承载了作家重建俄罗斯家园的梦想。

5.3.3 拉斯普京:从尊重宗族记忆到呼吁生态保护

可以说,早在拉斯普京的《告别马焦拉》中安加拉河马焦拉村的命运就是阿斯塔菲耶夫的叶尼塞河依扎加什命运的先声。它们体现了两位作家对土地相同的哲学思考。这是对土地认识的思考,对居住在大地上的人扮演角色的思考。《告别马焦拉》是一部写人与大地相互关系的小说,是一部具有警示性的小说。在创作中拉斯普京比阿斯塔菲耶夫更早关注了生存中面临的矛盾和尴尬。这是祖孙之间的冲突,以达利亚为代表的村里老辈人执意留下来守候小岛,因为那里有他们祖辈的坟墓,而以她的孙子为代表的年轻人则坚决拥护淹岛造电站大坝。小说中以达利亚为代表的人物对为建水电站而被迫淹没马焦拉这一事件的认识还没有上升为生态意识,他们只是觉得为此要背井离乡,离开已经习惯了的、与大自然融合在一起的家园,而年轻人则对即将被淹没的小岛毫无留恋之感。如果马焦拉被淹没,居民要被迫迁走,祖坟要被淹没,同时小岛上的树木面临着被砍伐、被烧毁的劫难。这就造成了人与自然的对抗。令我们意识到,毁灭自然就是毁灭自己。如果说在《告别马焦拉》中拉斯普京反映了和平环境下的人与记忆、人与自然的关系,那么,在后来的西伯利亚特写中则表达了明确的强烈的对生态环境保护的呼唤。索尔仁尼琴对乡土作家一直评价很高,其中他最为赏识的就是拉斯普京。除了对作家小说中的道德主题给予褒奖,还对作家在特写中延伸的对贝加尔湖和安加拉河的生态保护问题的关注给予了高度评价,认为拉斯普京是"西伯利亚的歌手和保卫者"。索尔仁尼琴已经将拉斯普京作品中的道德理解为不仅是人际交往中的伦理道德,而且还指人与自然的伦理道德,他将拉斯普京看作是乡村的捍卫者,是俄罗斯的捍卫者。索尔仁尼琴在授予拉斯普京索尔仁尼琴文学奖的发言中指出了作家难能可贵的品质:"自然在拉斯普京那里不是一幅幅的画面,也不是暗喻的材料,作家天生就和自然很熟,他就像自然的一部分似的浸润着自然的气息。他不是描写自然，而是以自然的声音在说话，发自肺腑地转达自然。"①

拉斯普京自觉的生态观主要体现在他的特写中。正像索尔仁尼琴所说："拉斯普京写有很多出色的西伯利亚特写，比如写了阿尔泰、勒拿河和俄罗斯入海口处——传说中的北冰洋岸上的村落，那里夫哥罗德人的殖民地将 16 世纪的语言和风俗完好无损地保存到了我们不幸的 20 世纪。"②在《贝加尔湖啊，贝加尔湖》(《Байкал，Байкал》，1981)中作家盛赞了贝加尔湖，从古至今，分析了人们对贝加尔湖怀有的神秘、审美和科学的态度。"贝加尔湖被她的土著居民和 17 世纪来此定居的俄罗斯人称为'圣海''圣湖''圣水'。"③无论是那些不开化的野蛮人，还是受到启蒙的文明人都对贝加尔湖充满了崇拜之情。作家不仅以饱含深情的文字赞美了贝加尔湖，而且还借莫斯科来的朋友之口表达了对贝加尔湖的盛赞。这位朋友与作家漫步贝加尔湖，每走一步，都被它的美景震撼，面对神圣的贝加尔湖，作家的朋友突然感到语言的乏力。当他回到莫斯科后，在给作家的信中写到了贝加尔湖带给他身心上的变化："现在我起床后就充满了从贝加尔湖带来的精气神，我现在感到，我可以做很多事情，好像可以分辨出，该做啥，不该做啥了。我们有贝加尔湖多好啊！……"(466-467)作家的这位朋友甚至每天早上起来，都会朝着作家的家乡——贝加尔湖所在的方向深鞠躬。如果现代人对自然都有如此的膜拜，我们的人类才不愧于那慷慨的大自然，才会促进人与自然的和谐共处。

《贝加尔湖啊，贝加尔湖》问世十年后作家又专门为西伯利亚立传。在地方史志《西伯利亚，伯比利亚……》(《Сибирь，Сибирь…》，1991)中以专章分述了西伯利亚地区的一些具体的城市，如托波里思克、阿尔泰和伊尔库茨克等。在书中作家指出："世界上没有什么可以和西伯利亚相比的。"在《西伯利亚》这本书中展示了一个不凡的美丽的"西伯利亚之国"，作家不仅描绘了它的自然，讲述了它的发展史，还有城市建设者的功勋，尤其是他们在第一批西伯利亚城市的商贸和文化发展中的贡献。作家思考了西伯利亚的过去、现在和将来。与其说是对西伯利亚的

---

① Солженицын А. Слово при вручении премии Солженицына Валентину Распутину 4 мая 2000 года [J]. Новый мир, 2000. №5. С. 192.

② Солженицын А. Слово при вручении премии Солженицына Валентину Распутину 4 мая 2000 года [J]. Новый мир, 2000. №5. С. 192.

③ Распутин В. Век живи-век люби. Повести и рассказы[M]. М. : Известия, 1985. С. 463. (以下出自该书的引文只标出页码，不再另作标注。)

思考,不如说是对整个星球问题的思考。

保护"西伯利亚的明珠"——贝加尔湖成为作家关注的中心。《西伯利亚,西伯利亚……》一书再次写到了贝加尔湖。索尔仁尼琴认为这是作家的初恋也是作家的永恒之爱,如果回忆起贝加尔湖和安加拉河,就会想起拉斯普京,西伯利亚最坚强的捍卫者。20 世纪 90 年代后,拉斯普京在创作中更加关注西伯利亚这块土地,写有短篇《到那块土地去》(《В ту же землю》,1995)和特写《沿勒拿河顺流而下》(《Очерки Вниз по Лене-реке》,1995)。

在 21 世纪,在多元文化并存发展的今天,我们广大的读者要求于文学的不是精雕细琢的传统意义上的艺术效应,而首先是如临深渊的振聋发聩的呼叫,是文学的警钟效果。它应当在自身的文学性中蕴涵着对直接或间接地影响人类进步的本能境界的生存状态的怀疑和批判,通过文学来推动人类走向一种生态生存发展的新状态。"人类的生存境界的危机已经昭示人们必须走出本能境界的生存,必须为进入生态境界的生存而对人自身作深刻的自我革新。"①这就是文学生态批评的视角,它呼唤人类行为主义的回归,呼唤社会责任的回归,呼唤把自然看作人类的朋友、人类的家园。别尔嘉耶夫指出:"人来自自然的底层,来自自然环境,却想成为自然的老爷,想操控自然环境。当自然远离人类,她就会面容憔悴枯槁,主宰自然的后果不堪入目。"苏联时期的文学对人与自然的关系的处理还是以"人定胜天"作为主导的。类似于屠格涅夫笔下巴扎罗夫对自然的态度,"自然不是庙宇,而是在其中劳动的作坊"②。自然在很多人看来就是引以为豪的自然资源,对待自然的态度就像歌中唱到的那样:"我的祖国辽阔无疆,有森林、田野和河流望不到边。"

鲍里斯·瓦西里耶夫在自己的长篇《不要向白天鹅开枪》(《Не стреляйте в белых лебедей》,1982)中借主人公叶戈尔·波鲁什金之口表达了对自然赤子般的爱:"任何人都不是大自然的主宰,自称为自然之主宰这是很有害的,人是自然的儿子,是她的长子,要清醒些,理智些,不要把自己的自然之母赶到坟墓里去啊!"③

---

① 畅广元.全球化时代的文化危机与文学的价值取向[J].陕西师范大学学报,2001(1):33.

② 屠格涅夫.前夜·父与子[M].陆肇明,石枕川,译.南京:译林出版社,1998:193.

③ Васильев Б. Не стреляйте в белых лебедей[M]. М.:Марийское книжное издательство,1982.С. 20.

　　科学院院士维尔纳茨基（В. И. Вернадский）早在自然生态还未出现危机时就预言："人会成为改变地球面貌的生态力量。"如今这位洞察千里的伟大学者所预见的生态境况不但没有好转，反而到了白热化程度，各种生态问题开始爆炸。气候的恶化和不合理经营农业（滥用化肥或保护植物的各种药剂，错误的播种轮作）都影响了土壤的效力，影响了农作物的收成。

　　根据联合国专家数据显示，在我们的星球上森林覆盖面积急剧减少，不合理的砍伐森林和火灾导致在很多本来森林覆盖率很高的地方只保留下 10%～30% 的森林。非洲的热带森林面积减少 70%，而中国只有 8% 的森林覆盖率。从上述数据不难看出，由于人类影响（人的经营活动）的大规模增加，特别是在近 100 年，生物圈的平衡遭到破坏，导致一些恶性的循环，甚至威胁到地球上的生命。这同人类不理智的活动，如只顾发展工业、能源、交通和农业，根本不考虑地球的承受力密切相关。切尔诺贝利灾难造成 200 多万公顷的森林遭到破坏，使大量土地永久成为死亡地带。人类的活动将造成人类在自然体系的等级中丧失自己的生存位置，留下的只是荒漠和被焚毁的草原。一方面，人作为自然生物组织在运用大自然的馈赠；另一方面，人作为社会生物存在，千方百计地从自然那里获取尽可能多的资源，根本不考虑终有一天这些资源会枯竭。生态遭到破坏时，人类的精神拯救就显得尤其重要，而能够担此重任的就是文学和艺术。当今盛行的观念就是：人作为理智的动物早晚会清醒，会终止对自然的攻击、重拯自然的。人类的醒悟一定要从自身开始，从我做起。不能只寄希望于他人行动，到头来只知道谴责前辈的不理智，而不反省自己。"人是社会化了的自然生物，善于从事拥有具体的历史社会形式的积极创造、建设的活动，并同肯定正义、美好和友爱的主旨是紧密相连的。爱总是与肯定自己存在、个性和自由表达自己意志的需求相联系的。"① 有良知的知识分子在任何时代对人都会抱有这种期望。远在 1861 年，哲学家尤尔科维奇（П. Д. Юркевич）就写道："自私的追求不是灵魂追求的本质：人总归是人，正是人最先在自己的概念、自己与他人休戚相关的命运和种族中发现了人类，因此，从某种角度来说，人身上总保留着爱、同情和尊敬他人的心理可能。"(3,52-

---

① 　Юркевич П. Д. Из науки о человеческом духе[M] // Труды Киевской духовной академии в 4 кн. Кн. 2. М. : Либроком, 1861, С. 201. （以下出自该书的引文只标出卷数和页码，不再另作标注。）

53)在人的自然属性,尤其是生物心理结构上,2000年前的人和现代人几乎没什么变化,但是却有一个令人遗憾的不得不承认的事实,即人的能力、精力、能量和成就都不能和从前同日而语,都大大超越了从前,但是却导致了人赖以生存的自然之家的破坏。从生态学家的角度而言,解决生态平衡问题仅仅靠道德的力量是不够的,《鱼王》中的阿吉姆类型的主人公毋庸置疑是需要的,是宝贵的,但是他们的经验还远远不够。他们所走的不是人类未来要走的方向。科学与文学的联盟才能解决生态危机。

众所周知,俄罗斯文学任何时候都不是供你消遣解闷的东西,它是一种担当,是人民的良心。在乡土作家的创作里已经充分证明了这一点。乡土作家都是忧国忧民的,不仅关注百姓民生,关注立德之本,而且还关注赖以生存的俄罗斯大地。

纵观俄罗斯文学史,作家对自然的态度是与时俱进的,朴素的自然崇拜上升为自觉的生态观。自然书写也经历了从讴歌人与自然的和谐共处关系演化为今天的自然生态与人类文明的对立,对自然的关注已经与对拯救人的灵魂联系起来。对自然的破坏引起了乡土作家对现代文明的怀疑,甚至加深了他们的城乡对立意识。

第六章　作为文化空间的乡土世界

乡土作家一直将农村视为文化复兴最牢固可靠的基础。"正是农民阶层,始于伟大的俄罗斯语言,在俄罗斯创造了原始的文化宇宙。在农民的庄稼地里,按照阿勃拉莫夫的表达,形成了俄罗斯的伦理和美学。"①"正是农民,尤其是那些战后的农民,成为延续生命和改造生活的永不枯竭的源泉,世世代代都是如此!——是人民存在的物质和精神的源泉,最主要的是,构成了文化的'黑土层'。"②农村之所以受到尊重,就是因为它拥有代代相传的风俗习惯,有自己的民间信仰。农民在与土地、与自然的接触中形成了他们特有的风俗习惯、民间信仰和道德伦理体系,即形成了具有特色的乡村文化。从民俗学的角度而言,民俗主要包括民间口头创作、民间风俗和民间信仰等。这几方面在阿勃拉莫夫、拉斯普京、阿斯塔菲耶夫、别洛夫和舒克申以及新一代的乡土作家的小说中都有具体体现。其中阿勃拉莫夫、别洛夫、克鲁平、利丘京、加尔金都出生在俄罗斯欧洲部分的北部农村,而拉斯普京、阿斯塔菲耶夫和舒克申分别来自俄罗斯亚洲部分的不同地区的乡村。因此在他们的小说中不同程度地折射了俄罗斯欧洲部分和亚洲部分的农村的风俗习惯和口头文学的特点。

阿勃拉莫夫来自俄罗斯欧洲北部的阿尔汉格尔斯克州的一个农村家庭,拉斯普京出生于伊尔库茨克州的一个农民家庭,阿斯塔菲耶夫出生于克拉斯诺亚尔边疆区的一个农村,舒克申出生于阿尔泰边疆区的某个村子里,别洛夫生于沃洛格

169

---

① Акимов В. М. От Блока до Солженицына[M]. Санкт-Петербург：Искусство-СПБ,2011, С. 404.

② Акимов В. М. От Блока до Солженицына[M]. Санкт-Петербург：Искусство-СПБ,2011,С. 405.

达州的农村,克鲁平生于基洛夫斯基州的林场,利丘京生于阿尔汉格尔斯克州的梅杰尼(靠近白海)。乡土小说呈现给读者不同地域且生活方式迥异的俄罗斯大地:俄罗斯北方①(阿勃拉莫夫、别洛夫、雅申),俄罗斯的中心地带(莫扎耶夫、阿列克谢耶夫),南方地区和哥萨克地区(诺索夫等),西伯利亚(拉斯普京、舒克申、阿库拉夫)。比如在乡村的建筑、家具、服饰和玩偶等民间手工艺术品就是民间文化的具体呈现,城市商店里看到的一些工艺品很多都是从民俗文化衍生出来的艺术品。乡土作家在他们的创作中都或多或少关注了这些。在该部分我们从两个方面来谈乡村文化:一方面以分析乡土作家作品中的乡村风俗和民间工艺为主,另一方面以分析民间口头创作为主。

6.1　乡土小说中的乡村风俗和民间工艺

关于乡村文化的书写,在 20 世纪的文学中还是有很多可供咨鉴的范本的。如,普里什文不仅以自己的自然书写唤起了乡土作家对自然亲人般的感情,而且他对民俗风情的描写对乡土作家不无影响,民俗风情作为乡村文化的一部分,被写进了乡土小说中。普里什文的很多作品就是民俗考察报告。比如他在《鸟儿不惊的地方》一书中就写过巫师行医和哭丧的乡俗。如米库拉依奇巫师,当有人家的牲畜生病了,就会从四面八方来他这里求咒语。他说:"我给牲畜下咒语差不多有 50 年了,只要有人愿意来,我就会给他展示的!我不会胡乱编造⋯⋯"②他曾以自己的咒语降服了为非作歹的卡尔戈波尔人。老人以巫术祈祷为生。"过去,只要圣灵降临节一到,便有人从四面八方前来跟随他,他忙得都来不及赶路去下咒语。他来到乡村,那里的人和牲畜已经都在等待着他,牲畜在田野里,在牲口棚里,牧民们吹着笛子等待着他。米库拉依奇把手杖插进田里,给了牧人一张下巫术的纸条。如果是识字的人,就可以念着这张纸条,从手杖的右边开始围绕着牲畜走三圈;如果不识字,那么由另一个人代替牧人来读纸条。接着,米库拉依奇把

---

① 俄罗斯北方与其说是一个行政和地理概念,不如说是一个历史文化概念。东西南北的地理疆界基本上是明确的。见 Ключевский В. О. Курс русской истории[M]. Т. 1. М. ,1987.

② 普里什文.鸟儿不惊的地方[M].吴嘉佑,等译.武汉:长江文艺出版社,2005:91.

小面包切成碎片,给每个牲畜都准备一份。"(91)此外,普里什文还专门写过哭丧的风俗。"如果你从来没有亲自到过俄国北方的纯朴文化区域,而只是根据想象来判断这一特殊地域的人民,那么,你一旦亲眼看见北方人民的生活情况,一定会感到惊讶。"(29)作家通过讲述一个哭丧女马克西莫夫娜的故事,让读者了解了北方俄罗斯农村的丧葬礼仪。叶·巴尔索夫曾经撰书写道:"一些人长久以来,一直作为古老葬礼仪式的代言人,作为哭丧者,他们在当地远近闻名。在这种情况下,他们几乎获得了人们的崇高敬意。在对死者尽义务方面,人们由于失去亲人而深感悲痛,而在清醒的思考中又寻求解脱,并同时希冀把逝去的亲人长久留在心里。哭丧者就具有这方面的天赋,他们能够生动地把握、保留并直接表达古老而神圣的仪式内容。时间和历史不断磨损着哭丧的内容,但却无法使存在于哀歌中的清新气息和人性的生动失去力量,无法彻底消除它们对人的心灵所产生的作用。哭丧女主要的职责是倾吐家庭的痛苦。她完全融入丧失亲人的痛苦心境中,想他们所想,体验他们的内心活动。她越是对各种民间说法和古代史诗形象具有丰富的积累,越是能够描述出更多人的思想和人性的活生生感觉,越能够使她的哭丧令人感动和使人得到安慰,同时她也更能够在人们中间产生影响和尊敬。……"(32-33)作家在《哭丧女》这一节中还附上了一首马克西莫夫娜的哀歌——《寡妇的哭泣》。作家以马克西莫夫娜为例,说明哭丧女不仅要具有歌唱的天赋,而且通常自身也有痛苦的体验。与乡土小说有着深厚因缘的雅申创作早期也专门写过反映农村生活习俗的小说。如,《沃洛格达的婚礼》通过婚礼展示了农村的古老习俗,同时也为揭示人物性格提供了舞台,在有限的空间浓缩了农村的婚俗。婚礼上的新娘子嘉丽雅是一位个子不高的柔弱女子,在亚麻厂工作。她出身劳动者家庭,尊重劳动。在农村有这样的婚礼习俗,即"新娘子出嫁一定要哭"。在新郎来接新娘子之前,嘉丽雅的女友们聚在她身边,可是感到幸福高兴的她开始无论如何挤不出眼泪。后来,嘉丽雅在陪哭嫁的人的劝说下,渐入角色,但是内心比较排斥这种风俗,在婚礼上表现了新娘子作为新时代女性的性格:好强不示弱,敢与男子比高低。而且也与母亲的性格形成鲜明对比:母亲在自己当年出嫁时是个忍耐、顺从、软弱的新娘。战争使她失去丈夫,女儿是她最后的生活支撑。为了办好女儿的婚礼,她不仅忙里忙外地张罗布置收拾新房,还容忍未婚女婿的嚣张和无礼,遵守着女人之道、家庭之道,尽量让婚礼能够按照古老礼仪进行。在婚礼上,除了要向来接新娘子的男方亲戚要礼金,还有一些体现民间风俗的细节,就是被邀请来参加婚礼的每一家都带来了自己做的甜饼。甜饼有各种图案的,就像工艺品一样漂亮。女方到男方家后,要当着客人的面扫地,客人故意往地上扔各种垃圾,以此来检验新娘是否会做家务等。婚俗中折射出民间的道德诉求和审美传统。尽管有很多风俗、规矩在今天看来是老套、荒唐和好笑的,但这种礼仪的意义就是以一个最普通的、最感性的形式将一对新人打造成夫妇。婚礼这种仪式就好像在演奏未来家庭生活的前奏曲,婚礼上的歌曲,有评论家指出就像"民间歌剧"。从风俗美学角度而言,老式婚礼特别讲究婚礼的周围环境和参加婚礼的角色。婚礼上重要人物之一就是伴郎。他是展示婚礼文化的代表人物,格里高利扮演的伴郎就起到了这样的作用。在所有场合,他都是搞笑的角色,就像滑稽演员,像疗养院里负责文化活动的人,他的任务就是让大家开心。"每个伴郎都有自己插科打诨的方法,作家写道,除了众所周知的一套一套的俏皮嗑和俗语外,他还应该有自己的笑话。幽默和机智对他来说是必需的。这已经是创作范畴了。所以不是任何一个人都可以被邀请做伴郎的。"① 格里高利是个有经验的伴郎,以机灵活跃著称。他的出现立刻引起了公众的注意,把大家都逗笑了,与新娘子的哥哥、农庄队长的助手、只顾陪客人喝酒的尼古拉形成鲜明对比。其实,在乡下,婚丧嫁娶的风俗仪式为一些村民表现自己的特长提供了平台,这在屠格涅夫的《猎人笔记》中已经开了先河。

很多乡土作家对俄罗斯的男人喝酒嗜好很有成见。而雅申却通过婚礼宴席上的宴饮来揭示人物性格。因为在这种狂欢式的场景中,人们很容易撕去往日的面具,暴露出本真的自己。婚礼酒宴上有人吹牛皮,有人抱怨。前者炫耀自己的地位、工资、房子、老婆和岳母,后者往往是参加婚礼的婆娘们,彼此抱怨自己喝大酒的丈夫。作家以敏锐的目光捕捉到了婚礼上的一切。在嬉笑怒骂的一群人中揭示乡村的习俗、村民的性格——他们的矛盾性、不稳定性。作家别洛夫继承和发扬了老乡雅申书写民间风俗的传统,在很多作品中都有庆祝婚礼和民间节日的描写。

无论是诉诸 20 世纪 50 至 60 年代的俄罗斯农村的《小木匠的故事》《星期六的早晨》《沃洛格达的布赫金一家》,还是描写 20 年代的《前夜》,别洛夫笔下的乡村形象不仅通过那些鲜活的农民形象展示出来,而且通过乡俗揭示了乡村作为文

---

① Яшин А. Я. Вологодская свадьба[M]. М. : Художественная литература,1972. C. 4.

化空间的丰富内涵。如果说在前面列举的那些小说中民间文化风俗习惯还只是零星地镶嵌在文中的话,那么《和谐》这部书就是一部展示民间文化遗产的百科全书。书中包括三部分:第一部分描写了民间的手工艺,第二部分描写了农民生活方式、服饰和娱乐形式等;第三部分写了民间风俗和节日传统、民间歌谣和建筑等。难怪作家将这部书的副标题命名为"民间美学特写"。别洛夫在书的前言部分交代:"俄罗斯民族文化、传统、风俗正是源于农村,文化与语言密不可分。"他非常抒情地描写了俄罗斯北方农村的生活。在乡土作家中,别洛夫对民间文化最有研究,对弘扬和传承俄罗斯乡村的民间文化发挥了很大的作用。

早在阿勃拉莫夫的《木马》中就曾提到北方农村房檐上的木马雕刻,这是现实生活中民间木刻艺术的折射。作家将一篇以老妇人米列齐耶夫娜为主人公的中篇小说命名为《木马》,并在小说结尾处写道:"老人离开儿子家,儿子家房檐上的木马都像在为她送行。"[1]这种写作策略里包含了丰富的文化内涵。在农村谁家房檐上刻有木马就说明这家过得殷实富有,小说题目和结尾出现"马"的意象,其实是有很强的象征意义的。老妇人米列齐耶夫娜年轻时伐木开荒,带领村里人致富,如今家家过上了好日子。因此村里人都很敬仰她。同时也从一个侧面揭示了作家企图在文本中回归乡俗文化。在长篇小说四部曲的第三部《岔路口》中,有一个细节,叶戈尔的爷爷去世前口授遗嘱,把自己的老房子留给孙子媳妇丽莎,并嘱托家人在房盖上做马头木雕,在小说中老房子的前后两侧的马头木雕是在回来奔丧的叶戈尔的视野里出现的。在俄罗斯北方民间,马被视为神圣的动物,是可以保佑家人、驱邪避恶的吉祥物。笔者曾经拜访过作家的夫人,在作家的书房里看到很多关于马的装饰品,据作家夫人介绍,阿勃拉莫夫生前曾搜集了大量关于马文化和民间风俗的材料,如果作家还在世的话,应该至少会有一本内容翔实的介绍马文化的书以飨读者。

6.2 乡土小说中的民间歌谣

阿基莫夫不无夸张地指出:"那些体现在民间丰富的口头创作中的老百姓,农

---

① Абрамов Ф. Собрание сочинений в 6 томах[M]. Т. 3 М. :Художественная литература,1990, C. 76.(以下出自该书的引文只标出卷数和页码,不再另作标注。)

民的富有魔力的语言是所有文学的源泉。"①乡土作家中舒克申和别洛夫最喜欢在小说中插入民间歌谣了。翻开前者的作品集,几乎很难见到没有歌谣插入的作品。

与其他乡土作家相比,舒克申使用的民间文学元素中最多的要算那种自弹自唱的歌谣。他的作品几乎少不了那样一个常会即兴弹唱的人物。他们的演唱比直接的语言表达要诙谐有趣,能营造气氛。舒克申笔下的人物性格没有套路,每个人物就像是即兴创作出来的那么与众不同。

在短篇《优秀驾驶员》中,巴什卡在俱乐部遇到心仪的姑娘娜斯佳后,心花怒放,春心荡漾,嘴里哼起"十八年华多丰采,人生才一回……"②甚至一整天都在唱这首歌。《妻子送丈夫去巴黎》中主人公柯利卡是个健壮的西伯利亚小伙子,喜欢每周六晚上在院子里开音乐会,自弹自唱。小说一开始,就唱起来"妻子送丈夫去巴黎,为他烤好了面包干……"(268)可她却暗自悄悄地说:"愿魔鬼早点摄去你的灵魂!"(268)乡下小伙子柯利卡复员后到城里工作,娶妻生子,但是发现与妻子不是一路人,他不能容忍妻子的贪财,加之复员后继续读书的理想未能实现,很失落,于是就在弹唱中表达这种失落心情:"我的理想并不是一缕青烟,不会在日光下忽然消散;可理想啊,您已含着微笑走过,却没有发现我就在您的身边。"(273)女儿听着他的弹唱笑了,可是他却"流下恼恨的、无力的眼泪"(273)。在《演说家》中鲍里斯多次以哼唱的形式与带他们去伐木的队长希勃列托夫作对,抗议他的禁酒令。"轮船徐徐,驶向我们的港湾;我们的海港,美丽而又舒畅,水手在小酒馆,欢娱声荡漾;干杯! 为了首领的健康!"(328)当希勃列托夫厌恶地称他们为"西伯利亚的土包子"时,他唱得更欢了:"刺破长空,两把匕首闪闪发光,啊,弟兄们,他不是我们的人,没经过大洋风浪! 加里,我们要找你算账! 那是喝醉酒的首领嗓音粗犷。"(329)这种以歌唱的形式抒发内心和表达意见的方式避免了与人物针锋相对的口角战。在短篇《阿廖沙·别斯堪沃伊》中阿廖沙是舒克申笔下的怪人之一,他是农庄里非常出色的农民,干起活来毫不含糊,但是有个怪癖:周六周日不肯干活。可他家里过得也不富裕,村里人看不惯,都劝他不要那么矫情,可是他就是不听劝,多少年如一日。他周六喜欢专心致志地烧自家的澡堂子,然后痛快地

---

① Акимов В. М. От Блока до Солженицына[M]. Санкт-Петербург:Искусство-СПБ,2011,С.405.

② 舒克申.舒克申短篇小说选[M].刘宗次,译.北京:外国文学出版社,1983:92.(以下出自该书的引文只标出页码,不再另作标注。)

洗个澡。每当洗澡时,他都会情不自禁地哼唱一些四句头:

> 我人群里那么一瞅,
> 没有我那亲爱的人儿,
> 额前卷毛一大绺,
> 就像沃洛什洛夫。①

阿廖沙舀了一瓢水继续唱道:

> 妈妈烧好了澡堂子,
> 让我去那儿蒸一蒸,
> 娘啊,我顾不上那澡堂子,
> 我亲爱的他正在教堂里把婚结。(1,575,笔者译)

阿廖沙往盆里放好水,往另一个装开水的盆里放进白桦条,开始洗起蒸气浴来。洗的时候,歇歇停停,坐在暖和的地板上,用桦树条拍打着,哼唱着:

> 我走这边的路,
> 我的思绪却跑到了那一边,
> 亲爱的人啊,
> 你太早炫耀我会嫁给你。(1,575 笔者译)

在这篇小说里,这些哼唱巧妙地烘托了主人公周六可以享受自家澡堂子的愉悦心情。主人公将自己内心的感受以唱的方式表达出来,既通俗有趣,又真切自然。

在《红莓》中民间歌谣出现得比较多。小说开篇,叶戈尔被释放出狱。在回家的路上,他给司机朗诵了叶赛宁的诗《我神秘的世界,我古老的世界》:

> 白茫茫的雪原上,
> 突然出现了恐怖不安,
> 你好,我们凶恶的死神,
> 我迎着你走上前!

---

① Шукшин В. Сочинения:В 2-х т[M]. Т. 1. Екатеринбург:У-Фактория,2005. C. 575. (以下出自该书的引文只标出卷数和页码,不再另作标注。)

............①

叶戈尔几乎把叶赛宁的这首诗全部背了下来,只有极个别段落忘词。

叶戈尔从狱中回家后,遇到乡亲时,柳霞正在唱:

> 红莓啊,红莓,
>
> 成熟的红莓多水灵,
>
> 这个外乡人哪,
>
> 我摸透了你的心。
>
> 和别人多不一样,
>
> 我没法百依百顺,
>
> 他就去找别的姑娘……(13)

在小说中,叶戈尔与自己心爱的姑娘柳芭也一起唱过这首歌,并有所补充:

> ……
>
> 我要跟别人离去,
>
> 可他还是不相信,
>
> 他走到我跟前,
>
> 看看是不是真心……(96)

看到归来的叶戈尔后,柳霞为他唱了一首情歌:

> 来呀,来呀,我们来闲谈,
>
> 迷人的眼睛,迷人的夜晚;
>
> 谁要烦恼,谁要忧伤,
>
> ——谁就快滚蛋!
>
> 幸福会从天而降啊,
>
> 降到草地上,降入迷蒙的晚间;
>
> 迷人的眼睛,心儿在思念,
>
> 只要一声唤,我就到眼前。(16)

---

① 舒克申. 当代苏联中篇小说选辑——红莓[M]. 韦范序,译. 上海:上海译文出版社,1987:8.
(以下出自该书的引文只标出页码,不再另作标注。)

叶戈尔和彼得在澡堂子里唱的歌：

> 小鹰长大了，
> 却不见天日；
> 扑打着翅膀啊，
> 我的忧郁的同志，
> 只得在窗下啊，
> 把血污吞食……（70）

在短篇《他们俩》中，主人公安季波夫尽管是个做马具的手艺人，但是内心一直有成为音乐家的梦想。在小说后半部分，安季波夫和妻子一同回忆起年轻时代。他弹唱，妻子和唱：

> 孩子他妈，
> 别再为我缝那
> 红色的萨拉凡。
> 别进来，亲爱的啊，
> 白白又破了一个洞。①（笔者译）

在歌声中他们脑海里浮现出"村后的草原，家乡的河岸，悄声细语的白桦林""忘记了恼人的秋天，忘记了令人苦闷的钱"（1,61）。

这时安季波夫乘兴唱起更欢快一点的，逗乐了发愁的妻子：

> 啊呵，在那里，在丽塔那里，
> 我的丽塔图申卡的乡亲，
> 出门走一走，转一转
> 放纵一把要一要。（1,61，笔者译）
> 啊呵，我的玛尔法，
> 啊呵，玛尔费妮卡，
> 你毫无理由的责骂，
> 竟把我给降服了。（1,61，笔者译）

---

① Шукшин В. Сочинения：В 2-х т[M]．Т. 1．Екатеринбург：У-Фактория，2005．С. 61．（以下出自该书的引文只标出卷数和页码，不再另作标注。）

　　这种酣畅淋漓的唱,对男主人公来说就是一种内心的发泄、一种疏通,因此给他带来了好心情,于是安季波夫安慰妻子:"我和你如何度过这一生,你知道吗?心心相印啊! 而你却为那该死的钱而苦恼。当然了,不要生气啊!"(1,63)安季波夫把妻子哄得很开心,最后骗得了买新巴拉莱卡琴的钱。

　　小说中这对夫妻是作家笔下难得出现的比较理想的夫妻,舒克申的大部分作品都是写夫妻之间总是争吵,唯利是图的妻子不懂丈夫的内心追求,最后不是丈夫自杀身亡,就是离家出走。也许在这部小说里作家找到了处理家庭矛盾的智慧方式:丈夫在妻子面前的屈尊讨好比自尊倔强更重要,当然,妻子比较善解人意是最理想的。

　　如果说,舒克申笔下的人物的哼唱比较随意,不拘形式,那么别洛夫则喜欢通过人物之口哼唱、对唱清一色的四句头。《平常琐事》中的四句头就比较密集。小说一共七章,在第一、三、四、五章都出现了四句头。在小说一开始,伊凡·阿夫里坎诺维奇给马解冻僵了的缰绳时,对拉货的马有一大段自言自语,之后就唱了起来:

> 我们溜达了没多会儿,
> 才到八点多,
> 留下来吧,亲爱的,
> 让那富人活不久。①

　　路上米什卡赶上来,说起约会的姑娘,伊凡·阿夫里坎诺维奇突然想给他去说媒,于是驱车赶马向索斯诺夫卡方向拐去。一路伴着四句头:

> 亲爱的姑娘,别再把命算,
> 既然爱上了,就别甩下他,
> 遵循那古老的智慧,
> 爱上我这个骗子吧! (2,36)

　　在小说第一章的第四部分,倒叙伊凡如何成亲,以及与妻子的恩爱。堂妹妞什卡在帮助伊凡与卡捷琳娜约会时唱道:

> 不要出嫁,我的姐妹,

---

① Белов В. Плотницкие рассказы[M] // Собрание сочинений в пяти томах. Т. 2. М. : Современник, 1991. С. 13. (以下出自该书的引文只标出卷数和页码,不再另作标注。)

> 你就像我的小脑瓜，
>
> 宁交四个小姐妹，
>
> 不交一个灰姑娘。(2,87)

在第三章四句头最为密集，有八段歌谣。一段是伊凡的丈母娘叶夫斯托利亚哄孩子时唱的：

> 瓦尼亚，我的小宝贝儿，
>
> 你可别去踩那小水洼儿，
>
> 会弄丢了你的小靴子儿，
>
> 小老鼠会要了你的小命儿啊。(2,56,笔者译)

其他几段都是娜杰日达和东尼娅唱的，她们都是本村的姑娘，从城里回乡度假，正赶上乡村白夜。米什卡与她们很熟，姑娘们寻着米什卡震彻全村的手风琴声而来，在米什卡的手风琴伴奏下唱起了情歌。东尼娅先开唱：

> 哦咦，米沙，你开始弹吧！
>
> 你弹奏吧，米沙，
>
> 我的心儿隐隐痛，
>
> 米沙，你可懂？
>
> 我亲爱的人儿，背叛了我，
>
> 爱上了我的好朋友，
>
> 我呀，才不会吃醋，
>
> 去耍吧，我亲爱的女友。(2,78,笔者译)

这里只选译几篇，第四章和第五章还有好多四句头插入，这也是《平常琐事》写作风格的显著特征之一。

《前夜》是20世纪20年代末的纪事小说，描写的是集体化前夜隐没在遥远偏僻的大森林里的乡村什巴尼哈的故事。小说里充满了诙谐调侃的语言，搞笑逗乐的场面，将贫困中乐观向上、其乐融融的气氛生动地再现出来。别洛夫这部小说尽管没有像《平常琐事》中有那么多的民谣，但是也离不开歌唱。在小说《前夜》中，尼基塔爷爷在烧炉子前总要唱一段，但是他唱的不是四句头，而是祷告词，主要是向上帝表达自己的忠诚信仰，请求上帝饶恕自己的罪过，请求上帝拯救之类的话。在乡土作家中,别洛夫和舒克申运用民间歌唱比较多,前者通常是以此来烘托节日的气氛,将其视为乡俗的一部分,巧妙融进写作中;而后者通常是将歌唱作为刻画人物心理,揭示人物内心秘密的手段。

阿勃拉莫夫尽管是乡土作家中比较严肃正统的作家,但是他也发现了俄罗斯,尤其是俄罗斯北方民间语言的魅力。他多次强调,北方是壮士歌、四句头等丰富语言的故乡。在他的长篇四部曲中也偶尔有民歌、四句头出现,但与舒克申和别洛夫作品相比要少得多。谈起语言文化,作家总是要提起家乡的民间艺人——故事大王玛丽娅·克里沃波列诺娃,并在自己未写完的长篇小说《纯洁的书》中以她为原型塑造了一位北方俄罗斯民间故事大王的形象。因此作家认为:"北方农村是伟大天才名副其实的滋养者和摇篮。"①

6.3 乡土叙事中的童话元素

很多乡土作家都喜欢在叙事中嵌入童话元素,或借用童话中的结构、语言,或借用童话中的人物,或完全利用童话叙事。阿勃拉莫夫很喜欢运用童话人物,如,在《木马》中通过米列齐耶夫娜的公公之口将年轻时的她称为"美丽的瓦西丽萨"。拉斯普京在《为玛丽亚借钱》中也使用了这个童话形象。斯捷潘尼达将自己的侄女嘉丽卡与童话美人作比,不过具有讽刺意味,旨在强化嘉丽卡具有童话人物的魔法,可以很轻松地得到自己想要的东西。在《活着,可要记住》中将阿塔曼诺夫卡村的罗果娃·瓦西丽萨称为"智慧的瓦西丽萨",也是具有讽刺意味,即人物很务实、很功利。阿勃拉莫夫善于使用童话因素,以求达到一种现实与虚幻交融的效果。如在短篇《马在哭泣什么》中,以第一人称讲述的故事中出现了拟人化的动物形象,主人公喜爱的马雷如哈会说话、会哭泣。小说写道:"雷如哈是一匹干净的马,同时保留了开心的、不气馁的性格和青春的倔强。"②小说结构中嵌入民歌作为回忆的方式,曾经"马儿被称为哺育者,被呵护着,爱抚着,用彩带装饰着"

① Абрамов Ф. Собр. соч. : В 6 т. Т. 5. СПб. : Худ. лит-ра,1993. С. 170.

② Абрамов Ф. Трава-мурава. Были-небыли : Миниатюры. Чтобы красота не пропала. Рассказы [M]. СПб. : Культ-Информ-Пресс,1993,С. 269. (以下出自该书的引文只标出页码,不再另作标注。)

（270）。曾几何时，"俄罗斯农民的全部生活，从生到死都离不开马，一切都靠马"
（272），然而这一切却真的成为童话，留在了过去。如今，农民朋友的马遭受了不
公正的待遇，流下了伤心的眼泪。这眼泪一方面从马的视角在言说，马作为家族
的护身符、作为勇士的战斗伙伴、作为人类的朋友的记忆将永远成为梦想和童话；
另一方面，作家以这种写法企图唤起现代人对自然生命的同情心。短篇小说《去
彼得堡买裙子》则更有民间口头文学的特点。比如小说一开篇的景物描写："不知
道哪里森林又着火了，淹没在烟雾中的太阳好像中了魔法，炙烤得滚烫的沙尘大
街被一种奇特的非人世间的光芒照射着。窗外，不知是被人几乎忘记的童年的卡
谢依王国，还是某种不为人知的梦幻星球。"（251）这描写现实环境的文字，显然具
有童话的特点。主人公农村少女奥柳什卡的故事更加赋予了小说神奇的色彩。
小说是以老妇人菲利普耶夫娜之口回忆自己少女时代为叙事模式。她曾经为买
一条心仪的裙子而只身一人，大胆奔赴遥远的彼得堡，完成了一次颇具童话色彩
的旅行，令人感觉这就是以"某个人离家出走去寻找幸福"的童话情节作为原型
的。难怪人们在谈起她的一生时，就像谈童话一样。小说中的老人在现在和过
去、现实和童话的时空中穿行。童话元素赋予小说一种怪诞的特征。在小说结尾
甚至也保留了童话特色："这就是曾几何时，那个执着的来自皮涅卡乡下的姑娘留
下的远走彼得堡的足迹。这足迹早已被风雨和时代洗刷殆尽，很快岁月也会把老
人菲利普耶夫娜本人带走。但是她的彼得堡历程就像童话一样留在人们的记忆
中。"（258）

　　当谈及自己小说中的民间元素时，舒克申说："这一切的确是我的创作，我
说起来怀着真情，因为我一辈子都心系着家乡，爱家乡，以它为生命，当我感到
艰难和痛苦的时候，家乡会给予我力量……请相信，我们的民歌、童话，我们胜
利的代价，我们的苦难，这一切都不要白白浪费掉。"[1]舒克申很多小说中具有童
话元素，通常是具有童话的开篇结构特征："曾经有一个……曾经生活着……"如
在《观点》中开头："在某个王国、某个国家生活着两个年轻人，一个是乐观者，一个
是悲观者。"[2]《精力充沛的人们》中的开头："在世界上生活着阿里斯塔尔赫·彼

①　Бочаров А. Г. , Белая Г. А. Современная русская Советская литература［М］. Часть 1.
　　Литературный процесс 50-80-х годов. М. :Просвещение,1987. С. 17.
②　Шукшин В. Собр. соч. :В 2-х т［М］. Т. 2. Екатеринбург:У-Фактория,2005. С. 486.（以下出
　　自该书的引文只标出卷数和页码，不再另作标注。）

得洛维奇·库兹金和他的妻子薇拉·谢尔盖耶夫娜……"(2,582)《大师》中,一开头:"在切波罗夫卡村曾经有一个叫肖姆卡·雷希的人,是个大酒包、无人能敌的木匠……长得干瘦细长,大鼻子,外表看上去完全不像大力士。"①

　　有时也在作品中间插入类似童话的文本,如《秋天》中老船渡工讲述自己曾经的恋人时,就采用了这种写法:"他们村上有个姑娘,名叫玛丽亚·叶尔米洛娃,是个美人儿。绯红的圆脸蛋儿可爱极了……谁见了都赞不绝口。这样的未婚妻做梦也难找。"②

　　这段描写具有童话中人物肖像描写的特征,人物的所有特征,甚至连名字都是童话所特有的,甚至情节发展也像童话里一样。两个相爱的人,玛丽亚和菲利普,被代表恶的第三方势力所分开,他们因此很痛苦,一辈子都是相互惦念和牵挂着。不同于童话里相爱的人总能克服各种阻力最终过上团圆幸福的生活,舒克申笔下两个相爱的人都没有获得幸福,心怀对对方的爱恋,和不爱的人守着婚姻,玛丽亚最后死了,菲利普继续苟且余生。此外,在乡土小说中,还经常见到童话里的格言警句,用来形容人物行为、周围环境或个性特征。比如,在舒克申作品里会读到"哪里有节日,哪里就有醉意醺醺""事情就像说书,讲起来很快,做起来可没那么快""我在那里待过,有蜜吃,有酒喝"等民间谚语、俗语和格言。通常是人物自己讲述时或与人对话时会用到这些格言。

　　舒克申从民间童话、歌谣、壮士歌和谚语中吸取营养,从精悍短小的短篇过渡到创作中篇,不仅篇幅容量上较之短篇有所扩充,而且从体裁上来讲作家直接就称其为"中篇童话",基本上遵循了俄罗斯传统的神奇故事的叙事特点,不仅具有上面提到的童话故事的开头(引子)特点,而且情节展开也借鉴了童话的套路。比如在《鸡叫三遍之前》(1975)中,主人公有一个千方百计想达到的目的,而为了达到这个目的要经历各种考验,因而使故事情节变得复杂曲折。主人公伊凡为了证明自己在图书馆拥有一席之地的权利,去向智者获取证明他聪明的文件,于是他就上路了。主人公表面看来是到遥远的童话王国去要一纸证明,实际上是在途中积累智慧。伊凡也如民间故事里的人物一样,在途中遇到各种考验,比如看到坐

---

① Шукшин В. Собр. соч. : В 2-х т[M]. Т. 1. Екатеринбург: У-Фактория, 2005. С. 313. (以下出自该书的引文只标出卷数和页码,不再另作标注。)

② 舒克申. 当代苏联中篇小说选辑——红莓[M]. 韦范序, 译. 上海: 上海译文出版社, 1987: 378.

落在鸡腿上的小木屋,遇到贵人通过魔幻的方式提供帮助等;但是伊凡与童话故事主人公不同的是,他一次也没有听取伊利亚·穆罗麦茨智慧的劝导,比如,他拒绝了魔鬼给他开的椴树皮证明,也就是说,民间故事中的魔力并未发生作用。这些都说明,作家想创造一个特立独行的人物,他在历险中检验着自己的能力和独立性,他要通过自己的思考去获得智慧。这一点的确是舒克申的独创。小说中,也有童话神奇人物与现实人物交锋的场景,如顿河首领与毒蛇戈尔内奇交战。小说中大量使用口语、方言和土语,使得小说很接地气,同时小说中有很多神奇人物,如伊凡、熊、芭芭雅嘎、伊利亚·穆罗麦茨、强盗夜莺等,强化了小说的童话色彩。在中篇童话《观点》(1974)中,作家引入了一个会施魔法的人。小说开始隐藏了人物的真实姓名,人物以"公民""莫名其妙的某人""未婚夫的母亲""未婚夫的丈夫"等出场,如,小说一开篇,"……肮脏的房间,未婚妻一家,未婚妻本人,她母亲、父亲、爷爷坐在桌后吃晚饭……"①在小说第二部分才给出未婚夫、未婚夫父亲、新娘子母亲的姓名。作家以这种体裁塑造了两种独立的人物和对立的观点:乐观者朝气蓬勃,乐观向上,不仅看到了光明的一面,而且相信未来和成就,相信世界上占主导地位的是正面原则;悲观者认为生活就是阴霾一片,人类没有未来。悲观者的晚饭都是从争吵开始的,而乐观者的晚饭是从礼貌平和的谈话开始的。在《精力充沛的人》(1974)中夫妻两个人物形成观点对立的角色,丈夫是个经历充沛的人、投机分子,认为自己是被社会需要的人物;而妻子按照良心生活,反对丈夫那一套为人处世哲学,决定把丈夫交给检察长。小说中夫妻间的对立冲突造就了小说紧张的气氛。这部小说没有神奇人物出现,仅仅是开头叙述方式模仿了童话,情节发展更符合现实,只是有些夸张而已。丈夫的那些朋友们每个人物都像个演员,尽情地展示着他们的口才和充沛的精力;而妻子这个角色与现实生活中的女人大相径庭。舒克申之前的短篇小说中很多妻子的形象都是世俗的、功利的、追求物质享受的。在这部小说中,妻子的形象被赋予童话色彩,人物的童话特征增强了小说的讽刺性。难怪作家自称该小说为讽刺中篇小说。笔者认为,舒克申的几部童话小说不是以塑造人物性格为己任,而是借用童话这种体裁来写当代生活的寓言,作者呈现的是观点、是思想,

---

① Шукшин В. Собр. соч. : В 2-х т[M]. T. 2. Екатеринбург: У-Фактория, 2005. С. 487. (以下出自该书的引文只标出卷数和页码,不再另作标注。)

不是性格。可见,舒克申的这类小说既有童话特点,又超出了童话的局限,有借古喻今的意义。

舒克申在两部长篇小说里也嵌入了大量的童话。在《我来给你们自由》中斯杰潘·拉辛和老哥萨克在聊天时,互换童话。还有大主教讲给哥萨克的寓言故事,故事第一部分在童话世界中,如上帝派三个天使去人间,去考察人间对上帝的了解情况,发现富人对上帝的仆人毫无敬意,不肯施舍,还野蛮地轰赶他;故事的另外一部分,上帝派天使们去找拉辛,拉辛慷慨分享了自己拥有的一切。显然,小说已经是现实世界和童话世界交融在一起了。在《柳芭文一家》中,出现好几则穷苦的农夫波波夫讲给富人柳芭文的童话。作家运用这些童话的目的,一方面,在那个饥饿年代,穷人无助,却渴望拥有魔力,摆脱困境;另一方面,穷人希望借助民间语言的力量实现对富人的惩罚。在他们杜撰的童话故事里包含了他们的道德价值取向。

与舒克申相比,别洛夫和拉斯普京作品中的童话色彩显然不那么显著,只是某个人物具有童话中的人物特色而已。如别洛夫《前夜》中的诺索佩里和拉斯普京的《告别马焦拉》中的鲍戈杜尔也是具有民间大力士特征的人物。达利亚称之为"拄着拐杖的圣灵"。鲍戈杜尔称那些砍十字架、锯坟桩的外来人为"婊子",他莫名其妙地漂到马焦拉,居无定所,一年四季除了冬天,都要出去流浪。冬天这个老太太家住一星期,那个老太太家住一星期,大部分时间在澡堂子里过夜,开春就会到自己的高尔察克营棚里去。小说中对他的外貌、行为举止的描写都有些夸张,因为他来历不明,男人们说他是"老妖精""骗子"和"流刑犯"。"最好别跟老太婆们纠缠上,再说他好歹是人,不是狗,纵然是世上难找的无益而凶险的人。"(259)而达利亚则很看重他,"他这个骗子竟真的像是终于降临到受苦受难的人间,乔装成罪恶的乞丐模样来试探人心的上帝了"(259)。

无独有偶,弗·利丘京善于将民间传说、童话、奇妙的历史、各种征兆和俗语编织在与白海手工业、农民日常琐事相关的现实事件中。作品中的民间童话幻想与人物奇特的回忆和梦幻交织在一起构成了特殊的磁场,令人物可以在其中找到慰藉。如在小说《寡妇妞拉》中采取了将人物设置在现实与梦幻世界游离的叙事模式。现实世界的妞拉非常男性化,体形看上去高大笨拙。有一次她生了重病,在森林里的小教堂里得到救治后,苏醒过来,"整个人好像燃烧过了,她的躯体变得很轻,不像原来那么庞大笨重了"①,"除了空洞的躯壳和硕大的灵魂,她身体内什么都没有了"(68),她现在感觉非同一般地轻松,特别想活下去。在梦中将苦难变形,她不记得两个儿子中哪个是亲生儿子,哪个是收养的;那段强制的不幸的婚姻幻化成与亲爱的人私奔,并生了可爱的儿子阿吉姆(就是现实生活中的养子)。当噩梦醒来,她不记得梦到的一切,"平静地闭上眼睛,安详地睡到天明。早上起来下了床后,人好像变年轻了"(39-40)。

在乡土创作中,诸如童话、四句头、歌谣等民间元素的运用,使得口头文学在现代文本中焕发了生命力。它们在文本中不仅作为叙事特点来呈现,而且也是作家表达自己观点立场的手段。各种形式的口头文学的运用体现了民间传统和民族精神,"正是在这里,创造了那些后来滋养了整个民族情感的价值"。

---

① Личутин В. Повести[M]. М.:Известия,1981. C. 68.

第七章　俄罗斯乡土小说的银幕化倾向

赫伯特·劳伦斯说过："每一个大洲都有自己伟大的乡土精神。每个民族都被凝聚在叫作故乡、故土的某个特定地区……"①从阿勃拉莫夫、阿斯塔菲耶夫、别洛夫、舒克申到拉斯普京，从加尔金到克鲁平和利丘京，每个乡土作家都在精心雕琢着乡土俄罗斯的形象，他们以不同的方式表现了人类的生存问题、道德问题、环保问题和家园意识，都不同程度地在其作品中再现了乡土精神。如果说阅读的力量和影响还是有限的，那么乡土小说影像化和舞台再现现象对推动乡土小说的传播功不可没，而且使小说中的乡土精神更具有震撼视听的效果。"城市人所不足，正是乡下人所有余，城市人所爱正是乡下人所恶，城市人在消解和破除的，乡下人却孜孜以求、奉若神明。"②城乡的对立与矛盾在乡土小说被改编成电影或话剧后，呈现得更为直观，更具现代感。俄罗斯乡土作家的小说经由影视和舞台的传播，活现了俄罗斯的民族性格和民族精神，再现了俄罗斯的历史。几乎每一位作家的小说都被搬上银幕或改编成了话剧。

7.1　导演多金和作家阿勃拉莫夫

在俄罗斯圣彼得堡有一个小剧院，也叫欧洲剧院。那里连续30多年上演根据作家阿勃拉莫夫长篇小说改编的舞台剧《兄弟姐妹》。早在1974年的时候，列

① 劳伦斯.二十世纪文学评论:上[M].葛林,等译.上海:上海译文出版社,1987:230.
② 范家进.现代乡土小说三家论[M].上海:三联书店,2002:180.

夫·多金就打算把作家的中篇三部曲之一的《佩拉格娅》改编为话剧。但遭到当局的反对,他们嘲讽多金"是在创作令人不解的、苏联观众不需要的东西"。1977年,著名教育家卡茨曼邀请多金到他原来就读的戏剧学院演员班合作。多金和卡茨曼的学生们一起根据阿勃拉莫夫的小说编排了话剧《兄弟姐妹》。为了把人物处理得惟妙惟肖,真实地再现俄罗斯北方农村生活,多金带了一个年级的学生去俄罗斯北方,去了作家生活过的阿尔汉格尔斯克州的维尔克拉村实地考察,体验生活。这对剧情的演绎产生了很大影响。他们与当地村民接触,通过与他们聊天了解他们的语言,了解当地的村俗。据多金的学生回忆,当时他们只把这次北方之行当作一种娱乐,他们在修道院里住下时,发现那里不通电,只好点起篝火烧饭。学生们轮流在厨房值班,同时揣摩角色。为了演好剧中的角色,他们开始了暗中观察,听村民如何讲话;观察当地女人如何播种、如何挤奶。从当地女人那里听来了村里的"哭丧词"。与当地人分享故事情节,这既是一次城里年轻人到乡下的采风,同时又是导演多金与学生的绝佳合作。这次的教学成果为后来的话剧《房子》奠定了基础。

起初作家阿勃拉莫夫并不相信这些来自城市的大学生能演好这部剧,尤其担心他们无法把握作品中人物的语言。后来看了大家的表演,他喜出望外。二十多年来话剧演出班子已经换了八批,但演出效果一直都不错。编剧对待剧本很认真,字斟句酌,甚至不许删掉任何一个逗号,希望尽量呈现俄罗斯北方真实自然的语言。

列夫·多金于1961年考入彼得格勒国立戏剧学院,师从著名导演和教育家鲍里斯·乌尔法维奇·左恩。列夫·多金是圣彼得堡大学戏剧学院的教授、导演、系主任,定期在英国、法国、日本、美国等戏剧学校组织大师班。多金毕业后,首部独立编排的作品是根据屠格涅夫中篇小说改编的《初恋》。他曾经在彼得堡少儿剧院工作,1967年开始在彼得堡国立艺术学院教书,培养了很多演员和导演。1983年担任该学院的艺术指导,自2002年起任该学院的院长。多金不仅是位敬业的导演,而且是位很有领导才能的导演,他导演过50几部话剧,在欧洲剧院指导拍摄了40部话剧。多金的话剧能经久不衰活跃在欧洲剧院,也证明了他的艺术才华和领导才能。是他使剧团获得了空前的凝聚力,如同一家人,几十年如一日。在戏剧世界里很难找到像他那样痴迷于自己的事业并乐此不疲的人。1998年小剧院在第18次联合国总会上被授予"欧洲剧院"的国际荣誉称号,是继法国的奥杰欧和米兰的皮卡洛剧院后的第三大欧洲剧院。

多金不仅导演了根据陀思妥耶夫斯基的小说改编的《温柔的人》、根据谢德林同名小说改编的话剧《戈洛夫廖夫老爷一家》，还导演了契诃夫、莎士比亚和易卜生的戏剧。在此基础上建立了戏剧团体，组建了他领导的小剧院。社会轻喜剧《晨空中的星星》引起了强烈反响。不问政治，只写人的内在感受，呈现现代人的孤独无助。正如许多批评家指出的那样：多金很多作品中的主题之一就是研究人类意识的临界状态。

作家阿勃拉莫夫生前不喜欢人家把他的作品改编成话剧、电影电视作品。他生怕小说的银幕化和舞台化不能全面展示他所要昭示于世人的问题，从而影响了创作初衷，尽管如此，他的作品《没有父亲的孩子》《木马》《佩拉格娅》《阿尔卡》和长篇四部曲还是被改编成了话剧。可见，话剧导演们十分认可阿勃拉莫夫的作品，并且认为有必要通过舞台来传播。1973 年阿勃拉莫夫的中篇小说《木马》被改编成剧本，著名导演尤·柳必莫夫根据剧本编排了话剧，并在塔甘卡剧院上演了该剧。1973 年导演彼得·托多洛夫斯基将根据作家的中篇小说《没有父亲的孩子》改编的电影《自己的大地》搬上电视银屏，1974 年 5 月 24 日首映。在 1975 年年末，话剧导演列夫·多金将阿勃拉莫夫的小说改编成话剧。其中 1974 年在塔甘卡剧院上演的《木马》、1978—1979 年在彼得格勒戏剧学院附属教学剧院上演的《兄弟姐妹》和 1980 年在彼得格勒小剧院上演的《房子》是根据作家小说改编的戏剧三部曲，不仅令作家十分满意，而且获得了国家奖金。其中第一部是由导演柳必莫夫编排的，后两部是由导演多金编排的。早在 1974 年在阿尔汉格尔斯克就编排了话剧《佩拉格娅和阿尔卡》，并录制了唱片，但遗憾的是没有留下档案资料。今天这部话剧又重返阿尔汉格尔斯克剧院的舞台。当地人又有机会结识作家阿勃拉莫夫老乡们演出的这部话剧。1975 年这部话剧在圣彼得堡的科米萨尔热夫斯卡娅的模范剧院上演。作家亲自参加了排练。1976 年 2 月 27 日在莫斯科的巴赫鲁申中央戏剧博物馆举行了《佩拉格娅和阿尔卡》话剧两部曲的首映式，导演是阿扎林。1976 年在萨拉托夫剧院根据作家中篇两部曲改编了话剧《有那样一对母女》，总导演亚历山大·杰孔和演员瓦连金娜·叶尔马科娃因此被授予 1988 年度苏联国家奖。1982 年导演列夫·多金根据作家的长篇小说《房子》导演了同名舞台话剧，在彼得格勒模范小剧院演出，长达 2 小时 34 分，由列宁电视电影制片厂出品。《房子》的首映式不仅是戏剧界的大事，而且还被观众和批评家视为他们个人生活乃至社会生活中的大事。这里一切都是真实的:人、命运、事件。而 1985 年,由导演列夫·多金在彼得格勒小剧院执导的长达 6 个小时的话剧《兄弟姐妹》,获得了国家奖金,至今成绩骄人。如何让那些没有经历过战争的编剧们和演员们体验那个时代呢? 当记者问及导演多金这个问题时,他认为,这首先取决于作家的文本,其次是同村民的交谈。

在庆祝阿勃拉莫夫 90 周年华诞之际,又有根据作家小说改编的电影电视片问世。2010 年 4 月 27 日,俄罗斯 PTP 频道播放了电影《费多尔·阿勃拉莫夫的北方之光》。2014 年,格鲁吉亚族导演泰伊姆拉斯·艾萨杰根据阿勃拉莫夫长篇三部曲《普里亚斯林一家》改编制作了电视连续剧《两冬三夏》,2014 年 1 月 20 日在俄罗斯电视台首映。尽管电视剧是根据作家阿勃拉莫夫小说三部曲的第二部的名字命名,但是事实上是把作家的整个三部曲都搬上了电视荧屏。电视剧讲述了普里亚斯林一家和其他村民三十年间的生活。影片中的人物具有自传性,如卢卡申这个人物就是根据作家本人的经历塑造的:上过前线,打过仗,受过伤,经历了彼得格勒封锁的第一个冬天,沿着“生命之路”被疏散,1942 年春获假回阿尔汉格尔斯克州的老家,目睹了村民为收割庄稼而战的场面。作家的最后一部小说,根据作家的设想,打算在创作这部小说时做一个“新的索尔仁尼琴”,根据《普里亚斯林一家》改编的电视剧《两冬三夏》与根据格罗斯曼的同名小说改编的电影《生活与命运》有惊人的相似。2017 年 3 月 2 日,被誉为“俄罗斯戏剧之魂”的导演列夫·多金来华,在天津大剧院隆重推介舞台剧《兄弟姐妹》。据报道,这次演出长达 8 个小时。① 这部舞台剧是列夫·多金与圣彼得堡小剧院共同合作的结晶,首演于 1985 年的彼得格勒(现圣彼得堡),从诞生至今已在十余个国家演出过,曾亮相于林肯中心艺术节等国际一流艺术节,享誉全球。圣彼得堡大戈·茨维托夫教授不仅是俄罗斯乡土小说的研究专家,而且是乡土小说的积极传播者,在韩国经常上演根据阿勃拉莫夫的长篇小说《普里亚斯林一家》三部曲改编的《兄弟姐妹》这部舞台剧。尽管中国在 20 世纪 80 年代已经开始翻译阿勃拉莫夫的作品,但是观众观看作家作品的舞台版在国内还是首次。

---

① 列夫·多金携八小时舞台剧《兄弟姐妹》来华[EB/OL]. (2017-03-02)[2017-04-08]. http://culture.china.com/11170621/20170302/30296303.html.

7.2 拉斯普京小说的舞台银幕化

拉斯普京的作品只有《活着，可要记住》被多金于 1979 年改编成话剧，其他大部分都被改编成了电影。1969 年，《鲁道里非欧》被吉娜拉·阿萨诺娃改编成电影剧本并导演了同名电影，该片是她的毕业设计作品，由列宁电影制片厂拍摄录制。主要角色有四个：女主角伊欧，鲁道里夫，伊欧的母亲和一个叫叶甫盖尼·乌拉洛娃的女人。影片中"在海边散步"的镜头，因与"影片的道德思想相矛盾"被删掉。影片被严重缩水，最后只有 24 分钟。此外还存在两个电影版本，一个版本是瓦连京·库克列夫学生时的习作，是苏联电影学院和塔奇亚娜·普列斯尼雅科娃于 1991 年根据同名小说改编的电视艺术片。另一个版本是根据同名小说在立陶宛的维尔纽斯拍成的电影。该电影基本保留了作家原短篇小说中的故事情节：一个九年级的女中学生依欧，与邻居、一个成年男子鲁道里夫之间的故事。依欧经常找机会与邻居聊天，不是打电话就是上门做客，每次都令鲁道里夫感到很突然。依欧竟然把自己的名字和邻居的名字合起来就变成了鲁道里非欧。鲁道里夫不喜欢依欧的纠缠，不想给她任何幻想的机会。后来依欧母亲出面禁止女儿与男邻居来往，影片最后依欧与鲁道里夫话别，从此井水不犯河水，以致影片没有演绎成《艾丽塔》的模式。1978 年叶甫盖尼·塔什科夫将作家的《法语课》改编成剧本并导演了同名电影，由莫斯科电影制片厂摄制，片长 85 分钟。这是一部体现拉斯普京道德探索的片子。导演拉丽莎·舍皮契科从 1978 年开始根据拉斯普京的《告别马焦拉》拍摄电影《马焦拉》，1979 年 7 月在拍摄途中发生车祸，拉丽莎和所有摄制组人员遇难，1981 年由拉丽莎的丈夫、导演埃列姆·克利莫夫完成了《马焦拉》的拍摄，改名为《告别》。1980 年导演亚历山大·伊德格洛夫将拉斯普京的短篇《出售熊皮》改编成电影剧本，拍摄了同名电影，1980 年 12 月 5 日在俄罗斯央视举行了首映式。这场持续了一个冬天的人与熊的决斗促使猎人对人类干预自然生物的权利进行反思。影片播放长度为 65 分钟。1981 年导演伊琳娜·帕夫洛夫斯卡娅把拉斯普京的小说《瓦西里和瓦西里萨》改编成同名电影，由莫斯科电影制片厂摄制，片长 97 分钟。1988 年该电影在加拿大多伦多电影节上获得荣誉证书。2008 年亚历山大·普罗什金把拉斯普京的小说《活着，可要记住》拍成同名电影,搬上银幕,片长 100 分钟。同年在俄罗斯"金牛"电影节上普罗什金凭此片获得最佳导演奖,2009 年获得"尼卡"奖。

拉斯普京的作品大部分都被搬上银幕,近些年有将其作品舞台化的倾向。如 2012 年 12 月 5 日在伊尔库茨克市人民剧院举行了话剧《农家木屋》的首映式。该话剧是根据拉斯普京的中篇《告别马焦拉》《为玛丽亚借钱》《伊凡的女儿,伊凡的母亲》、短篇《女人间的谈话》和《农家木屋》改编而成,并成为"金色骑士"戏剧节的参赛作品。

7.3 舒克申作品的银幕再现

乡土小说作家中舒克申是一个特别的现象,他毕业于苏联莫斯科电影学院导演系,自编自演自导了很多电影。处女作《列比亚热来电》是他的毕业论文设计作品。舒克申从这部只有 32 分钟的短片开始了创作生涯。1964 年作家自编自导了影片《生活着那样一个小伙子》,由高尔基电影制片厂出品,片长 101 分钟,在 1964 年威尼斯举办的儿童电影大赛上获"圣马尔科金狮奖",在第一次全苏电影节上因影片的"乐观向上、极强的抒情性和独特的设计"获得最佳喜剧片奖。

1965 年瓦西里·舒克申根据自己的短篇小说《乡下居民》自编自导了电影《你们的儿子和兄弟》。这是一部关于西伯利亚农民的电影,描写了四个孩子的不同命运。影片故事情节以作家的三个短篇《斯捷潘》《依格娜哈回来了》和《蛇毒》为基础。1972 年作家自编自导自演了艺术片《炉灶》,自称这是他最喜欢的一部影片。影片男女主人公是由舒克申和妻子菲达谢耶娃·舒克申娜出演的。故事情节是一对来自阿尔泰河岸边偏僻农村的夫妇,凭一张旅游券来疗养。村民的日常生活、唱歌喝酒等情节的拍摄具有纪录片的特色。而莫斯科之行本身充满了滑稽可笑的情节,这些情节却令出身于农村而成为导演和演员的作家产生好感和略带伤感的同情。在火车上这对农村夫妇遭遇了小偷,也碰到了邀请去自家的语言学家,影片最后夫妇俩又来到了大海边。影片由高尔基电影厂出品,篇长 96 分钟。大部分拍摄都是在卡通河岸上的舒尔金洛克进行的,拍摄持续了 4 个月。本来出于经济考虑,摄制组不打算到阿尔泰实地拍摄,但是舒克申一直坚持这样做。在结束拍摄的半年后影片一直在接受审查,舒克申喜爱的浪人费佳的四句头被删除。结尾经历了重重困难才保留了下来。① 40 年后,导演阿纳托利亚·扎波洛茨基在纪念作家的第 36 个"舒克申日"时来到了作家的家乡舒尔金洛戈,即当年拍摄电影《炉灶》的地方,重温了当年拍摄电影的经历。1969 年舒克申把自己的三个短篇《怪人》《米里·巴尔顿,女士!》和《思考》改编成故事片《奇怪的人们》。这三个短篇都对普通的自然人充满深切的同情,他们过着空虚毫无意义的生活。作家笔下的怪人总是企图为周围的人行善,却往往不被人们理解,有时还遭到排斥。作家在他所有的作品中都提出了道德的问题。由于三部短篇人物特征极其相似,被舒克申整合起来拍成了电影《奇怪的人们》。原创拍摄是 1968 年在弗拉基米尔州的苏兹达里区的两个村子,由博列茨科和马尔德什拍摄的,片长为 101 分钟,由高尔基电影制片厂出品。1972 年舒克申根据同名小说拍摄了喜剧《靴子》。《红莓》是作家拍摄的最后一部影片,这也是舒克申拍摄的六部片子中唯一一部彩色影片。影片名字是作家妻子根据自己刚认识舒克申时唱的一首同名歌曲命名的。作家自编自导该影片,并且与自己的妻子出演了男女主角。莫斯科电影制片厂出品,片长 101 分钟。1973 年该片获波兰"华沙海神"影评家授予的最佳外语片奖。1974 年这部影片在巴库举行的全苏电影节上获奖。德国电影导演和剧作家拉伊涅尔·维尔涅尔·法斯宾杰尔把该片列入自己喜欢的十大影片之列。② 在 2008 年年末,拉脱维亚著名导演阿尔维斯·赫尔曼尼斯在莫斯科上演了话剧《舒克申的故事》,此剧根据舒克申十多部优秀的短篇改编而成。其中包括《没有食指的人》,由叶甫盖尼·米罗诺夫和楚尔潘·哈马托娃主演。话剧得到观众和媒体的好评,在俄罗斯各大城市和国外上演,获得了很多奖项,至今该话剧依然深受欢迎,一票难求。2012 年 9 至 10 月,在秋明音乐厅根据舒克申的短篇《思考》编排了音乐剧。舒克申将自己的作品搬上银幕,就是将文本立体化,同时也是作家诠释自己创作的独特方式。

---

① https://ru.wikipedia.orgwikiПечки-лавочки[EB/OL]. (2012-07-23)[2017-04-08].

② Кудрявцев С. Калина красная[EB/OL]. KM. RU (2003-04-15/2010-10-11)[2012-06-01].

结束语

　　综观乡土作家的创作,各有千秋,但是不变的是他们的乡土情结。阿勃拉莫夫在作品中背负起关注民生的重任,因此读他的作品还是感到有些沉重。他作品里的人就像他本人一样,都忙着做事,因此作家很少有休闲娱乐的描写;拉斯普京也很严肃,经常借文学谈道德问题;而舒克申的作品注重挖掘人的内心世界,将人的思想放在首位,且语言比较睿智幽默;别洛夫的作品中则不仅多了一些幽默娱乐的成分,更是散发着浓厚的乡村文化气息;阿斯塔菲耶夫的作品更以自己对自然和人的敏锐感受见长,在他的作品中不仅可以感受到充满生命的自然,还有诗性的人生。

　　20 世纪 50 年代末 60 年代初在苏联产生的"деревенская проза"至今经历了复杂的社会变迁。现代文明离小说中的乡土世界越来越远。随着乡村的消失,乡土作家的创作则成了缅怀过去的挽歌。但是乡土小说中蕴含的道德问题、家庭婚姻问题、生态问题等都是人类社会普遍存在的问题。乡土作家之所以义无反顾地书写乡村不仅是因为他们生于乡村,有着深厚的乡村情节,而且主要是现代文明的发展带来的负面影响令他们很失望。他们发现,传统的道德价值观念被颠覆了,农村人善良的品质已经成为过时的东西,甚至成为城里人嘲笑的东西。农村里夫妻间的不离不弃,生死相依的家庭生活被媒体里充斥的"婚外情""小三"所替代。女性解放带来的婚姻的解体、家庭教育的缺失,令乡土作家深感忧虑。乡下人与土地的相互依存的关系、对土地的热爱、对土地的依恋与当代人恣意破坏自然环境的冷漠和无情形成鲜明的对比。与其说他们不接纳现代文明,不如说他们痛恨现代文明。长达几十年的乡土创作里写的都是对人生、对存在的思考。所以当代俄罗斯乡土小说里渗透的都是"告别""最后的致敬""失乐园"情结,充满了作家对未来社会乌托邦式的想象。乡土小说作为一种现象,它的实质不是关于农村生活的书写,而是里面包孕的问题意识,具有包罗万象的性质(Партэ),对此如今已经达成共识。

目前学界把俄罗斯当代乡土小说分期界定为 20 世纪 60 至 90 年代,但是乡土写作一直延伸到 21 世纪。在很多人看来,乡土小说作为一种艺术现象,已经与俄罗斯的传统农村一起成为过去,善良的伊凡·阿夫利坎诺维奇,智慧的乡村祖母,感人的怪人和潇洒的叶戈尔,单纯的猎人和狂热的偷猎者等形象似乎已经沉淀在人民的记忆深处,被遗忘了。后现代主义的领军人物之一爱普施坦对维克多·耶罗菲耶夫的"俄罗斯人民的文学注定要丧失自己的特色"的断言表示深信不疑,认为"在俄罗斯文明中沉潜着自我抹杀、自我破坏的意向"①。因此,可以理解索尔仁尼琴为何那么青睐乡土作家,竭力为他们辩护,企图在乡土小说创作中寻找民族的根,确立民族意识的认同感;可以理解,为什么如今在俄罗斯文坛悄悄兴起新的乡土写作。很多优秀的作家不自觉地回归乡土创作,这既是作家面对现代文明做出的思考,同时也是他们自然的心理反应,是他们写作的归宿,或者说乡村是他们的梦想之地。因此,也就可以理解扎雷金早就说过的一句话:"俄罗斯的文学的未来只能是它的过去。"②在民族意识受全球化的影响不断被消解的今天,乡土小说作为艺术思考方式的传统主义具有深刻的现实意义。

乡土小说曾以其问题意识占据了文坛高地,成为作家拯救俄罗斯、拯救人类灵魂的思想阵地。他们以乡下人的人物体系、价值体系和文化构成表达着对人类社会的哲学思考和宇宙思考。乡土小说的叙事诗学、语言特征还值得进一步探讨,这也是未来研究中需要完善的地方。

① Эпштейн М. Истоки и смысл русского постмодернизма[J]∥Звезда. 1996. №8.
② Акимов В. М. От Блока до Солженицына. Санкт-Петербург:Исскуство-СПБ. 2011,С. 373.

参考文献

[1]阿斯塔菲耶夫.鱼王[M].夏仲翼,肖章,石枕川,等译.上海:上海译文出版社,1982.

[2]艾特马托夫.断头台[M].桴鸣,述弢,译.重庆:重庆出版社,1988.

[3]奥斯特洛夫斯基,契诃夫.亚·奥斯特洛夫斯基、契诃夫戏剧选[M].陈冰夷,臧仲伦,等译.北京:人民文学出版社,1998.

[4]畅广元.经济全球化时代的文化危机与文学的价值取向——走向生态境界生存的文学期待[J].学术期刊,2001(1).

[5]陈勇.道德与伦理的区别[J].道德与文明,1990(2).

[6]范家进.现代乡土小说三家论[M].上海:三联书店,2002.

[7]盖格农.性社会学[M].李银河,译.呼和浩特:内蒙古大学出版社,2009.

[8]高尔基.高尔基读本[M].北京:人民文学出版社,2011.

[9]郭耕.鸟兽不惊的理想国度[N].中华读书报,2006-02-08.

[10]拉斯普京.告别马焦拉[M].董立武,等译.北京:外国文学出版社,1999.

[11]拉斯普京.幻象——拉斯普京新作选[M].任光宣,刘文飞,译.北京:人民文学出版社,2004.

[12]郎擎霄.托尔斯泰生平及学说[M].上海:上海大东书局,1929.

[13]劳伦斯.乡土精神[M]//洛奇.二十世纪文学评论:上册.葛林,等译.上海:上海译文出版社,1987.

[14]卢梭.爱弥尔:下卷[M].李平沤,译.北京:人民教育出版社,2001.

[15]帕乌斯托夫斯基.金蔷薇[M].戴骢,译.上海:上海译文出版社,2010.

[16]普里什文.大自然的日历[M].潘安荣,译.天津:百花文艺出版社,2000.

[17]普里什文.鸟儿不惊的地方[M].吴嘉佑,等译.武汉:长江文艺出版社,2005.

[18]普希金.普希金全集:1 抒情诗[M].查良铮,谷羽,等译.杭州:浙江文艺出版社,2012.

[19]契诃夫.契诃夫短篇小说:第 8 卷[M].温家琦,于韦,等译.深圳:海天出版社,1999.

[20]施战军.论中国式的乡村小说的生成[J].南方文坛,2010(4).

[21]舒克申.舒克申短篇小说选[M].刘宗次,译.北京:外国文学出版社,1983.

[22]舒克申.当代苏联中篇小说选辑——红莓[M].韦范序,译.上海:上海译文出版社,1987.

[23]索尔仁尼津.索尔仁尼津短篇小说集[M].孙广英,译.北京:作家出版社,1964.

[24]屠格涅夫.前夜·父与子[M].陆肇明,石枕川,译.南京:译林出版社,1998.

[25]托尔斯泰.安娜·卡列尼娜[M].草婴,译.上海:上海译文出版社,1989.

[26]王正平.深生态学:一种新的环境价值理念[J].上海师范大学学报,2000(4).

[27]吴新生.别洛夫[J].苏联文学,1982(5).

[28]赵敏善.俄汉语言文化对比研究[M].北京:军事谊文出版社,1996.

[29]Gillespie D. Теория и пратика социолистического реализма и политика гласности [C] // Neueste Tendenzen in der Entwicklung der russuschen Literatur und Sprache. Hamburg,1989.

[30]Hosking G. Russia:*People and Empire*[M]. London:Fontana Press,1997.

[31]Parthe K. *Russian Village Prose*:*The Radiant Past* [M]. Princeton:Princeton University Press,1992.

[32]Parthe K. The Righteous Brothers (and Sisters) of Contemporary Russian Literature[J].*World Literature Today*,1993(1).

[33]Peterson D. Solzhenitsyn Back in the USSR:Anti-Modernism in Contemporary Soviet Prose[J].*Bershire Review*,1981(16).

[34]Porter R. *Sozhenitsyn's "One Day in the Life of Ivan Denisovich"*[M]. Bristol:Bristol Classical Press,1997.

[35]Solzhenitsyn A. *From under the Rubble*[M]. New York:Bantam,1976.

[36]Абрамов Ф. Братья и сестры:Роман в 4-х кн[M]. 1980. Кн. 1-2. М.:

Современник,1980.

[37]Абрамов Ф. Братья и сестры: Роман в 4-х кн[М]. Кн. 3-4. М. :Современник, 1980.

[38]Абрамов Ф. Повести[М]. М. :Советская Россия,1983.

[39]Абрамов Ф. О хлебе насущном и хлебе духовном[М]. М. :Молодая гвардия. 1988.

[40]Абрамов Ф. Трава-мурава. Были-небыли: Миниатюры. Чтобы красота не пропала. Рассказы[М]. СПб. :МП РИЦ «Культинформ-пресс»,1993.

[41] Абрамов Ф. Чистая книга Роман, повести, рассказы, пубтицистика [М]. Ф Абрамов. М. :Эксмо,2004.

[42]Айтматов Ч. Собр. соч. в 3-х т[М]. Т. 2. М. :Молодая гвардия,1983.

[43]Акимов В. М. От Блока до Солженицына[М]. СПб. :Исусство-СПБ,2011.

[44]Астафьев В. Собрание сочинений в 4-х т. Т. 3. Последний поклон[М]. М. : Молодая гвардия,1980.

[45]Астафьев В. П. Последний поклон:повесть[М]. М. :Современник,1985.

[46]Астафьев В. П. Собрание сочинений: В 15-х т[М]. Т. 9. Красноярск:Офсет, 1997.

[47]Астафьев В. П. Собрание сочинений в 15-х т[М]. Т. 15. Письма,1990— 1997гг. /В. П. Астафьев. Красноярск:Офсет,1999.

[48]Астафьев В. П. Астафьев. Стародуб[М]. Пермь:Пермское книжное издательство, 1960.

[49]Белов В. И. Избранные произведения:В 3-х т[М]. Т. 3. М. :Современник, 1984.

[50]Белов В. И. Избранные произведения:В 3-х т[М]. Т. 2. М. :Современник, 1984.

[51]Белов В. И. Собрание сочинений в 7 томах[М]. Т. 2. Иркутск:Редакционно-издательский центр «Классика»,2012.

[52]Белов В. Плотницкие рассказы[М] // Собрание сочинений в пяти томах. Т. 2. М. :Современник,1991.

[53]Белов В. И. Ремесло отчуждения[М] // Белов В. И. Раздумья на родине: Очерки и статьи. М. :Современник,1989.

［54］Белов В. И. Час шестый［М］. М. : Голос, 1999. С. 18.

［55］Биличенко Н. А. Структура характеров в прозе В. Шукшина［М］. М. : Современник, 1989.

［56］Большакова А. Нация и менталитет: феномен «деревенской прозы» XX века ［М］. М. : Комитет по телекоммуникациям и средствам массовой информации Правительства Москвы, 2000.

［57］Большев А. «Матренин двор»: парадоксы и противоречия Александра Солженицына［J］. Новый журнал. №1. , 1997.

［58］Бочаров А. Г. , Белая Г. А. Современная русская Советская литература, часть 1. Литературный процесс 50-80-х годов［М］. М. : Просвещение, 1987.

［59］Бушмин А. С. Преемственность в развитии литературы: 2 изд. доп［М］. Л. : Худож. лит. , 1978.

［60］Васильев Б. Не стреляйте в белых лебедей［М］. М. : Марийское книжное издательство. 1982.

［61］Васильев В. Михаил Шолохов: очерк жизни и творчества［J］. Молодая гвардия. 1998. № 7.

［62］Геллер М. Александр Солженицын［М］. Лондон: OPI, 1989.

［63］Голубков М. М. Александр Солженицын［М］. М. : Изд-во МГУ, 1999.

［64］Дворяшин Ю. А. М. Шолохов и русская проза 20-30-х годов о судьбе крестьянства: Пособие к спецкурсу ［ М ］. Новосибирск: Новосибирский государственный педагогический институт, 1992.

［65］Долгов В. В. Краткий очерк истории русской культуры с древнейших времен до наших дней. Учебное пособие для старшеклассников и студентов［М］// Отв. редактор В. В. Пузанов. Ижевск: Удмуртский университет, 2001.

［66］Достоевский Ф. М. Полное собрание сочинений в тридцати томах［М］. Т. 22: Дневник писателя за 1876 год. Л. : Наука, 1981.

［67］Дуглас У. О. Трёхсотлетняя война. Хроника экологического бедствия［М］. М. : Прогресс, 1975.

［68］Емельянов В. А. Воспитание любовью: Нравственный потенциал творчества В. И. Белова［J］. Литература в школе. 1982. № 5.

[69]Еспов В. Провинциальные споры в XX конце века[M]. Вологда:Грифон, 1999.

[70] Жорж Нива. Солженицын[M]. М. :Художественная литература. 1992.

[71] Жорж Нива. Феномен Солженицына[J]. Звезда. 2013,№9.

[72]Зайцев П. Одноэтажная Россия[N]. Российская газета. 2008. № 4609 от 12 марта.

[73] Залыгин С. Из записок прошлого года[J]. Литературная газета. 1990. 3 января.

[74]Зеньковский В. В. История русской философии (Том 1,часть I)[M/OL]. http://e-libra.ru/read/104734-istoriya-russkoj-filosofii-tom-1-chast-i.html.

[75]Золотусский И. Федор Абрамов:Личность. Книги. Судьба[M]. М. :Современник, 1986.

[76]Ковтун Н. В. Иконическая христианская традиция в «Матренином дворе» А. Солженицына и «Избе» В. Распутина:Проблема авторского диалога[J]. Филологический класс. Выпуск № 3,2013.

[77]Крупин В. Н. Избранное:В 2-х т[M]. Т. 1. М. :Молодая гвардия,1991.

[78]Лагуновский А. Творчество В. Распутина:постановка острых проблем современности в повестях «Деньги для Марии» и «Последний срок»[OL]. http://lagunovskij. ucoz.ru/index/tvorchestvo_v_rasputina/0-111.

[79] Лейдерман Н. Л. ,Липовецкий М. Н. Современная русская литература: 1950-1990-е годы. В двух томах[M]. Т. 1,М. :ACADEMA,2006.

[80] Лейдерман Н. Л. ,Липовецкий М. Н. Современная русская литература: 1950-1990-е годы. В двух томах[M]. Т. 2,М. :ACADEMA,2006.

[81]Лесков Н. Лесков Н. С. Русское общество в Париже[M]// повести,очерки, рассказы М. Стебницкого. Т. 1. СПб. ,1867.

[82]Личутин В. Повести[M]. М. :Известия,1981.

[83] Макарова А. Литературно-критические работы:В 2-х т[M]. Т. 2. М. : Художественная литература,1982.

[84]Максимов В. Н. К вопросу об этико-философской проблематике в повести В. П. Астафьева «Царь-рыба»[M]// Из истории русской литературы и литературной

критики:Межвуз. сб. Кишинев:Штиинца,1984.

[85]Мартазанов А. Идеология и художественный мир «деревенской прозы» (В. Распутин,В. Белов,В. Астафьев,Б. Можаев)[М]. СПб. : Филологический факультет СПбГУ,2006.

[86]Найденова Л. Мир русского человека XVI-XVII вв[М]. М. :Сретенского монастыря,2003.

[87]Николюкин А. Н. Литературная энциклопедия терминов и понятий[М]. М. :«Интелвак»,2001.

[88]Носов Е. И. Собрание сочинений:В 5-х т[М]. Т. 1. М. :Русский путь,2005.

[89]Носов Е. И. Хутор Белоглин:повести[М]. М. :Роман-газета,2000.

[90]Носов Е. И. Собрание сочинений:В 5-х т[М]. Т. 3. М. :Русский путь,2005.

[91]Носов Е. И. Рассказы[М]. Курск:Полиграфия,2010.

[92]Оклянский Ю. Дом на угоре(О Федоре Абрамове и его книгах)[М]. М. : Художественная литература,1990.

[93]Паустовский К. Г. Собрание сочинений в 6-х т[М]. Т. 2. М. :Государственное издательство художественной литературы,1957.

[94]Пейкова А. К. Классовые и общечеловеческие ценности в романе М. Шолохова «Поднятая целина»[М] // Русский язык и литература:Теория и практика обучения. Чебоксары:Чувашское книжное издательство,2003.

[95]Попова М. «Две России» и художественные формы их отражения в рассказе А. Солженицына «Матренин двор»[М]. Воронеж:Воронеж. гос. ун-т,2004.

[96]Распутин В. В поисках берега[N]. Литературная газета. 2000. № 19-20 от 17-23 мая.

[97]Распутин В. Повесть «Последний срок»[М]. Иркутск:Восточно-Сибирское книжное издательство,1970.

[98]Распутин В. Век живи - век люби. Повести и рассказы[М]. М. :Известия,1985.

[99]Распутин В. Избранные произведения:В 2-х т[М]. Т. 1. М. :Художественная литература,1990.

[100]Растутин В. Избранные произведения:В 2-х т[М]. Т. 2. М. :Художественная литература,1990.

［101］Распутин В. Собр. соч. В 3-х т［M］. Т. 3. М. :Молодая гвардия,1994.

［102］Распутин В. Собр. соч. В 4-х т［M］. Т. 4. Иркутск:Издатель Сапронов, 2007.

［103］Распутин В. Cherchez La femme［J］. Наш современник. 1990. №3.

［104］Распутин В. Малое собрание сочинений［M］. М. ,Азбука,2015.

［105］Салтыков-Щедрин М. Е. Собр. соч. в 20-ти томах ［M］. Т. 13. М. : Художественная литература,1972.

［106］Синило Г. Библейские корни европейской пасторали［C］// Пастораль-идиллия- утопия:Сб. науч. тр. М. :Альфа,МГОПУ,2002.

［107］Славянские древности:этнолингвистический словарь в 5 томах［M］// Под ред. Н. И. Толстого. М. :Международ. отношения,1999.

［108］Солженицын. А. Образованщина［J］. Новый мир. 1991. №5.

［109］Солженицы А. Слово при вручении премии Солженицына Валентину［110］ Распутину. 4 мая 2000 года［J］. Новый мир. 2000. №5.

［111］Солженицын А. И. Матренин двор［M］. СПб. :Азбука,1999.

［112］Сохряков Ю. И. Национальная идея в отечественной публицистике XIX- начала XX века［M］. М. :Наследие,2000.

［113］Спасская Е. Д. У куста терновника［J］. Толока. 2005. № 50.

［114］Спиваковский П. Феномен А. И. Солженицына:Новый взгляд［M］. М. : ИНИОН РАН,1998.

［115］Толстой Л. Н. Переписка с русскими писателями［M］. М. :Гослитиздат,1962.

［116］Трифонов Ю. В кратком-бесконечное［M］// Монологи и диалоги. Т. 1. М. : Известия Советов народных депутатов СССР,1988.

［117］Уайтхед А. Н. Избранные работы по философии［M］. М. :Прогресс,1990.

［118］Хватов А. И. Пути народности и реализма［M］. М. :Советский писатель, 1980.

［119］Цветов Г. Заметки о «Траве-мураве»［C］// Земля Федора Абрамова. М. : Современник,1986.

［120］Цветаева Н. С. Традицонная проза второй половины XX века:сюжеты, герои,поэтика［M］. СПб. :Филфак СПбГУ,2007.

［121］Шукшин В. Письма В. М. Шукшина к матери［J］. Алтай. 1975. № 3.

［122］Шукшин В. Собр. соч. в 3-х т［M］. Т. 3. М. : Молодая гвардия,1985.

［123］Шукшин В. Сочинения в 2-х т［M］. Т. 1. Екатеринбург: У-Фактория,2005.

［124］Шукшин В. Собр. соч. в 2-х т［M］. Т. 2. Екатеринбург: У-Фактория,2005.

［125］Юркевич П. Д. Из науки о человеческом духе［M］// Труды Киевской духовной академии в 4кн. Кн. 2. М. : Либроком,1861.

［126］Яшин А. Я. Вологодская свадьба［M］. М. : Художественная литература, 1972.

［127］Хоскинг Д. Россия и русские［M］. Princeton: Princeton University Press, 1973.

附录　俄罗斯当代乡土小说在中国的译介

（按照作家姓氏的汉语拼音排序）

阿勃拉莫夫：《阿勃拉莫夫中短篇小说选》，石枕川译，上海译文出版社，1981年；长篇小说《普里亚斯林一家》，包也直译；《闪烁其词》，石枕川译，载《外国文艺》，1980年第2期；《眯眼儿波莉娅》《巧手》《木造陵墓》，分别载《花城译作》，1981年第3期，1982年第8、9期。

阿斯塔菲耶夫：《阿斯塔菲耶夫散文选》，陈淑贤等译，百花文艺出版社，1995年；《鱼王》，石枕川等译，上海译文出版社，1982年。

奥维奇金：《区里的日常生活》，陈冰夷译，作家出版社，1955年。

别洛夫：《别洛夫作品选》，石枕川译，载《外国文艺》，1982年第2期；《河湾》，石枕川译，载《百花洲》，1981年第3期。

拉斯普京：《活下去，并且要记住》，韦一鸣、张继馨等译，上海译文出版社，1979年；《活着，可要记住》《告别马焦拉》，李廉恕、任达尊译，中国社会科学出版社，1978年；《拉斯普京小说选》，王乃倬等译，外国文学出版社，1982年；《火灾》，徐振亚译，芙蓉出版社，1986年；《告别马焦拉》，董立武等译，外国文学出版社，1999年；《幻象——拉斯普京新作选》，任光宣、刘文飞译，人民文学出版社，2004；《伊万的女儿，伊万的母亲》，任光宣、刘文飞译，人民文学出版社，2005年。

舒克申：《舒克申短篇小说选》，刘宗次译，外国文学出版社，1983年；《当代苏联中篇小说选辑——红莓》，上海译文出版社，1987年。

索尔仁尼琴：《索尔仁尼津短篇小说集》，孙广英译，作家出版社，1964年。

田德里亚科夫：《六十支蜡烛》，臧乐安译，花城出版社，1900年；《死结》，荣如德、竺一鸣译，人民文学出版社，1959年；《月蚀》，王守仁等译，春风文艺出版社，

1980;《审判》,程文译,安徽人民出版社,1981 年;《六十支蜡烛》,温旭鸿译,山西人民出版社,1982 年;《六十支蜡烛》,荣如德等译,上海译文出版社;《六十支蜡烛》,钱育才(钱诚)、吴新生译,重庆出版社,1985 年;《伊凡·楚普洛夫的堕落》,叶水夫等译,吉林人民出版社,1986 年。

肖洛霍夫:《被开垦的处女地》,周立波译,光华书店,1948 年/作家出版社,1954 年;《被开垦的处女地》,草婴译,作家出版社,1961 年。

雅申:《沃洛格达州的婚礼》,石枕川译,载《外国文艺》,1982 年第 2 期。

索 引

后记

　　选择乡土小说作为研究课题,也许并非偶然。我的硕士论文写的是《舒克申的美学思想——平平淡淡才是真》,当时是用俄语写的,尽管被舒克申笔下的怪人形象所吸引,被作家的美学思想所吸引,但是感觉论文中对人物的理解还是很肤浅和稚拙的,而且对作家的作品了解得也不多。后来我有机会出国留学读博士,由于国外大学特别看重研究基础和研究的连续性,于是被建议研究乡土小说。导师具体指定了阿勃拉莫夫这个作家,当时真的是听也没听说过。带着好奇,我阅读了阿勃拉莫夫的作品,先是中短篇,后是长篇。后来在国内还发现了上海译文出版社出版的作家的《中短篇小说选》(1981),顿觉亲切。阿勃拉莫夫是一个反对粉饰现实的作家,经常通过他的作品来揭露农业生产中存在的问题。作家有很强的使命感,这也是那些老一辈学者们欣赏他的原因。于是从研究阿勃拉莫夫开始,我走进了乡土作家这个创作圈,在整个乡土小说这个大语境中走近每位乡土作家。乡土小说作为研究课题,可能的确不是一个很抢眼球的题目,研究起来也的确有一定的难度。首先要克服阅读充满各种方言土语的原著的困难,其次是面对研读海量的研究文献的挑战。这其中的收获便是深入乡土创作,最后跳出乡土创作。乡土作家创作各有千秋,但是不变的是他们的乡土情结。

　　当我写完这本书,回顾这几年在这个课题上的投入,感觉就是一个耕种的过程,好像自己被牢牢地与土地拴在了一起。起初一直以为从研究舒克申到研究阿勃拉莫夫再到研究整个乡土小说,这只是学术上的联系,不知从何时起,穿行在乡土创作中的我,才意识到自己本来与乡土还是有很深的渊源的。我父母当年响应知识分子下乡的号召,双双去了农村,在农村生了我。为了能够在城里接受更好的教育,我12岁时,父母决定让我先回城去上学,因为父母的双亲都在城里。记得当时村里墙壁上到处可见"志在农村"的标语,小时候总是自豪地对到家里来做客的大人们说,"我是知识青年的下一代"。我在农村不仅目睹了父母割草、编草席和种田这些劳动,而且从小就参与了劳动,小时候种过蓖麻、土豆,剥过玉米。父亲下乡后很快就融入了乡下的生活,熟练掌握了各种农作物的种植技术,并自学医药,熟读《四百味》,经常给村民们的家畜看病,成为知青兽医。我们家当时既有自己种的蔬菜水果,又有自己养的改良黄牛,可谓是村子里的富裕户。父亲是当地的小学校长,利用自己对书法和音乐的爱好,每年春节为乡亲们写对联,开露天音乐会,丰富了乡村的文化生活。后来由于实行了知青返城政策,我们一家人于 1986 年全部回返城里。自此,父亲告别了他的学校、他的同事和他在农村大有作为的梦想。因此,当这本书将要完稿时,我内心有一种特别强烈的愿望,就是谨以此书献给将自己的青春奉献给农村的父母亲。

图书在版编目（CIP）数据

俄罗斯当代乡土小说研究 / 陈新宇著. —杭州：
浙江大学出版社，2017.7
ISBN 978-7-308-17057-4

Ⅰ.①俄… Ⅱ.①陈… Ⅲ.①乡土小说—小说研究—
俄罗斯—现代 Ⅳ.①I512.074

中国版本图书馆 CIP 数据核字(2017)第 153482 号

俄罗斯当代乡土小说研究

陈新宇 著

责任编辑	诸葛勤
责任校对	蔡圆圆
封面设计	周 灵
出版发行	浙江大学出版社
	（杭州市天目山路 148 号 邮政编码 310007）
	（网址：http://www.zjupress.com）
排 版	杭州中大图文设计有限公司
印 刷	杭州杭新印务有限公司
开 本	710mm×1000mm 1/16
印 张	15.5
字 数	269 千
版 印 次	2017 年 7 月第 1 版 2017 年 7 月第 1 次印刷
书 号	ISBN 978-7-308-17057-4
定 价	45.00 元